오늘도
걷는다마는

오늘도 걷는다마는

정지창 칼럼집

초판 1쇄 발행 2012년 4월 30일

지은이 정지창
펴낸이 오은지 **펴낸곳** 도서출판 한티재 **등록** 2010년 4월 12일 제2010-000010호
주소 706-821 대구시 수성구 범어4동 202-13 **전화** 053-743-8368 **팩스** 053-743-8367
전자우편 hantijaebook@daum.net **블로그** http://hantijaebook.tistory.com

ⓒ 정지창 2012
ISBN 978-89-97090-04-4 03810
책값은 뒤표지에 있습니다.

오늘도
걷는다마는

정지창 칼럼집

한티재

책머리에

글은 왜 쓰는가? 누군가에게 내 이야기를 들려주기 위해서일 것이다. 작가란 글재주를 타고난 사람이 아니라 무언가 절실하게 하고 싶은 이야기가 많은 사람이다. 독자에게 할 이야기가 없는 사람은 결코 글을 쓰지 않는다. 독자를 의식하지 않고 쓴다는 사람도 실은 자기 글을 아무도 읽지 않을 것이 두려워 미리 자기방어막을 치는 것이고, 미래의 독자를 보고 글을 쓴다는 사람도 현실의 독자들이 외면할까 봐 짐짓 고고한 척할 뿐이다.

정말 하고 싶은 이야기를 쓸 경우에 글의 형식은 그렇게 중요한 문제가 아니라고 나는 생각한다. 1970년대의 유신시대에 박봉의 통신사 외신부 기자로서 이런저런 잡문과 번역 일로 아르바이트를 할 적에는 진실을 제대로 전하지 못하는 엉터리 기사보다는 그래도 하고 싶은 얘기를 할 수 있는 잡문을 쓰는 것이 더 재미있고 보람있는 일처럼 여겨지기도 했다. 어떤 잡지에 짤막한 해외 뉴스의 해설을 쓰기도 하고, 연감의 한 지역을 맡아 내 나름대로 국제정세의 흐름을 짚어보기도 하였다. 일본 교도共同 통신에서 나오는 연감의 선례에 따라 당시에는 국제 테러단체로만 취급되던 팔레스타인해방기구PLO를 독립된 항목으로 승격시켜 다루었던 것이 보람있는 일로 기억된다. 번역 일은 대체로 따분했지만, 당시 처음으로 해외에서 쟁점으로 떠올랐던 안락사 문제와 관련하여 '인간채소' human vegetable라는 낯선 번역어 대신 '식물인간' 이라는 용어를 창안하여 정착시킨 것이 기억에 남는다. 이때의 경험과 당시 언론계 선배들의 가르침에 따라 글을 쓸 때는 독자의 눈높이에 맞추어 되도록 쉽게 쓰는 것을 몸에 익히게 되었다.

그 후 대학으로 자리를 옮긴 후에도 논문은 의무적으로 마지못해 써냈을 뿐, 특별히 열정을 가지고 몰입하지는 못했다. 오히려 나는 학자들이 잡문이라고 비하하며 연구실적으로 쳐주지 않는 신문·잡지의 짤막한 시론이나 에세이에 더 애정을 쏟은 것 같다. 내 논문을 읽는 독자보다는 잡문을 읽는 독자들이 훨씬 많을 것이고, 나의 능력으로 보아 논문보다는 잡문을 통해 독자에게 호소하고 설득하는 것이 더 나을 것이라고 믿었기 때문이다. 특별한 경우를 제외하고 나는 잡문의 청탁을 거절한 적이 없다. 지금에 와서 돌이켜보니, 에세이나 잡문·시론을 무시하지 않고 소중하게 여기게 된 데는 기자시절에 본받으려 했던 이영희 선생과 그를 통해 알게 된 노신 선생의 영향이 컸던 것 같다. 대학원에서 독문학을 공부하면서는 망명시절, 짧은 글 속에 폭탄을 숨겨 고국의 독자들에게 몰래 투하하면서 조심해서 사용하라고 사용지침까지 적어 놓은 브레히트를 본받으려 했으나 그건 아무나 할 수 있는 일이 아니라는 것을 깨달았다.

그동안 쓴 잡문들은 대체로 신문이나 잡지의 청탁에 따라 쓴 글들이 대부분이다. 그 중에서 세월이 흘러 시의성이 떨어지거나 지나치게 인신 공격적인 글들은 제외시켰다. 아울러 내용이 중복되거나 단숨에 읽기에는 너무 긴 글들도 제쳐놓았다. 잡문이란 아무래도 단숨에 읽을 수 있어야 필자의 의중과 호흡이 독자에게 전달된다는 생각에서다. 본격적인 평론이나 논문에 가까운 글들은 싣지 않기로 했다. 기회가 된다면 그것들은 전문적인 독자들을 위해 따로 묶는 것이 나을 것 같다.

독자들의 편의를 위해 문화·예술과 사회·역사, 생태·환경, 자전적 에세이 등 네 개의 범주로 분류했다. 대체로 발표된 순서대로 배열했고, 지면 사정에 의해 삭제되거나 수정된 부분도 가급적 원래의 원고대로 살려냈다.

책을 펴낸 도서출판 한티재에 감사드린다. 지방에서, 특히 출판 사정이 열악한 대구에서 이런 종류의 책을 낸다는 것은 무모한 일처럼 보이지만, 그래도 지역의 문화적 자생력을 키우기 위해서는 모험에 가까운 도전이 필요하다는 생각에서 기꺼이 원고를 넘겼다. 그리고 나로 하여금 원고를 쓰도록 청탁하고 발표의 기회를 준 다산연구소와 『국제신문』, 『시민의 소리』 등 여러 매체에도 감사의 말씀을 드린다. 기왕에 발표된 원고를 다시 책으로 펴내는 것은 사전에 허락을 받는 것이 마땅하지만 천성이 게으른 탓에 뒤늦게 이 자리를 빌어 양해와 용서를 구하고자 한다.

아울러 보잘것없는 글을 읽고 따뜻한 공감과 격려의 댓글을 보내주신 분들에게도 감사를 드린다. 또한 글 내용 가운데 내가 잘못 알고 쓴 부분을 지적해주고, 내가 잘 모르던 문제들을 일깨워준 분들에게 진심으로 고마움을 전한다. 특히 국도에 대해 계몽적인 가르침을 주신 광주의 독자 서덕길 씨의 도움이 없었다면 「77번 국도에 관한 단상」 같은 글은 쓸 수 없었을 것이다. 이 분은 농촌지도소에서 평생 일하다 은퇴하신 농업전문가로서 우리나라 농업의 역사와 농촌의 현실, 농약의 계보와 명칭은 물론이고 각종 도로의 계보와 변천에 대한 전문가적인 자료와 지식을 나에게 아무 대가 없이 나누어주셨다. 또한 대학시절 자취방(이른바 '제기어문학연구소')에서 우리나라 대중가요의 가사 가운데 사실에 부합하지 않은 부분을 전문적으로 연구하여 후배들에게 늘 즐거운 상식을 나누어주신 박강문 선배에게도 감사의 말씀을 드린다. 나의 글 가운데 이 부분의 지적소유권은 그에게 있다는 것을 분명히 밝히며, 책이 나오면 예전 연구소원들에게 술 한잔 살 용의가 있다.

그런데 어떤 독자들은 내가 독문학이나 문학, 예술, 연극, 마당극 같은 전공 영역이 아닌 정치나 사회, 환경, 생태 문제에 대해 논평하거나 소견을 밝히는 것은 주제넘은 짓이라는 식의 질책을 하기도 한다. 그런 문제들은 그쪽의 전문가들에게 맡기고 겸손하게 네 할 일이나 하라고 그들은 충고한다. 나는 이런 독자들에게 한 번도 반박하는 댓글을 쓴 적은 없으나 속으로는 내 나름의 변명을 늘 준비하고 있다. 어떤 문제에 대해 전문가적인 지식과 식견을 가진 사람만 그 문제에 대해 발언할 자격이 있는 것은 아니며, 앞에서 언급한 서덕길 씨처럼 자신의 전문 분야가 아닌 관심사에 대해서도 전문가 못지않은 식견을 가진 아마추어도 적지 않다. 내 경험으로는 연구비나 조직에 대한 충성심 같은 이해관계에서 자유로운 아마추어들이 오히려 문제의 본질을 보다 객관적으로 냉철하게 파악하고 있는 경우가 많은 것 같다. 그리고 평범한 시민들도 누구나 정치, 사회, 경제, 안보에 관해 자기 의견을 자유롭게 표현할 수 있어야 진정한 민주주의 사회라고 말할 수 있지 않을까?

어떤 분들은 생태문제에 관한 나의 태도가 어정쩡하고 무책임하다고 비판한다. 가령 자가용을 타고 지리산을 찾아가서 근처의 읍내 장터에서 소문난 음식을 먹고 마시고 하는 얘기를 쓰는 것은 반생태적인 생활방식을 조장한다는 것이다. 단호하게 자가용을 버리고 대중교통을 이용하든가, 차라리 지리산에 발길을 끊음으로써 자연훼손을 막자고 분명한 입장을 밝히라고 그들은 요구한다. 그러나 나는 아직도 자가용을 버리지 못하고, 지리산이 좋은 나머지 가끔씩 지리산의 한 모퉁이를 찾아가 오염시키곤 하는 소시민에 불과한데 어떻게 나 자신을 속이고 그런 단호한 주장을 할 수 있단 말인가. 나는 그저 솔직하고 정직하게 나의 한계와 부끄러운 생활태도를 드러내고 나의 고민을 독자와 공유하고자 할 뿐이다.

2012년 3월
정지창

I

이야기는 씨가 되어

'광주'를 위한 장엄 탱화

— 황지우의 『오월의 신부』

정말 소중하게 아끼는 대상은 함부로 다른 사람의 입에 오르내리는 것조차 싫은 경우가 있다. 그러기에 송기숙 선생은 "요즘은 어중이떠중이 온갖 잡놈들이 한 삽씩 퍼가는 통에 이제 무등산도 해발고도가 낮아졌당게⋯⋯" 하며 안타까워했고, 김지하 시인은 "요즘 오윤이 건강이 좋지 않아 걱정입니다"라고 무심코 던진 한마디에, "자네, 그렇게 친구 얘기를 함부로 하는 게 아니야!"라고 벌컥 화를 냈던 것이다. 그러나 광주도 오윤도 송기숙과 김지하의 가슴속에만 애틋하게 간직될 수는 없는 것이어서 뭇사람의 입에 오르내리고 구둣발에 밟히면서 그 의미가 퇴색하고 왜곡된 채로 역사의 한 페이지에 일정한 이미지─즉 하나의 사고상思考像 Denkbild으로 고착되고 만다. 역사란 이러한 탈개인화와 일반화의 과정이면서 동시에 원초적 순수 이미지의 훼손과 왜곡의 과정인지도 모른다. 그

러나 어쩔 것인가. '오월의 흰 꽃들'도 떨어지면 어깨에 '비듬처럼 쌓이'
는 것을. 역사란 무수히 쌓이는 사실들의 쓰레기 더미에 불과하다는 벤야
민의 통찰은 안쓰럽지만 거부할 수 없는 진실인 것을.

황지우의 희곡 『오월의 신부』는 광주민중항쟁이 일어난 지 20년 만
에 가까스로 역사의 쓰레기 더미를 헤쳐 재조립한 '화엄 광주'이다. 예술
의전당 야외극장에서 공연된 이 시극詩劇은 무엇보다도 미학적 구도에 따
라, 쓰레기 더미처럼 쌓인 사실들의 파편을 모자이크한 멕시코 벽화처럼,
아니 장엄 탱화처럼 원시적 에너지와 강렬한 색채로 가득 차 있다. 노련
한 이미지의 넝마주이, 탐욕스런 언어의 하이에나 황지우는 악취 나는 시
체 더미와 쓰레기 더미를 뒤져 장엄한 만다라를 빚어내는 데 성공했다.

이러한 특징은 이 작품을 다른 '오월극'들과 비교해보면 보다 선명하
게 드러난다. 가령 1980년대 초반 전남대에서 공연된 마당극 〈오월무〉는
미학적 구도나 색감에 대한 고려 없이 황급하게 그린 목탄 에스키스이다.
여기서는 '광주'의 미학적 형상화보다는 '광주'의 진실이 중요했으므로,
일종의 압축된 기록극처럼 광주의 상황을 재현한다. 대사의 대부분이 당
시의 기록을 그대로 차용하고 있고 결말도 투쟁의 결의를 다지는 구호로
되어 있다. 공연은 그 자체가 목적이 아니고 관객을 몰아 교문 밖으로 뛰
쳐나가도록 만들기 위한 일종의 진중극이었다.

그 후 1988년에 공연된 광주 시민군 홍보부장 출신인 박효선의 〈금희
의 오월〉은 벽면에 그린 프레스코 사실화에 가깝다. '광주'를 본격적으로
형상화한 무대극으로 처음 일반 관객 앞에서 공연되었을 때의 뜨거운 반
응은 이 작품의 사실성을 증명해준다. 리얼리즘의 원리들을 모범적으로

적용한 이 작품은 이정연이라는 실재 인물(당시 전남대 학생)을 주인공으로 내세우고 그의 누이동생 금희의 시선으로 사실과 허구를 섞어 항쟁의 진행 과정을 객관화하면서도, 시장 아줌마들을 비롯한 광주 시민 하나하나를 생동하는 인물로 살려냄으로써 '오월극'으로서뿐만 아니라 '오월문학'으로서도 고전적인 품격을 획득하였다.

같은 시기에 광주의 극단 '신명'이 공동창작하여 공연한 마당극 〈일어서는 사람들〉은 고졸한 필치로 그린 민화라 할 만하다. 구체적 인물의 형상화를 매개로 한 전형성의 창출이라는 리얼리즘의 원리에 충실하기보다는 춤이라는 매체를 활용하여 '광주'의 의미를 추상화·전형화하는 데 성공하여, 〈금희의 오월〉과는 다른 차원에서 '광주'를 탁월하게 형상화한 마당극의 고전이 되었다.

박효선의 심리극(사이코 드라마) 〈모란꽃〉(1993년 10월 초연)은 광주 시민들의 심리적 내상內傷을 치유하기 위한 일종의 씻김굿용 걸개그림이다. 80년 광주의 '죽음을 넘어, 시대의 어둠을 넘어' 온 주인공 이현옥은 '살아남은 자'의 부끄러움 때문에, 자신을 괴롭히는 가해자의 얼굴을 모르기 때문에, 자신을 용서하고 역사와 화해할 수 없지만, 쓰레기 더미 같은 역사적 사실들을 인정하고 받아들임으로써만 모든 고통에 맞설 수 있는 용기를 얻는다. 그녀는 "야만의 흔적이 없는 역사는 없다"는 벤야민의 명제에 동의한 것이다.

그러나 쓰레기 같은 역사, 야만의 흔적으로 얼룩진 역사를 수용하려면 우선 역사적 진실이 밝혀져야 한다. '광주'의 오월은 '찬란한 슬픔의 봄'이면서 수많은 동시대인들에게 '오월증후군'이라는 치명적인 후유증을 남겼고, 그것은 임동확의 『매장시편』으로, 이창동의 〈박하사탕〉으로 형상화된 바 있다. 전자는 피해자의 입장에서, 후자는 가해자의 입장에서 이러한 '죽음에 이르는 병'을 증언한다. 화해와 용서는 자아와 타자 모두가 '야만의 역사' 앞에 무릎을 꿇을 때 비로소 가능해진다. 가해자가 누군지도 모르는 상태에서, 그리고 가해자가 "우리 모두 지난 일은 잊읍시다"라고 악수를 청한다고 해서, 화해와 용서가 이루어지지는 않는다.

표면적인 역사와 문화는 강자들의 전유물이고, 화해와 용서도 실은 강자의 논리이자 승자의 특권이다. 약자의 용서, 패자의 관용은 위선일 뿐이다. 역사와 문화에서 패자를 위한 개선문과 명예의 전당은 없다. 패자는 승자를 위한 개선문과 명예의 전당을 짓는 공사장에 동원될 뿐이다. 그러므로 황지우의 『오월의 신부』도 정확히 말하면 대통령선거에서의 승리가 있었기에 세워질 수 있었던, '광주'를 위한 일종의 전승기념물인 셈이다. 이 기념물은 광주항쟁 20주년을 기념하여 예술의전당 야외무대에서 역사의 승리자들을 모시고 화려하게 제막되었다.

전승기념물인 까닭에 이 드라마는 화려하고 장식적이다. 황지우는 학살과 야만의 핏자국이 얼룩진 광주의 쓰레기 더미에서 오월의 신부라는 아름다운 이미지를 빚어낸다. "빛의 면사포를 쓰고 새벽 창가에 서 있던/오월의 신부여! 우리, 눈부신 광주의 누이여!" 이를 일러 역사의 진흙탕에서 피어난 연꽃이라 불러도 좋을 것이고 수많은 중생의 고통이 얽히고설킨 화엄 만다라라 불러도 좋을 것이다. 예술이란 애당초 참을 수 없는 현실의 고통과 비극을 참을 만하고 즐길 만한 유희로 변용시킨 미학적 구조물이 아닌가. 이 드라마는 치밀한 미학적 계산에 의해 마련된 설계도에 따라 벽돌 한 장 한 장을 배치하고 쌓아올려 만들어낸 구조물이다. 그런데 가까이 다가가 보면 여기서 사용된 벽돌들은 쓰레기 더미 가운데서 골라낸 반질반질하고 성한 것들뿐이다. 모퉁이가 깨지고 때가 묻은 벽돌들은 건축자재로 등외판정을 받아 화사하고 장엄한 기념물의 뒤편으로 치워지거나 땅속에 파묻혔다. 오월의 신부라는 화사한 이미지는 이러한 버려지고 파묻힌 쓰레기들 위에 세워진 것임을 그러나 관객들은 보지 못한다. 눈에 보이는 것은 화사한 기념물의 정면(파사드)뿐이고, 지저분한 벽돌들은 일단 눈에 보이지 않게 치워지거나 파묻혀 있으니까.

관객을 끌어모으는 인기 연극이나 시청률 높은 텔레비전 드라마는 대개 애틋한 러브스토리를 축으로 삼고 시대적 갈등은 배경으로 깔고 있다. 이는 소설이나 영화에서도 마찬가지다. 남녀 간의 애절한 사랑 얘기가 없는 예술작품은 밋밋하고 팍팍하다. 대학시절 체 게바라의 일기를 읽고 너무도 무미건조한 데 놀라고 실망한 적이 있다. 볼리비아의 산중을 헤매며 목숨을 내놓고 혁명을 추구하던 지식인 게릴라의 일기치고는 너무도 비非드라마적이었다. 그저 진부한 사실의 앙상한 형해形骸만이 보이는 일기장—사실은 그것이 진짜 역사인지도 모른다. 그러나 우리가 보고 싶어하는 역사, 우리의 관념 속에 새겨진 역사는 화사하고 드라마틱한 역사이다. 달리 말해 우리는 승자의 기념물로서의 역사만을 원하는지도 모른다. 그러니까 우리는 지저분한 사실들의 쓰레기 더미로서의 역사보다는 미학적으로 가공된 화사하고 드라마틱한 역사, 즉 예술로서의 역사, 드라마로서의 역사를 진짜 역사라고 믿고 싶어하는 것은 아닐까. 이런 점에서 광주의 오월을 김현식과 오민정의 애절한 사랑 이야기를 축으로 삼아 조립한 작가의 미학적 전략은 일단 성공적이다. 그러면서도 이러한 러브스토리가 너무도 멜로드라마적으로 구성되었다는 비밀은 너무 쉽게 노출된다. 가령 김현식이 사랑의 갈등 때문에 서울로 떠났다가, 5·18 직전에 오민정의 편지를 받고 다시 광주로 내려오는 것, 오민정이 외항선을 타기 직전 다시 애인을 찾아 광주로 돌아오는 것, 그리고 죽음을 앞둔 도청에서의 마지막 밤에 혼배성사를 올린 다음 "여보, 당신은 천사였소. 우리 천국에서 만납시다"라는 망월동의 어느 애절한 묘비명을 김현식의 입으로 말하게 하는 것은 〈모래시계〉나 〈타이타닉〉의 미학적 전략과 크게 다르지 않다는 것을 영악한 관객들은 금방 눈치 챈다.

그러나 조명과 음향, 무대장치에 대한 치밀하게 계산된 미학적 전략은 시인이 왜 연극원의 교수인가를 충분히 납득시켜준다. 또한 시적으로 압축되고 절제된 대사와 코러스의 적절한 활용, 살아남은 장요한 신부와 시민군 기획실장 허인호를 통하여 '광주'의 의미를 각인시키는 프롤로그와 에필로그, 도청에서의 마지막 밤에 시민군들이 최후의 만찬을 벌이며 주민등록번호를 적어놓는 장면은 오래 기억에 남을 만큼 너무도 아름답다.

현실에서 치열한 싸움을 벌이는 사람은 미학적 고려를 하지 않는다. 실은 현실의 싸움에서 약간 비켜서 있는 사람만이 현실의 싸움을 미학적으로 구성하고 가공할 수 있다. 이런 점에서 작가는 싸움터의 시체들을 찾아 헤매는 하이에나이고 역사의 쓰레기 더미를 뒤지고 다니는 넝마주이일지 모른다. 그러나 패자의 시체에 성스러운 아름다움의 후광을 그려주고 쓰레기 더미에서 야만의 흔적을 닦아내어 화사한 장엄 탱화를 빚어내는 것은 하늘이 작가에게 부여한 재능일진대 그가 치열한 고심참담의 고통 끝에 빚어내는 아름다운 착각이 없다면 이 세상은 얼마나 삭막할 것 인가.

『포항문학』 2000년 7월호

김남주의 흰머리

아마 1991년 2월쯤이었을 것이다. 안종관 형의 희곡 『남자는 위, 여자
는 아래』의 공연이 있다는 소식을 듣고 나는 대구의 친구들과 함께 전주
로 향했다. 일행은 화가 정하수 형과 연출가 김창우 교수, 대구의 '예술마
당 솔' 기획부장인 박재욱 등이었다. 우리는 서울에서 내려온 극작가 안
종관 형, 시인 김남주 형, 전주에 살던 화가 임옥상 형과 온다라미술관장
김인철 씨 부부, 시인 김용택 씨 등과 함께 공연 시간에 맞추어 한 소극장
을 찾았다.

낮 공연이었는데도 객석은 거의 다 차 있었다. 연극의 내용은 신학철
화백의 그림 〈모내기〉를 둘러싼 국가보안법 재판을 극중극 형식으로 묘
사한 것이었다. 1987년도 '통일전'에 출품한 〈모내기〉가 북한을 찬양하고
남한을 비방함으로써 국가보안법을 위반했다는 검찰 측의 '탁월한 안보

적 상상력'을 희화화한 이 작품은『창작과비평』1990년 겨울호에 이미 희곡이 소개된 터였다. 〈모내기〉 사건은 1980년대의 대표적인 민중미술 탄압사건으로 재판이 진행되는 몇 년 동안 신문·방송의 화젯거리가 되었는데, 신학철 화백과 개인적으로 가까웠던 극작가 안종관 형은 빠지지 않고 재판을 방청하면서 자료를 모아 한 편의 드라마를 엮어낸 것이다. 전주 공연은 이 연극의 초연 무대였다.

그런데 공연 도중 예기치 않은 사고가 일어났다. 극중극 장면이 진행되면서 관객들이 한참 무대에 빨려들어가고 있을 때 갑자기 정전이 된 것이었다. 암흑 천지로 변한 극장 안에서 우리는 혹시 당국이 공연을 방해하기 위해 일부러 전기를 차단한 것이 아닌가 하고 가슴을 두근거리고 있었다. 잠시 불안한 침묵이 흐른 다음 촛불이 켜지고 당황한 극장 관계자가 무대 위로 올라오더니 한전에서 전기 공사를 하다가 변압기가 터졌는데 수리하는 데 한 시간 가량 걸린다니, 원하는 사람은 기다렸다가 공연을 보든가, 그렇지 못한 사람은 입장권을 환불해주겠다고 울상을 지으며 사정을 하는 것이었다. 뜻밖의 사태에 당황한 관객들은 금방 자리를 뜨지 못하고 웅성거리고만 있었다.

마침 객석 앞줄에 앉아 있던 나는 어떻게든 공연을 진행시켜야겠다는 생각에 앞뒤 생각 없이 자리에서 벌떡 일어났다. "저는 대구에서 공연을 보러 온 아무갭니다. 한 가지 제안을 하겠습니다. 저는 이 공연을 보려고 멀리서 시간을 내서 일부러 찾아왔는데, 좀 기다리더라도 이왕이면 공연을 보고 싶습니다. 마침 이 자리에는 시인 김남주 선생과 화가 정하수 씨가 와 계십니다. 기다리는 동안에, 이 연극에서 문제가 되고 있는 국가보안법의 직접적인 피해자인 두 분을 모시고 얘기를 들어보는 것이 어떻겠습니까? 여러분들도 잘 아시다시피 김남주 시인은 '남민전' 사건으로 근 10년간의 감옥살이를 마치고 형집행정지로 세상에 나온 지 얼마 되지 않았고, 화가 정하수 씨도 홍성담 씨와 함께 〈민중해방운동사〉라는 그림을 평양의 범민족대회에 보냈다는 이유로 몇 달 동안 고초를 겪고 최근에야 집형유예로 풀려났습니다. 자, 두 분을 소개하겠습니다." 관객들은 일제히 박수갈채를 보냈고, 이렇게 해서 때 아닌 즉석 강연회가 열리게 되었다.

먼저 불려나간 정하수 형은 원래 눌변인 데다 갑자기 수많은 관객 앞에 선 탓인지 보기에도 딱할 정도로 갈피를 못 잡고 헤맸다. 떠듬떠듬 〈민중해방운동사〉 걸개그림 사건의 경위를 설명한다는 것이 도무지 요령부득이어서 듣는 사람이 답답할 지경이었다. 어떻게 말을 끝맺을지 몰라 쩔쩔매는 정하수 형을 그래도 관객들은 유쾌한 웃음과 따뜻한 박수로 격려해주었다.

뒤이어 무대에 오른 김남주 시인은 잠시 계면쩍은 듯 어색한 표정을 짓더니 곧 자신이 이곳 전주에서 감옥살이를 했다면서 말문을 열기 시작했다. 그의 얘기 내용은 자세히 기억되지 않지만 대략 법이라는 것이 얼마나 교묘하게 지배자들의 이익에 봉사하는 제도인가 하는 것이었다. 특히 김 시인은 반공법이나 국가보안법이 어떻게 무고한 시민들을 때려잡고 비판자들을 겁주는 데 이용돼왔는가를 감옥살이를 통해 경험한 여러 가지 사례를 들어가며 실감나게 설명했다. 텁텁하고 구수한 전라도 사투리와 촛불이 켜진 어두컴컴한 무대, 그리고 희끗희끗한 시인의 백발이 묘한 상승작용을 일으켜 관객들은 숨을 죽이고 귀를 기울이지 않을 수 없었다. 우리는 시인 김남주가 타고난 대중연설가요 선동가라는 것을 깨달았다. 사실 김남주 시인은 그 후 숱한 대중집회에서 탁월한 시낭송가로서의 재능을 유감없이 발휘한 바 있다.

그러는 동안 다시 전기가 들어오고 공연은 계속되었다. 극중 재판은 화가 신화선(신학철)의 국가보안법 위반 혐의에 대해 재판관이 무죄를 선고하는 것으로 끝났는데, 이 순간 갑자기 가죽 점퍼에 검은 안경을 긴, 전형적인 기관원 차림의 괴한 두 명이 들이닥치더니 김남주 시인에게 달려드는 것이었다. 옆자리에 앉아 있던 나는 이것이 연극의 일부인지 실제 상황인지 판단이 서지 않아 머뭇거리다가 용기를 내어 영장을 보여달라고 따졌으나 그들은 들은 척도 하지 않고 무슨 신분증 같은 걸 쓱 꺼냈다가 집어넣더니 잽싸게 양쪽에서 김남주 시인의 팔을 끼고는 강제로 연행하기 시작했다. 뜻밖의 사태에 대부분의 관객들은 어리둥절한 표정으로 지켜보기만 하였으나 일부 관객들은 거세게 항의하며 물건들을 집어던지기도 하였다. 그러나 결국 김 시인은 극장 밖으로 끌려나갔고 우리가 어, 하고 기가 막혀 엉거주춤하고 있는 사이에 김남주 일행은 어디론가 사라지고 보이지 않았다. 그때까지만 해도 장난이겠지, 하고 반신반의하던 나도 이제는 사태가 심각하다는 것을 인정하지 않을 수 없었다. 그러면서 공연히 김 시인을 불러내어 국가보안법 얘기를 꺼내도록 했다고 후회하기 시작했다. 김남주 시인은 만기 출소가 아니라 형집행정지로 나왔기 때문에 여차하면 언제든지 다시 잡혀 들어갈 수 있는 처지였다. 사실 얼마 전 고은 선생이 어떤 기관원으로부터 "김남주가 요즘 너무 까분다"는 말을 듣고 본인에게 조심하라고 경고했다는 얘기를 나도 전해 들은 적이 있었다.

우리가 망연자실, 한동안 일종의 공황 상태에서 벗어나지 못하고 있을 때, 극단 관계자가 나타나더니 실은 이것이 계획된 해프닝이고 기관원 두 명도 극단의 배우라고 실토를 하는 것이었다. 그러면서 김남주 시인은 이미 뒤풀이 자리에 모셔놓았으니 다 같이 그리로 가자고 안내를 하는 것이었다. 우리는 기가 차서 허허 웃으면서 일단 놀랐던 가슴을 쓸어내렸다. 곧 근처 식당에서 김남주 시인을 발견한 우리는 죽었던 친구를 다시 만난 것처럼 반가워하며 손을 맞잡고 술잔을 건넸다. 나는 미안한 듯이 변명을 하는 극단 후배들에게 "자네들 극적 효과도 좋지만 김남주 시인한테 그런 몹쓸 장난을 하다니, 이건 좀 심한 거 아냐!" 하고 호되게 야단을 쳤다. 왜냐하면 나는 아까 기관원들(?)에게 끌려나가는 김남주 시인이 겁먹은 얼굴로 입술이 시퍼렇게 변하는 것을 바로 옆에서 목격했기 때문이다. 오랜 도피생활 중에도 그랬겠지만 출옥 후에도 김 시인은 늘 언제 또 잡혀갈지도 모른다는 불안감 속에서 가슴을 졸이고 있었던 것이다.

가령 이 무렵에 쓴 김 시인의 「악몽」이라는 시를 보자. "밤에 누가 문을 두드리면/내 가슴은 덜컥 내려앉고/내 머리는 순간적으로/체포/감금/고문/재판/투옥의 단어를 기계적으로 떠올린다/아 언제 나는 자유를 노래하고/감시의 눈을 의식함이 없이 거리를 활보할 수 있을까/아 언제 나는 노동자를 두둔하고/자본의 보복으로부터 벗어날 수 있을까/아 언제 나는 또 하나의 조국을 사랑하고/감옥으로부터 자유로울 수 있을까/아 언제 나는/체포/구금/고문/재판/투옥의 그림자를 의식하지 않고/

시를 쓰고 집회장에 갈 수 있을까／아 언제 나는 언제 나는／집에 돌아와／문 두드리는 소리에 겁을 먹지 않고／밤의 잠자리에서 편히 쉴 수 있을까／／아내가 울고 있다 이불 속에서／젖먹이 아이를 꼭 껴안고"(김남주 시집 『사상의 거처』 38~39쪽).

여기에 보이는 김남주는 강철 같은 투사라기보다는 겁 많고 마음 여린 소시민이 아닌가. 아니, 김남주는 어수룩하고 소심한 소시민이었기에 투사로서의 삶을 살려고 안간힘을 쓴 것이 아닐까. 그리고 그처럼 소심하고 순진한 시인이 투사로서 감내하지 않으면 안 되었던 긴장과 불안이 그의 머리를 백발로 만든 것은 아니었을까.

가슴속에서 치솟는 분노를 지그시 억누르고 짤막한 시구 속에 진실의 폭탄을 숨겨놓는 용기와 꾀, 내용과 형식의 완벽한 일치를 이루기 위해 감수해야 하는 고도의 정신적 긴장과 집중, 예고 없이 찾아오는 실패에 대한 두려움, 언제 자유를 되찾아 '다시 칼자루를 잡아보'나 하는 막막한 기다림 —— 이런 것들은 독방에 갇힌 시인의 머리를 백발로 만들 만큼 엄청난 고통을 수반한다. "히틀러의 손에 떨어진 한 동지에 관해서／우리 쪽 사람들이 보고한다 —— ／／그를 옥중에서 발견했음／좌절 않고 건강한 모습임 아직／흰머리 하나 없는 머리카락을 하고 있음／……"(브레히트 「어떤 보고」 전문) 그러나 '아직'이라는 한 마디와 마지막 한 행의 긴 말없음표에 옥중에서 이 시를 번역한 김남주의 고통이 배어 있다. 번역 과정에서 브레히트의 시 원문에는 없는 긴 말없음표를 의도적으로 덧붙인 김남주 시인의 희끗희끗한 백발. 끝이 보이지 않는 싸움은 얼마나 고통스러운가 (졸고 「서정시를 쓰기 힘든 시대의 시인들—김남주의 옥중시와 브레히트의 망명시」에서 일부 인용).

전주 공연이 있은 지 3년 후 김남주는 세상을 떠났다.

김윤수 교수 정년 기념문집 『민족의 길 예술의 길』(2001)

주격조周格調 선생 만유기漫遊記

　　인생의 태반은 사람들과 만나 어울리고 부대끼다 헤어지는 일로 채워진다. 그러니 사람과 사람이 씨줄과 날줄이 되어 서로 얽히고설키면서 세상 인연이 짜여지는 것이리라. 서양 신화에서 운명의 여신들이 실 잣고 옷감 짜는 여자들(직녀)인 것은 다 그런 연유에서일 것이다.

　　이렇게 적다 보니, 주재환 선생이 불쑥 나타나 "정 형, 거 후라이 까지 말고 좀 쉽게 써. 목에 힘 빼고 말이야!" 하고 일갈하며 낄낄 웃을 것 같다. 그래, 손목에 힘 빼고, 어깨에 '후까시' 빼고. 주 선생과 얽힌 인연의 가닥을 더듬어보자.

　　주 선생과의 첫 만남에 관한 기억은 없다. 그저 70년대 후반부터 '현실과 발언' 동인들과 어울리면서 언제부터인가 주 선생과도 친숙한 사이가 돼버렸는데, 그렇게 가까워진 특별한 계기도 생각나지 않는다. 그 까닭을 따져보니 주 선생은 지금까지 한 번도 전시회나 술자리의 주인공인 적이 없었기 때문이 아닌가 싶다. 그는 그저 남의 잔치에 열심히 자리를 채워주는 단골손님이었고, 그런 자리에서도 도도한 열변이나 그럴듯한 노래솜씨로 좌중의 시선을 한 몸에 집중시키는 일은 없었다. 그렇다고 나이를 내세워 어른 행세를 하지도 않고 처음 보는 사람이나 새까만 후배들과도 격의 없이 어울려 술잔과 농담을 주고받으며 낄낄대는 것이 영락없는 '양아치과'인데, 이상하게도 '현발' 양아치들 특유의 골목대장 같은 위악적인 제스처 따위도 없었다. 풀기 없는 베잠방이에 찌그러진 맥고모자를 삐딱하게 눌러 쓰고 시골 장터를 어슬렁거리며 남의 흥정을 거들거나 싸움 뜯어말리고 한잔 얻어 마시기 좋아하는, 수더분하고 사람 좋은, 이 문구의 소설에 나옴직한 영감 같기도 하고, 약방의 감초 격으로 동네 돼지 잡는 일이나 집안 제사 참례는 거르지 않는 처외삼촌처럼 친근한 인물—그것이 내 기억에 처음으로 새겨진 주 선생의 이미지였을 것이다.

70년대의 숱한 술자리에서 싹튼 우정과 술기운을 빙자한 객기가 모이고 쌓여서 '현실과 발언'이 결성되고—혹 이런 표현에 기분이 상한 '현발' 회원들이 있다면 용서하시기 바란다. 이건 순전히 '현발 양아치' 식 수사법을 슬쩍 빌려 쓴 것에 불과하니까—얼마 후 창립전시회가 열렸는데, 나로서는 가장 재미있고 신선하게 다가온 것이 바로 주 선생의 〈몬드리안 호텔〉과 오윤의 〈지옥도〉였다. 나 같은 얼치기는 물론이고 엄숙하고 진지하게 작품을 감상하던 관객들도 이 그림들 앞에서는 표정이 흐트러지고 안면근육에 동요를 일으키지 않을 수 없었는데, 그건 아마도 '어, 이런 그림도 있네' 하는 당혹감이나 '그림에도 소설이나 만화처럼 재미있는 얘깃거리가 있네' 하는 신기함의 표현이었을 것이다. 솔직히 말하자면, 나는 이 그림이 몬드리안에 대한 패러디라는 것도 금방 알아채지 못하고 그저 호텔의 방마다에서 벌어지고 있는 요지경 같은 장면 하나하나에 낄낄대며 어린애처럼 즐거워했던 것이다. '현발' 동인전에 나온 주재환 선생의 명작 만화 〈태풍 아방가르드호의 시말〉이 지닌 미술사적 맥락과 패러디의 의미도 실은 전문가의 설명을 듣고서야 '아, 그렇구나!' 하고 무릎을 쳤으니, 화가 주재환에 대한 그때까지의 나의 이해라는 것도 실은 얼마나 피상적이고 엉터리였는지 짐작할 만하다.

　'현발' 동인들 가운데 평론가들은 말할 것도 없고 작가들도 말발이 세고 글 솜씨들도 만만찮아 곧잘 '리론'과 '론설'을 펼치기도 했는데, 주 선생은 이런 자리에서도 입을 다물고 일체 글을 쓰지 않았다. 그 대신 그는 '격조 있는' 농담을 좋아해서 후배들 사이에서 어느덧 '주격조 선생'이라는 별칭을 얻게 되었다. 그가 구사하는 농담은 얼핏 들으면 양아치성 비속어인 것 같지만 가볍게 툭 던지는 한마디마다 사물의 핵심을 꿰뚫는 날카로운 투시력과 '먹물'들의 허위의식을 단숨에 박살내는 민중의 지혜가 번득인다. 가령 겸양으로 일관하던 주 선생이 6월항쟁을 비롯한 숱한 태풍이 몰아치던 87년과 88년의 격랑기에 신학철 화백과 함께 민족미술인협의회(민미협) 공동대표를 맡아 '전선'에 뛰어든 사연을 들어보자. "야, 민미협 대표라면 최루탄 연기도 마시고 잘못하면 감방에도 들락거려야 할 텐데, 대학교수 노릇하는 원동석이나 김정헌, 성완경이한테 그런 걸 맡길 수는 없잖아? 그러니 천상 백수인 내가 나서는 수밖에. 나 혼자서는 힘드니까 학철이를 꼬셔서 일이 생기면 교대로 들어가자고 했지 뭐. 제발로 나서서 감투 쓴 건 아마 우리가 처음일 거야. 낄낄……" 남들은 고뇌와 불면의 밤을 거쳐 핏발선 눈으로 심각하게 결정할 일을, 눈 하나 깜짝하지 않고 순식간에 해치우는 순발력과 깡다구. 〈몬드리안 호텔〉과 〈태풍 아방가르드호의 시말〉을 낳은 것도 바로 이런 '격조 있는' 양아치 기질이 아닐까.

그렇게 보면 수더분한 시골 영감 같은 주 선생의 겉모습 속에는 호락호락하지 않은 남산골 딸깍발이가 들어앉아 있는 것 같기도 하다. 사실 그가 태어나 자란 곳은 시골 마을이 아니라 서울 장안이고 그는 남에게 신세지기를 싫어하는 깍듯한 서울내기이다. 그러면서도 남을 돕는 일에는 제 신발 벗겨지는 줄도 모르고 뛰어드는 급시우及時雨 송강형宋江型이니, 만약 「허생전」의 주인공이 요즘 세상에 태어난다면 주 선생과 비슷한 '푼수'가 되지 않았을까, 혼자 실없는 공상을 해본 적도 있다.

80년대는 각종 기금마련전시회의 전성시대였는데, 미술판의 '왕푼수' 주격조 선생은 '전국푼수연합회'(전푼련) 미술분과위원장 김용태 형과 더불어 걸핏하면 기금마련전시회가 열리도록 사주한 배후조종자일 것이다. 실은 나도 80년대 말 대구에서 후배들과 '예술마당 솔'이라는 문화공간을 마련하려고 억지 공사를 벌이다가 만만한 게 뭐라고 가난한 환쟁이들을 등쳐 먹을 궁리를 하게 된 것도 이런 '푼수'들의 백을 믿은 탓이었다. 본인은 한마디 공치사도 하지 않았지만 나는 그가 민미협의 후배들에게 "야, 윤수 형님(김윤수 선생)하고 정지창이가 대구에서 좋은 일 한다는데 좀 도와줘야 되지 않겠니?" 하고 바람을 잡아 기금마련전을 열 수 있게 해준 것을 잘 알고 있다. 그리고 몇 년 후 주 선생의 주선으로 '예술마당

솔'에서 격조 있는 '이승만 바로알기전'을 연 것도 뿌듯한 기억으로 남아 있다. (후배 화가 홍선웅을 살리는 일에 그가 발 벗고 나선 것은 다 아는 사실이니 새삼스런 얘깃거리가 아니고.) 아무튼 이번에 주 선생의 첫 개인전을 대구의 '예술마당 솔'에서도 모시게 된 것은 이런 속 깊은 인연 때문이다.

각설하고, 앞에서 '전푼련'의 조직 계보를 슬쩍 흘렸는데, 이왕 말이 나온 김에 그 조직책은 극작가 안종관 형이고 조수는 건축가 최종현 형이라는 사실을 밝혀야겠다. 90년대에 접어들어 한동안 주 선생과 안종관 형, 최종현 교수, 나, 이렇게 네 사람이 한데 얼려 이리저리 싸돌아다닌 적이 있다. 이 '양아치유람단'의 대장은 주 선생이었고, 운전기사는 '현대 놀이기능보유자' ─ 이건 부산의 채희완 '교주'가 붙여준 공식 직함이다 ─ 안종관 형, 향도 겸 조수는 최 교수 ─ 이런 호칭은 웬지 어색하고 주 선생의 용례用例에 따라 '최딱(딱다구리)'이라고 부르는 것이 제격일 것 같다 ─, 그리고 나는 스페어 운전기사였다. 이 환상의 4인방이 낄낄대며 전국을 유람할 적에 애꿎은 사람들을 술안주로 씹는 일이 다반사였고 엉뚱한 사람들에게 민폐를 끼치기가 일쑤였다. 그러다가 우연히 '푼수'가 화제에 오르면서 안종관 형이 '전푼련'의 조직 계보를 그리기 시작했는데, 고문으로는 고故 성내운 선생이, 회장으로는 시인 신경림 선생이 추대되었고, 부회장엔 안종관 형, 문학분과위원장엔 소설가 송기원 형, 미술분과위원장엔 김용태 형, 연예분과위원장엔 채희완 '교주', 불교분과위원장엔 원경 스님, 건축분과위원장엔 최종현 형 등 민족예술계 주변의 쟁쟁한 인사들이 자천·타천으로 임명되었다. 그리고 주 선생은 경력과 연배로 보아 미술분과위원장이 제격이나 본인이 관직에 뜻이 없다고 고사하는 바람에 명예직인 '왕푼수'로 발령이 났고, 화가 여운 교수는 김용태 형과 마지막까지 치열한 경합을 벌인 끝에 아깝게 탈락했다.

한번은 이 유람단이 동해안을 따라 북상하다 강릉에 이르렀는데, '전푼련'의 조직책인 안종관 형이 여성분과위원장으로 점찍어놓은 황루시 교수를 꼭 만나야 된다는 것이었다. 알고 보니 종관 형은 당시 친구가 경영하는 회사의 중국 현지공장 책임자로 갈 것인지 말 것인지 저울질을 하고 있었는데, 황 교수가 추천하는 용하다는 점쟁이에게 앞일을 물어볼 작정이었다. 그래서 찾아간 집은, 선교장 근처의 허름한 한옥이었다. 평범한 시골 아주머니처럼 생긴 점쟁이는 쟁반 위에 쌀 한 줌을 흩어놓더니 이름과 생시를 묻고는 쌀알을 이리저리 나누면서 뭐라고 중얼중얼 읊어대는 것이었다. "기가 아주 센 양반이군. 마누라도 웬만한 남자들은 당할 수 없게 기가 센 여잔데 당신이 워낙 센 남자라 눌러 지내는 거야. 잘난 마누라 덕분에 평생 먹고살 걱정은 안 해도 되겠어. 그런데 아무리 많이 벌어도 시원치가 않지. 천성이 늘 친구들한테 더 많이 나눠주고 싶어 안달을 하니까." "그래, 맞다 맞아. 그게 바로 푼수라는 거야" 하고 우리는 종관 형 옆에서 낄낄대며 무릎을 쳤다. 점쟁이는 중국행의 길흉을 묻는 종관 형에게 딱부러지게 시원한 대답을 하지는 않고 알쏭달쏭한 말로 얼버무렸는데, 우리가 듣기에는 가도 좋다는 뜻인 것 같았다. 다음은 주 선생 차례였는데, 개구일성開口─聲이 "쯧쯧, 철든 지 얼마 안 됐구면"이었다. 우리는 배를 잡고 웃느라 "남방에서 귀인이 나타나……" 어쩌고 하는 그 다음 얘기는 귀에 들어오지도 않았다. 나한테는 대뜸 "관동팔경이구면" 하고 운을 뗐는데, 관동팔경이 뭐냐고 묻자, "아, 거 놀기 좋아하는 한량이라는 뜻이지요" 하고 친절하게 풀어주는 바람에 또 한바탕 웃음이 터졌다. 점이니 무당이니 하는 것을 싫어해서 아예 문간에도 들어오지 않고 차 안에서 기다리던 '최딱'도 나중에 주 선생이 철든 지 얼마 안 됐다더라는 말을 전해 듣고는 "기막히게 맞혔네" 하며 박장대소하는 것이었다. 지금 생각해도 전문가가 추천하는 점쟁이가 다르긴 다른 것 같은데, 단 하나 주 선생이 강남에서 돈 많은 마담을 만나 운이 트일 것이라는—우리는 그렇게 해석하면서 주 선생을 놀려먹었다—점괘는 여태껏 들어맞지 않고 있으니, 혹시 복채가 시원찮았던 탓일까? '철든 지 얼마 안 되는' 주 선생을 좋아하는 사람들은 대개 '철이 늦게 드는' 만생종晩生種들이다. 그 중에서도 최딱과는 나이를 뛰어넘는 특이한 우정을 나누고 있는데, '왕푼수'끼리 죽이 맞아 결의형제를 맺었는지 두 사람이 서로를 아끼는 정도는 형제지간 못지않아, 요즘 말로 좀 엽기적이다.

나는 주 선생이 격조 있게 양복에 넥타이를 맨 정장 차림을 딱 한 번 보았는데, 그것은 최딱이 대구의 학술발표회에서 발제를 했을 때였다. "야, 그래도 딱따구리가 점잖은 자리에서 후라이를 까는데, 격조 있게 넥타이도 매고 해서 면을 세워줘야 되잖겠니?" 이처럼 눈물겨운 우정 때문에 모처럼 '격조 있게' 정장을 한 주 선생이 다음날 유람길에서 술 한잔 걸치고 취흥이 도도하여 그만 양복 윗저고리를 잃어버리는 실수를 저질렀다. 한나절이 지난 다음 뒤늦게 아차, 하고 차를 돌려 먼저 술자리로 달려가보니 다행히도 양복저고리는 주모가 챙겨두었고 주머니에 넣어둔 돈도 그대로였다. 나는 그때 주 선생이 지갑 대신 누런 봉투를 사용한다는 걸 알았다. "난 1억 이하의 잔돈은 취급하지 않는데 지갑이 뭐 필요하냐"
는 것이 그 이유였다. 그러면서 최딱에게 "야, 웬만한 잔돈은 니가 알아서
좀 처리해라. 난 격조 있게 큰돈만 만지니까" 하면서 예의 그 '낄낄'도 아
니고 '히히'도 아닌 묘한 웃음을 터뜨리는 것이었다. 그런데 최딱의 증언
에 따르면 주 선생은 지금까지 평생 지갑은 물론이고 통장도 없다는 것이
었다. 언제인가 주 선생이 부족한 돈을 메워넣기 위해 최딱의 주선으로
가까스로 은행 대출을 받게 됐는데 은행직원이 통장을 내놓으라고 하니
까 주 선생은 지금까지 한 번도 통장을 만든 적이 없다고 대답했고 은행
직원은 기가 차서 말을 못 하더라고 최딱은 전했다.

'철든다'는 것은 세상사의 이치를 깨닫는다는 뜻이지만, 뒤집어보면
그만큼 세상살이의 맵고 쓴 맛에 길이 든다는 말도 된다. 그러므로 김지
하의 담시 「비어」蜚語의 주인공 안도安道처럼, 이미 소싯적부터 야경꾼에
외판원에 안 해본 일이 없는 주 선생이 뒤늦게 철이 들었다는 점쟁이의
말은 그가 산전수전 다 겪으면서도 세속의 때에 찌들지 않고 어린애처럼
순수한 심성을 잃지 않았다는 뜻이 아닐까? 그러나 주 선생이라고 어찌
이 풍진세상에서 초연할 수만 있었겠는가. 그가 육십 평생 그 누구보다도
파란만장한 삶의 곡절을 온몸으로 겪으며 치러낸 것을 아는 사람은 다 안
다. 그러면서도 그는 삶의 무게에 짓눌리지 않고 경쾌하게 세상을 비틀
고, 왜소한 자신의 존재까지 포함해서 우리 인간들의 노는 모습을 유쾌하
게 뒤집어 보여준다. 그리고 그렇게 함으로써 '격조 있는' 웃음을 선사한
다. 이런 그의 '민중적 격조', 아니 '양아치성 격조'는 낄낄거리며 며칠 동
안 싸돌아다니다가 서울로 돌아갈 때면 무심코 내뱉는 한마디에도 배어

있다. "자, 이제 슬슬 바퀴벌레들이 노는 곳으로 가볼까?"

주 선생과의 만유漫遊는 언제나 격조 있고 즐거웠다. '산소의 절대량이 모자라던' 시절에 그나마 고산증에 시달리지 않고 그와 더불어 즐겁게 노닐면서 낄낄댈 수 있었던 것은 축복이었다. 이번 겨울에는 오랜만에 정다운 4인방이 다시 만나 '격조 있는' 만유에 나설 것을 꿈꿔본다.

『이 유쾌한 씨를 보라 ─주재환 작품집』(2001)

민중판화가 오윤, 문화훈장을 받다

　　지난 15일 문화관광부는 전주에서 열린 '문화의 날' 기념식에서 민중판화가 오윤을 비롯한 25명에게 문화훈장을 수여했다. 사실 문화훈장이란 지금까지 제도권 문화계 인사들에 대한 일종의 공로상 비슷한 것으로 여겨져왔고 그런 점에서 문화계의 특별한 관심을 끌거나 뉴스의 초점으로 부각되는 일은 거의 없었다. 그러나 이번 문화훈장 수상자 명단에는 민중판화가 오윤을 비롯하여 문학평론가 임종국, 『아리랑』의 저자 님 웨일즈, 〈보리밭〉의 작곡가 윤용하, 〈독도는 우리 땅〉의 가수 정광태, 스포츠신문의 인기 만화가였던 고우영, 인기 대중가수인 남진, 영화배우 안성기 등이 포함돼 눈길을 끌었다.

　　지난해에도 영화배우 최민식과 영화감독 박찬욱에게 문화훈장이 수여되어 조그만 화젯거리가 된 적이 있으나 올해는 수상자의 면면이 훨씬 다양해지고 수상자들의 활동영역도 폭이 넓어진 점이 눈에 띈다. 우선 만화가나 영화배우, 대중가수가 훈장을 받은 것은 대중문화를 문화의 일부로 받아들이고 대중예술인들의 공로를 인정한 것이며, 이는 시대의 추세를 반영한 당연한 변화이다. 보수적이고 근엄한 영국에서도 찰리 채플린이나 비틀즈에게 기사 작위를 수여한 것을 보면, 대중문화의 스타들에게 훈장을 주는 것은 오늘날 국제적 관행이라고 할 수 있다.

지난 8·15에 비운의 독립운동가 김산(본명 장지락)이 독립유공자로 인정받아 훈장을 받은 데 이어 김산의 생애를 다룬 『아리랑』의 저자 님 웨일즈(『중국의 붉은 별』을 쓴 에드가 스노우의 부인)도 문화훈장을 받은 것은 뒤늦게나마 사회주의 계열의 독립운동을 인정했다는 점에서 뜻있는 일이다. 임종국 선생은 그의 문학평론 활동(가령 『이상 전집』의 간행 등)보다는 『친일문학론』 발간을 비롯한 친일파 자료 발굴과 정리에 일생을 바친 재야 역사학자로서의 공로 때문에 문화훈장을 받았다. 임종국 선생의 유지를 받든 민족문제연구소의 『친일인명사전』 발간과 더불어 광복 60주년의 가장 뜻깊은 역사 바로잡기로 기록될 만하다.

오윤은 1946년 부산에서 「갯마을」의 소설가 오영수의 아들로 태어나 만 40세인 1986년 서울에서 과음으로 인한 간질환으로 작고한 화가이다. 서울대 미대 재학 중에 최초의 민중미술단체인 '현실' 동인으로 활동했으며 1980년대에 '현실과 발언' 동인으로 숱한 민중판화를 제작하였다. 특히 목판화를 통해 가장 한국적인 민중의 도상을 형상화했다는 평가를 받았다. 민중문화운동이라는 질풍노도의 시대에 민중의 애환을 가장 치열하고 예리하게 나무판에 새겼던 민족예술가에게 훈장이 수여되다니 '세

월 참 많이 달라졌구나' 하는 느낌과 함께, 예술도 세월의 가차 없는 풍화
작용을 거쳐야만 껍데기가 사라지고 결국 그 본모습이 드러난다는 사실
을 실감하게 된다.

술과 친구와 노래를 사랑했던 오윤, 함께 어울려 대구의 뒷골목을 헤
집고 다니던 그 시절이 그립다. 그래, 누가 뭐래도 1980년대는 우리 문화
사에 민중문화의 시대로 기록될 것이다!

『시민의 소리』 2005. 10. 17.

이문구를 읽으며

얼마 전 큰맘 먹고 이문구 전집을 인터넷으로 주문했다. 지금 가지고 있는 책들 가운데도 안 읽은 책이 수두룩한 터에 새로 25권이나 되는 전집을 서가에 보태는 것은 꽤나 부담스러운 일이었지만, 적어도 이문구 전집은 마땅히 소장할 가치가 있다는 생각이 들어서였다.

『관촌수필』 등 젊었을 때 읽었던 작품들을 곱씹어가며 다시 읽는 맛도 새삼스럽지만 데뷔작이나 초기 작품들부터 차근차근 한 작가의 발길을 따라가는 재미로 올여름 더위를 잊고 있다. 게다가 나 같은 충청도 출신은 이를 통해 가물가물 잊혀져가는 고향의 언어를 다시 듣게 되는 즐거움이 무엇보다 크다.

이문구의 언어는 단순한 충청도 사투리라기보다는 20세기 후반의 대한민국 농민들이 소멸하는 과정을 극사실적으로 묘사하는 세필細筆이라

고 할 수 있다. 송기숙의 전라도 사투리나 박경리의 경상도 사투리, 홍명
희의 서울 사투리가 각각 그 지역 민초들의 생생한 삶의 모습을 재현하는
데 결정적으로 기여하는 수단인 것과 비슷하다.

그런데 이문구의 경우에는 사투리가 특유의 만연체 문장과 어우러져
평론가 임우기의 말대로 인간과 자연, 주체와 객체가 혼융하는 교감과 교
친의 문체를 형성한다. 한마디로 이문구의 충청도 사투리는 수천 년간 누
적되고 전승된 농경문화를 담아내는 그릇인 셈이다.

이문구의 농촌 풍속화는 단원 김홍도나 혜원 신윤복의 풍속화처럼
사실성과 해학이 넘친다. 그렇지만 전체적으로 이문구는 '소멸하는 계급
으로서의 한국 농민'의 모습을 보여줄 수밖에 없었다. 1941년에서 2003년
까지 그가 살았던 시대는 바로 농민의 해체와 농경문화의 소멸이 국가의
일관된 정책에 의해 추진된 역사적 격변기였기 때문이다.

자족적이고 조화로운 공동체로서의 농촌 마을(가령, 관촌마을)은 이제
더 이상 존재하지 않는 과거의 유토피아일 뿐이다. 그렇다고 안온하고
풍요한 삶이 보장되는 농촌이 실현 가능한 미래의 꿈으로 제시되지도 않
는다.

오히려 「장곡리 고욤나무」의 늙은 농부는 시대와 자식에 대한 환멸
을 자살로 항거하는 게 고작이다. 농촌 인구를 전 국민의 5% 이하로 줄이
겠다는 노태우 대통령의 발표 이후 꾸준히 추진돼온 정부의 농업포기정
책과 UR(우르과이라운드), WTO(세계무역기구), IMF(국제통화기금), FTA(자유무역
협정) 등 정체를 알 수 없는 수상한 영어 약자들의 공세로 이제 대한민국
의 농민은 자살 충동으로 내몰리고 있다.

이문구의 구수한 입담은 매력적이다. 그러나 그의 작품 속에 등장하는 농민은 멸종 위기에 몰린 동물처럼 서글프고 안쓰럽다. 그가 '마지막 농민작가'로 문학사에 기록되지 않기를 간절히 빌어본다.

『다산포럼』 2006. 8. 2.

마지막 농민작가 권정생의 삶과 죽음

지난 5월 17일 권정생 선생의 부음을 듣고 안동시 일직면 조탑리에 있는 오두막을 찾았다. 저물 녘에 옛 기억을 더듬어 찾아간 빌뱅이언덕 오두막 앞에는 전국 각지에서 찾아온 조문객들이 서너 명 먼저 와 있었다.

권 선생은 생전에 사람 찾아오는 걸 싫어해서 낯선 사람이 보이면 뒷동산에 숨기도 했다. 그래서 선생을 찾을 때는 늘 조심스러웠다. 김용락 시인이나 전우익 선생, 정호경 신부 같은 든든한 안내자가 없을 때는 먼발치에서 오두막을 바라보다 발길을 돌린 적도 있다.

이 오두막은 지난 1982년 마을 청년들이 권 선생을 위해 지어준 흙벽돌 슬레이트집인데, 조그만 아래윗방이 책과 너저분한 살림살이 도구로 꽉 차 있어 겨우 한 사람이 누울 자리밖에 없이 옹색하다. 언젠가 선생의 고향 후배인 김용락 시인과 함께 왔을 적에는 세 사람이 마주 앉기에도 비좁아, 할 수 없이 한 사람은 방문턱에 걸터앉아야 했다.

그래도 선생은 이 방에서 병이 허락하면 며칠 걸려 원고지 한 장씩 채워가며 『몽실 언니』와 『강아지똥』, 『한티재 하늘』 같은 작품을 써냈고 작고하실 때까지 25년 동안 이 집을 떠나지 않았다. 집 뒤편에는 묘지가 보이고 집 앞에는 상여집도 있는 외진 곳이어서 밤에는 무섭지 않느냐고 여쭤봤더니 그게 다 생각하기 나름일 뿐, 본인은 여기가 아주 편안하다는 대답이었다.

방문 앞에 누가 가져다 놓았는지 백합 한 송이가 놓여 있다. 근처 산다는 한 청년에게 물어보니 고인의 유골은 화장을 해서 뒷동산에 뿌리고 이 집은 고인의 뜻에 따라 허물어 없앨 것이라고 한다. 그것이 평생을 욕심 없이 가난하게 살다 간 선생의 뜻에도 맞는 것 같아 우리는 고개를 끄덕였다.

선생은 생전에 자기 이름을 내거나 매스컴에 이름이 오르내리는 것을 죽기보다 싫어했다. 상을 받는 것은 물론이고 글을 모아 책을 내는 것도 꺼렸다. 몇 권의 책은 주위 사람들이 선생의 뜻을 어기면서 이리저리 흩어진 토막글들을 모아 엮어낸 것이다. 특히 돌아가신 이오덕 선생은 권 선생의 글을 발표하고 책으로 만들어주기 위해 부지런히 서울을 왕래하며 애쓰셨다. 이현주 목사도 권 선생의 뜻을 어기면서 『오물덩이처럼 딩굴면서』를 펴냈다. 권 선생한테는 못할 짓을 했지만 나 같은 독자들에게는 고마운 일이다.

그런데 최근에 소식을 들으니 유족과 친지들이 의견을 모아 이 오두막을 보존하기로 결정했다고 한다. 그분들의 뜻도 이해가 가지만, 문화관광자원 개발을 내세우는 지방자치단체장에게 휘둘려 원래의 모습과는 다르게 크고 번듯한 '생가'나 '기념관'으로 '복원'하지는 않았으면 좋겠다.

권정생 선생은 동화작가 또는 아동문학가로 널리 알려져 있다. 사실 권정생 선생은 평생 100여 편의 동화와 동시를 쓴 아동문학가이고 어떤 이들은 그를 이원수 선생에 버금가는 동화작가로 꼽기도 한다.

그러나 그는 단순한 동화작가 이상의 다양한 면모를 지니고 있다. 우선 그의 작품 가운데서도 『몽실언니』와 『초가집이 있던 마을』은 소년소설로 분류되고, 『한티재 하늘』은 대하소설에 가깝다. 『강아지똥』과 『무명저고리와 엄마』 같은 동화는 어린이뿐만 아니라 어른들도 많이 읽는 우리 시대의 고전이다.

90년대 들어 선생은 『녹색평론』에 발표한 여러 편의 에세이와 산문집 『우리들의 하느님』을 통해 '일종의 문명비평가, 평화주의적 사상가'[1]로 변모한다. 어떤 사람들은 그를 '우리 시대의 마지막 양심'이라 부르기도 하고 '영남 삼현의 한 분'[2]으로 추앙하기도 한다. 기독교 신자들 가운데는 '살아있는 성자'로 그를 흠모하는 이들도 적지 않다.

이처럼 권정생 선생을 단순한 동화작가 이상의 차원으로 끌어올리는 것은 무엇보다도 그의 특별한 삶 자체라고 할 수 있다. 그렇다고 해서 그의 삶이 한 작가의 작품과 삶이 일치하는 보기 드문 사례이기 때문에 높

---

[1]　김용락, 「빌뱅이언덕 밑 오두막에 살면서」, 『녹색평론』 2007년 7—8월호, 7쪽. 권정생의 생애와 문학에 대해서는 이 글과 함께 같은 책에 실린 이계삼, 「이 땅 '마지막 한 사람'이었던 분」을 참조했다.
[2]　작가 김영현이 이오덕 선생과 전우익 선생, 권정생 선생을 묶어 그렇게 이름 붙였다고 한다.

은 평가를 받는다는 뜻은 아니다. 또한 그것은 초등학교 졸업의 학력으로 말년에는 연간 인세가 1억이 넘는 인기 작가가 되었다는 세속적인 성공 신화와는 더더욱 거리가 멀다. 그의 삶은 오히려 평생 병과 가난과 외로움과 슬픔으로 얼룩지고 때가 묻어 남루하고 누추하기만 하다.

연보에 따르면 그는 일제 치하인 1937년 도쿄의 빈민촌에서 청소부의 아들로 태어났다. 해방 후 귀국했으나 가난 때문에 식구들이 흩어져 살면서 전쟁 통에 가까스로 초등학교만 졸업한 다음 나무장수, 고구마장수, 담배장수, 점원 등으로 일하다가 결핵에 걸려 유리걸식을 하게 된다. 생사의 고비에서 기독교에 귀의하여 아시시의 성 프란치스코 같은 원시 기독교 신앙에 도달하고, 1960년대 후반에는 고향 근처의 일직교회 종지기로 일하면서 동화를 쓰기 시작한다.

전신결핵으로 조금만 걸으면 숨이 차고, 평생 천형처럼 달고 다니는 인공신장기로 오줌을 받아내면서도 그는 가난하고 힘든 사람은 물론이고 짐승과 벌레, 초목까지 형제로 여기고 애틋한 손길을 내민다. 그러면서 남북 간의 화해와 평화를 갈구하고, 농촌의 피폐와 농민의 고통을 가슴 아파하며, 교회의 타락과 강대국의 횡포, 도시 사람들의 오만을 꾸짖는다.

그의 사상을 떠받치고 있는 한 기둥은 기독교 신앙이다. 그는 예수의 사상을 무소유·무계급·무정부로 규정하고 예수님의 나라는 국경도 인종차별도 없고 그곳에서는 모두가 한 형제이며 평등하다고 말한다.[3] 이것은 존 레논이 〈이매진〉Imagine에서 노래하고 있는, '천당과 지옥, 종교와 국가, 국경과 전쟁, 소유와 탐욕이 없고 모두가 한 형제로 오늘을 위해서만 사는 나라'와 놀라울 만큼 흡사하다. 그들의 사상을 무정부주의라고 한마디로 규정하는 것은 무책임한 언어의 폭력일 것이다. 권 선생이 〈이매진〉을 듣고 영향을 받았을 리도 없고, 존 레논이 권정생의 글을 읽고 영감을 얻어 노래를 만들었을 리도 없다. 전혀 다른 세계에서 전혀 다른 삶을 산 두 사람이 어떤 경로를 통해 비슷한 사상적 꿈을 꾸게 되었는지 우리는 알 길이 없다.

"내가 만약 교회를 세운다면, 뾰족탑에 십자가도 없애고 우리 정서에 맞는 오두막 같은 집을 짓겠다. 물론 집안 넓이는 사람이 쉰 명에서 백 명쯤 앉을 수 있는 크기는 되어야겠지. 정면에 보이는 강단 같은 거추장스런 것도 없이 그냥 맨마룻바닥이면 되고, 여럿이 둘러앉아 세상살이 얘기를 나누는 예배면 된다. ○○교회라는 간판도 안 붙이고 (…) 가끔씩은 가까운 절간의 스님을 모셔다가 부처님 말씀도 듣고, 점쟁이 할머니도 모셔와서 궁금한 것도 물어보고, 마을 서당 훈장님 같은 분께 공자님 맹자님 말씀도 듣고, 단옷날이나 풋굿 같은 날엔 돼지도 잡고 막걸리도 담그고 해서 함께 춤추고 놀기도 하고, 그래서 어려운 일, 궂은 일도 서로 도와가며 사는 그런 교회를 갖고 싶다"[4]고 시골 교회의 집사님은 수줍게 입을 연다.

이것은 일종의 원시 기독교, 또는 근본주의적 기독교라고 할 수 있다. 여기에는 토착화된 기독교, 농촌 현실에 뿌리내린 한국적인 기독교의

3   권정생, 「인간의 삶과 부활의 힘」, 『우리들의 하느님』, 녹색평론사, 1996, 41쪽 참조.
4   권정생, 「우리들의 하느님」, 앞의 책, 14쪽.

꿈도 섞여 있다. 권 선생은 이런 관점에서 서양 선교사들에 의해 이식된 기독교 자체가 잘못된 것이 아니냐고 묻는다. 그리고 대형 교회들의 공격적인 교세 확장과 해외선교 열풍은 허영심에서 나온 주제넘은 짓이라고 질타한다.

그가 꿈꾸는 기독교는 농촌공동체에 기반하고 있다. 그는 종교도 궁극적으로 농사를 통해서만 제자리를 찾을 수 있다고 믿는다. 생명의 원천이며 정신적 고향인 농사와 농촌에 대한 그의 애정은 거의 본능만큼이나 절대적이다.

"밭을 갈고 씨뿌리고 김매고 똥짐을 지는 농사꾼이 바로 이 땅의 목회자"이며 "예수님이 지금 한국에 오신다면 십자가 대신 똥짐을 지실지도 모른다"[5]고 그는 말한다. "누가 무슨 말을 해도 이 지구상의 직업인 가운데 농사꾼이야말로 마지막까지 남을 것이다. 종교지도자를 성직자라고 부르지만 농사야말로 성직 중의 성직이다. 인간이 살아갈 생명의 힘을 생산해내는 것이니 그 이상의 거룩한 직업이 또 어디 있단 말인가."[6]

이런 맥락에서 권정생 문학의 모태가 농촌인 것은 지극히 당연한 일이다. 그의 동화와 소설, 시, 에세이 모두가 농촌을 무대로 하고 있으며 땀 흘려 일하는 이웃 농사꾼들의 이야기가 바로 작품의 내용이다. 민요와 농촌 사투리에 대한 각별한 관심은 『한티재 하늘』 같은 작품 곳곳에서 드러난다. 온전한 경북 북부지방의 사투리는 이제 선생의 작품 속에서밖에

---

5   권정생, 「십자가 대신 똥짐을」, 앞의 책, 27쪽.
6   권정생, 「태기네 암소 눈물」, 앞의 책, 82쪽.

찾을 길이 없다.

　겨울이면 생쥐들과 한 이불 속에서 잠을 자고, 황금보다 강아지똥을 더 귀하게 여기는, 그래서 인간의 경계를 넘어 생명계 전체로 무한 확장된 그의 열린 사랑도, 그가 농촌의 자연 속에서 농민들과 함께 살았기 때문에 가능하지 않았을까? 도시의 한살림 가게에서 약간의 유기농 농산물을 사들고 돌아온 날, 그는 마을 구멍가게와 장터의 쌀장수 아주머니한테 미안해서 밤새 뒤척이며 괴로워한다. 가까운 이웃을 외면하고 먼 데서 깨끗한 음식을 사다 먹는 것이 과연 옳은 일인가? 차라리 죽을 때 죽더라도 이웃집에서, 가까운 장터에서 쌀도 사고 밀가루도 사고 국수도 사는 것이 옳지 않을까? 도시의 환경운동가나 깊은 산속의 수도자라면 이런 고민을 하지는 않았을 것이다.

　권정생 선생의 서거는 한국 농민문학의 종언을 알리는 종소리로 나에게는 들린다. 이문구, 권정생 선생이 가고 이제 송기숙 선생만 남았다.

　전국의 딴따라 광대들이 존경하고 따르던 경남 영산의 양파 농사꾼이자 줄꾼인 조성국 선생은 쌀 개방의 회오리바람이 몰아치던 1993년 세모에 홀쩍 세상을 뜨셨다. 이제 한미FTA의 광풍이 몰려오는 2007년 봄, 가난하고 외로운 농민들과 "세상의 모든 약자들에게 진실한 친구이자 이웃이었던"[7] 권정생 선생은 살며시 우리 곁을 떠났다.

『내일을 여는 작가』 2007년 가을호

7　　염무웅 선생의 조사에서 인용.

조성국 선생님을 생각하며

세배를 드릴 선배나 어른도 없이 한 해를 맞는 것은 얼마나 쓸쓸한 일인가. 세모가 다가오니 늘 세배를 다니던 어른이 생각난다. 내가 늙었다는 것보다는 그런 어른이 더 이상 안 계시다는 것이 허전하다.

"우리 쌀과 함께 나도 가는구나." 우르과이라운드 쌀 개방의 찬바람이 휘몰아치는 1993년 세모에 평생 고향 땅을 지키던 늙은 농사꾼이 땅을 떠났다. "이 세상에선 더 이상 오염되지 않은 깨끗한 농사를 지을 수 없으니 저 세상에서나 무공해 종자를 개발하여 무공해 농사를 지어볼라네." 그는 이 땅에서 못 다 지은 농사를 저 세상에서도 이어보겠다고 다짐했다.

'참 농꾼, 참 줄꾼, 참 술꾼'이 되기를 바랐고 그렇게 사셨던 일봉逸峰 조성국 선생님. 1993년 12월 29일 그는 경남 창녕군 영산면 영축산 기슭의 고향 집에서 74년의 생을 마감했다. 12월 31일, 민족예술인 조성국 선생님의 영결식이 거행된 영산줄다리기·영산쇠머리대기 전수회관 앞마당에는 영산·창녕지역뿐만 아니라 전국 각지에서 모여든 남녀노소의 추모객들이 빼곡히 들어찼다.

밤새 부산과 대구, 서울의 젊은 후배들이 마련한 울긋불긋한 만장들이 오늘따라 더욱 맵찬 칼바람에 펄럭인다.

"민족예술이여 영원하라" (한국민족예술인총연합)

"영산과 함께 줄과 함께 영원하소서" (영산줄보존회)

"에헤라 서러운 세상 보릿대춤으로 풀어보세" (민예총 전남지부)

"주경야독 곧은 선비 노소동락 탁 튄 광대" (전국민족극운동협의회)

"님은 갔습니다. 그러나 우리는 님을 보내지 않았습니다" (영산줄다리기보존회)

"땅에 심은 님의 뜻은 우리가 이어받겠습니다" (창녕군 농민회)

"미국 쌀 양키 문화 확 쓸어뿌라!" (우리밀살리기운동본부 마산지회)

"줄은 애살이다, 신명이다, 몰음이다" (부산민족미학연구소)

"통일의 그날 부활하소서" (민족통일대동장승굿추진위원회)

"한을 삭혀 흥으로 풀어내는 조선의 마음이여" (부산민족미학연구소)

"참교육 크신 스승 우리 조성국 선생님" (전교조)

"암줄 수줄 동군 서군 화합하여 대동세상" (민예총 민족굿위원회)

"서럽도록 아름다운 조국의 산하여, 사무치게 그리운 조선의 농민이여" (민미협)

그러나 이런 점잖은 글귀들은 조성국 선생님의 평소 말씀과는 어울리지 않는다. 거추장스런 수사보다는 차라리 농사꾼의 쌍소리로 나가는 것이 조 선생님의 성깔에 어울릴 성싶다.

"양키 좆만 좆이냐, 조선 좆도 좆이다!"

사실 그는 평생을 두고 치장 요란한 말보다는 한마디의 욕으로 세태를 꾸짖었다. 유신시대에는 농민회 집회를 기를 쓰고 막으려는 군수에게 전화를 걸어 "당신 조선 좆으로 난 사람이요, 양키 좆으로 난 사람이요?" 하고 호통을 치셨다.

창녕 출신의 성낙현이라는 국회의원이 있었다. 야당인 신민당 출신으로 조성국 선생님을 비롯한 민주인사들의 적극적인 지원으로 당선되었으나 1969년 이른바 3선개헌 파동 때 정치공작에 매수되어 여당인 공화당으로 옮겨가는 변절을 저질렀다. 얼마 후 고향에 내려온 길에 조 선생님 댁을 찾아와 "저 성낙현이 왔습니다" 하고 문간에서 인사를 하자 조 선생님은 대뜸 "누구시더라? 난 모르는 사람은 문 안에 들이지 않습니다" 하고 쫓아보냈다.

이렇게 맵찬 서슬이 칼날 같은 선생님은 그러나 누구도 따를 수 없는 익살과 해학으로 좌중을 웃기는 탁월한 친화력을 발휘하셨다. 1년 동안 영산에 머물면서 조 선생님을 따라다닌 극작가 안종관 형에 따르면 한번은 초상집에 갔는데 쓸쓸하고 가라앉은 분위기를 조 선생님이 순식간에 반전시켜 와자지껄한 웃음판으로 만들어버리더란다. 심지어는 상주까지 웃지 않을 수 없게 만들었다니 알 만하지 않은가.

노소동락老少同樂이야말로 조 선생님을 두고 한 말이다. 나나 채희완

(부산대) 같은 후배들과도 허물없이 어울리시고 특히 채희완 선생과는 나이를 초월한 술친구이자 평생 동지로 각별한 우정을 나누었는데, 오죽하면 조 선생님의 수제자인 천규석 선생이 새로 난 동생에게 사랑을 빼앗긴 형처럼 시샘을 하셨을까. 전국의 광대와 딴따라들이 조 선생님을 초대 민예총 공동의장으로 모시게 된 것은 우연한 일이 아니었다. '민족예술', '민중예술'에 가장 잘 어울리는 광대가 바로 조성국 선생님이었기 때문이다.

농경문화의 진수라 할 수 있는 영산줄다리기를 되살려낸 것도 조 선생님의 열정이었다. 단순한 민속의 복원과 재현이 아니라 그 정신을 농민들의 생활 속에 착근시킨 것이야말로 조 선생님이 아니고서는 해낼 수 없는 업적이었다. 그는 늘 "줄은 애살이고 신명이고 몰음"이라고 강조하셨다. '줄다리기'라는 표준어보다는 '줄땡기기'라는 토속어를 내세웠다. 지금도 특유의 구수한 경상도 사투리가 귀에 쟁쟁하다.

공안통치의 서슬이 시퍼렇던 80년대에 그는 각 대학에 영산 줄을 보급하면서 '대동정신'을 가르쳤다. "줄은 민중이요, 줄은 통일입니다." 쩌렁쩌렁한 목소리로 젊은이들을 향해 외치던 두루마기 차림의 당당한 풍모가 아직도 눈에 선하다.

그러면서 그는 이상화의 시에 변규백이 곡을 붙인 〈빼앗긴 들에도 봄은 오는가〉의 악보를 찍어 직접 노래를 보급했다. 이런 인연으로 변규백은 근 30년 연상인 조 선생님과 의기투합하여 술친구, 노래친구가 되었다. 현재 중앙승가대학에서 불교음악을 가르치고 있는 변규백은 친구의 마지막 가는 길에 〈청산은 날더러〉를 불렀다. 돌아가시기 며칠 전 병석의 조 선생님과 함께 신나게 노래를 불렀던 마산의 노래꾼 고승하는 노래패를 데리고 와서 〈그날이 오면〉을 영전에 바쳤다.

조 선생님은 평생 정규 음악교육을 받은 적이 없으면서도 전문 음악인을 뺨치는 청음·채보의 능력을 스스로 터득하여 노래만 들으면 악보에 옮기고, 악보만 있으면 처음 보는 곡이라도 금방 노래를 불렀다. 또 6·25 직후에는 최초로 국악을 악보로 표기하는 법을 고안해내어 『동아일보』 문화면에 전면 기사로 실리기도 했다.

한번은 동네 다방에서 〈아내에게 바치는 노래〉를 듣고는 악보에 옮겨 적고 가사를 외워 연습한 다음 집에 돌아와 마나님에게 "내 그동안 당신 고생만 시켜 미안하오. 고마운 뜻으로 노래 한 곡 불러주리다" 하고 노래를 불렀다. "젖은 손이 애처로워 살며시 잡아본 순간 거칠어진 손마디가 너무나도 안타까웠소……" 그랬더니 마나님께서는 "아니, 이 영감이 미쳤나!" 하고 펄쩍 뛰며 밖으로 도망치더란다. 사실 후배들 앞에서 하는 그의 마누라 자랑은 이런 식이었다. "나는 원고 없이 5분 동안 연설하는 것도 힘든데, 우리 마누라는 원고 없이도 한두 시간은 쉬지 않고 연설을 하지요."

그러나 조 선생님의 평생 사업은 농사였다. 밀양농잠학교를 졸업하고 경산 일대에서 잠시 농업기수로 일하다가 고향으로 돌아와 영산중학교에서 교편을 잡고 원예와 음악, 국어 등을 가르치셨다. 이때의 제자가 천규석(대구한살림생활협동조합 이사)이다. 그는 서울대학교(미학과)를 졸업했으니 한자리하겠지, 하는 고향 사람들의 기대와는 달리 고향으로 내려와 평생 농사를 지으면서 농민운동에 애쓰다가 지금은 대구에서 한살림협동조합을 이끌고 있다.

두 사람은 사제지간을 넘어서서 친구지간이요, 육친 이상의 정을 나누는 동지였다. 조 선생님은 언젠가 술자리에서 "처음엔 내가 천 군을 가르쳤는데 두고 보니 나보다 시건(철)이 훨씬 낫습디다. 그래서 그담엔 천 군이 내 스승이 됐지요. 천 군이 하는 말이라면 무조건 따르게 됐지요. 그런데 내가 무슨 일을 잘못하면 천 군이 사정없이 야단을 쳐요. 아무리 스승이지만 너무 심하게 야단을 친답니다" 하고 웃으면서 하소연했다. 그러자 천 선생은 "아직도 야단을 치면 시건이 날 만하니까 야단을 치는 거죠" 하고 맞받는다. 조 선생님은 이 말을 듣고 "그래도 날 늙은이 취급 안하고 시건을 들여 써먹을 만하다고 생각해주니 고맙네" 하며 껄껄 웃으시는 것이었다.

조성국 선생님은 4·19 이후 전국교직원노동조합(전교조)이 결성될 때 창녕군 중등교육위원회 부위원장을 맡아 적극 참여하셨다. 그러다가 5·16 군사쿠데타가 일어나자 체포되어 마산형무소에서 옥고를 치렀다. 얼마 후 풀려나기는 했으나 교단에서 쫓겨나 아이들을 가르치지 못하는 고통과 함께 '빨갱이'라고 외면당하는 것이 무엇보다 가슴 아팠다. 먹고살 길이 꽉 막혀 당시 중·고등학교에 다니던 자식들의 학업까지 중단시키지 않으면 안 되었다. 그야말로 참담한 생활고였다.

보통 사람 같았으면 자살을 기도하든가, 호구지책을 핑계 삼아 힘 있는 사람에게 줄을 대어 출셋길을 텄을 테지만 그는 오히려 이때부터 고향의 땅에 뜻을 묻고 평생 농사꾼으로 나설 것을 결심했다. 그래서 시작한 것이 양파 재배였다. 책을 통해 양파농사법을 배우고 종자를 개량하여 남의 땅을 빌려 양파농사를 시작했는데, 얼마나 열성을 쏟았는지 곧 '얼굴 얽은 양파 박사'로 전국적인 명성을 얻기에 이른다. 60년대를 거치면서 우리 농산물의 종자가 모두 외국(미국, 일본) 장사꾼들의 손에 넘어가 매년 엄청난 돈을 들여 종자를 사오게 됐지만 양파만은 끝내 우리 종자를 지키게 된 것은 오로지 조 선생님의 정성 덕분이다.

영산·창녕 일대는 전국 제일의 양파 생산지가 되었고, 전남 무안군을 비롯한 각지의 양파 산지에도 조 선생님의 재배법 지도와 종자 보급의 손길이 미치지 않은 곳이 없었다. 몸소 『양파재배법』이란 책을 쓰신 것도 이 때문인데, 87년 6월항쟁 이후 전두환 씨가 백담사로 쫓겨갈 적에 조 선생님은 "『양파재배법』이나 보내줄까?" 하고 물으신 적이 있다. 그때 우리는 그냥 농담으로 알고 웃고 말았는데 사실 그 말의 속뜻은 '제대로 참회를 하고 사람이 되려면 농사를 지어보아야 한다'는 가르침이 아니었을까, 뒤늦게 새겨본다.

왜 많은 이들이 조 선생님을 스승으로 존경하면서 친구처럼 좋아할까? 나는 조 선생님이야말로 '민중'의 살아있는 전형이기 때문이라고 생각한다. 많은 사람들이 그를 통해 민중의 구체적 실체를 현실에서 확인할 수 있었다. 흔히 민중의 속성으로 건강한 노동과 의식의 진보성, 주위 사람들을 편안하게 해주는 겸손과 친화력, 삶의 지혜와 여유, 해학, 멋, 역경 속에서도 비굴하지 않은 꿋꿋한 기개 등을 꼽는다. 그러나 이러한 이상형으로서의 민중은 소설이나 상상 속에서만 존재할 뿐, 실제 현실 속에서는 찾아보기 힘들다. 그래서 우리는 확실한 증거 없이 민중에 대한 든든한 믿음을 갖지 못한 불안감을 감추기 위해 더욱 더 조급하고 과격하게 스스로에게 민중의 이상형을 강요해왔는지 모른다. 그러나 어쩌다 조성국 선생님을 만나 함께 어울리게 되면, 우리는 어느새 그러한 불안감과 조급증에서 해방되어 '민중'에 대한 신뢰가 아랫배를 든든하게 채워주는 것을 경험하게 된다. 돌아가신 성내운 선생님이나 김정한 선생님, 문익환 목사님, 장일순 선생님, 전우익 선생님, 권정생 선생님 같은 분들을 통해 우리가 느꼈던 편안함도 이런 것이었으리라.

2008. 2. 3.

돈만 벌어라

개같이 벌으랬다 돈만 벌어라

더러운 돈 좋아하네 돈만 벌어라

새 돈 헌 돈 따로 있나 돈만 벌어라

아무거나 시키세요 돈만 벌어라

인정 찾고 양심 찾고

개소리를 허들 마라

정승처럼 쓰면 됐지

돈 벌어 돈만 벌어 돈

이 노래는 김민기의 노래굿 〈공장의 불빛〉에 나오는 깡패들의 노래로 강렬한 록 음악으로 당시의 세태를 질타하고 있다. 알다시피 〈공장의 불빛〉은 1978년 인천의 동일방직 노동조합 사건을 노래와 대사로 엮은 한국 최초의 노동현장 뮤지컬인 셈인데, 유신시대의 검열과 통제를 피하기 위해 게릴라 작전처럼 하룻밤새 이화여대 방송반에서 몰래 녹음을 하였다고 한다.

당시로선 최첨단 매체인 카세트로 2천 개를 복사하여 후배에게 맡기고 김민기는 지하로 잠적했고, 이 테이프는 손에서 손으로 알음알음으로 전국에 배포되었다. 특히 뒷면은 공연할 때 활용하라고 반주만 녹음돼 있어 많은 노동현장에서 이 테이프를 틀어놓고 공연을 했다고 한다.

그 무렵 동교동의 어느 건물 지하실에서 숨죽이며 지켜본 공연의 충격과 감동을 나는 아직도 잊지 못한다. 그 후 어찌어찌해서 손에 들어온 테이프를 30년 가까이 듣다 보니 이제는 거의 소음 수준으로 음질이 떨어져, 뒤늦게나마 2004년에 복각된 씨디를 사려고 인터넷을 찾아보았다. 그러나 맛보기로 들어본 새 씨디의 음악은 웬일인지 성형미인처럼 매끈하기만 해서 선뜻 주문할 맘이 내키지 않는다.

최근에는 '노래를 찾는 사람들'(노찾사)이 김민기의 노래들을 다시 부르는 기획 공연을 했는데, 그 중에서 가장 반응이 좋았던 것이 바로 〈돈만 벌어라〉였다. "대통령이 씨이오다 / 억울하면 출세하라 / 대한민국 주식회사 / 돈 벌어 돈만 벌어……". 가사를 요즘 세태에 맞추어 일부 바꾸어 부른 것이 관객들의 공감을 얻은 모양이다.

1970년대 개발독재시대의 노래가 생생하게 다가오는 것은 우리 사회가 여전히 '돈만 벌어라'의 주술에 갇혀 있기 때문일 것이다. 백주 대낮에 동일방직 여공들에게 똥물을 퍼붓던 '구사대'는 깔끔한 양복 차림의 '용역'으로 바뀌었지만, "새 돈 헌 돈 따로 있나 돈만 벌어라／아무거나 시키세요 돈만 벌어라／인정 찾고 양심 찾고／개소리를 허들 마라"라는 그들의 주제가는 21세기 대한민국의 방방곡곡에서 울려퍼지고 있다.

이 노래는 이제 '깡패'나 '용역'들만 부르는 노래가 아니라 대한민국 국민 모두가 부르는 애창곡이 되었다. 물론 일부는 '노찾사'처럼 냉소적 반어법으로 부르지만, 다수는 진정으로 감정이입이 되어 열창을 한다. "민주주의 짜증난다／돈만 벌어라"

그래서인지 제주 영리병원 허용 등 의료민영화정책 폐기, 광우병 위험 미국산 쇠고기 병원급식 금지 등을 요구하며 총파업에 들어간 보건의료노조에서 내건 "돈보다 생명"이라는 구호가 신선하게 와 닿는다. 누구 말처럼 촛불이 바깥 세상의 어둠을 밝히면서 우리 마음속의 돈 욕심을 태우는 자성의 계기로 타오르기를 간절히 바란다.

『다산포럼』 2008. 7. 24.

〈워낭소리〉의 배후를 찾아서

　　하루하루 사는 것이 팍팍하고 맥이 빠지는 요즘, 그래도 축 처진 서민들의 어깨를 다독여주고 시린 가슴을 쓸어내려주는 영화가 바로 〈워낭소리〉다. 처음에는 예술영화 전용 소극장 몇 군데서 소문도 없이 선을 보이더니 젊은 영화팬들 사이에서 입소문이 돌면서 팬들의 성화에 떠밀려 상영기간도 연장되고 상영관도 늘어나 벌써 30만 관객을 돌파했다고 한다.

　　요즘은 만나는 사람마다 〈워낭소리〉를 보았느냐는 것이 인사가 되었다. 이런 추세대로라면 1백만 관객 돌파도 시간문제다. 작년 여름 여중생들이 불을 붙인 촛불이 삽시간에 들불처럼 청계천과 시청광장으로 번져가던 것이 연상된다. 자발적이고 비조직적인 대중의 참여와 반란이라는 점에서 〈워낭소리〉는 촛불문화제에 못지않은 놀라운 문화적 폭발력을 보이고 있다.

그렇다면 〈워낭소리〉의 문화적 폭발력은 어디서 오는 것일까. 나는 그것이 무엇보다 농경문화의 힘에서 나오는 것이라고 믿는다. 소를 친구로 여기며 아끼고 보살펴주는 농부, 농부와 소통하며 힘든 일도 마다하지 않는 소, '평생 원수'를 '천생연분'으로 알고 살아가는 할머니. 이 영화는 바로 농경시대의 우리 아버지와 어머니, 또는 할아버지와 할머니의 삶과 죽음을 있는 그대로 보여준다.

나처럼 농촌에서 자란 세대는 물론이고 도시의 아스팔트 문화에 익숙한 젊은 세대도 〈워낭소리〉를 보고 감동의 눈물을 흘린 것은 수만 년 동안 우리의 핏속에 전승된 농경문화의 유전인자 때문이 아닐까. 선댄스 영화제에서 이 작품이 상영되었을 때, 미국인 관객들이 모두 감동의 눈물을 흘리며 열광했다는 소식은 농경문화의 유구한 전통과 보편성을 입증하는 것이 아닐까.

그러나 농업은 21세기의 한국에서 퇴출의 벼랑 끝에 몰린 사양산업이고 농민은 멸종 위기에 몰린 힘없는 소수 집단이다. 경쟁력과 속도, 돈벌이에 눈이 벌건 투기꾼들이 설치는 세상에서 작고, 불편하고, 느릿느릿하고, 자기는 좀 손해보더라도 남을 배려하는 농경문화적 가치는 설 자리가 없다. 생존권을 외치는 철거민들을 테러분자로 낙인찍고 특공대와 용역깡패들을 투입해 죽음으로 내모는 시대에 농경문화적 가치는 마치 주차장에 매어둔 소달구지처럼 낯선 풍경이 되어버렸다.

농업도 대기업과 외국 자본을 끌어들여 '기업화'하고 쌀도 쇠고기도 값싼 외국 제품을 수입하겠다는 정부 당국자들은 〈워낭소리〉에 관객이 몰리는 것이 사라지는 옛 풍물에 대한 향수 때문이라고 치부할지도 모른다. 인간에 대한 예의를 모르는 선정적인 언론매체들은 영화의 주인공인 할아버지 할머니를 시도 때도 없이 찾아와 카메라를 들이대고 괴롭힌다고 한다. 새 정부 들어 독립영화에 대한 지원이 크게 줄어들었다는 소식도 들린다. 몇 년 동안 공력을 들인 〈워낭소리〉 같은 독립영화가 앞으로 또 나올 수 있을지 걱정이다.

꼽아보니 지금까지 살아오면서 '문화적 충격'이라고 부를 만한 경험을 한 것은 몇 번 되지 않는다. 그 중 하나는 1980년대 중반 광주의 YMCA 회관에서 본 연극 〈금희의 오월〉이었다. 무대와 객석이 하나가 되어 웃고 울던 그 현장감은 두고두고 잊혀지지 않는다. 나에게는 1980년대 하면 떠오르는 것이 수많은 대중집회나 치열한 시위현장보다 〈금희의 오월〉이다. 나로서는 2009년이 '용산참사'보다 〈워낭소리〉로 기억될 것 같다.

『시민의 소리』 2009. 2. 11.

『임꺽정』을 읽으며

우리 신문학 백년사에서 고전이라는 이름에 가장 걸맞는 작품을 대라면 나는 주저 없이 『임꺽정』을 첫 번째로 꼽는다. 구미문학의 영향을 너무 많이 받아 양취洋臭, 즉 서양 노린내에 절어 있는 요즘 문학에서는 찾아보기 힘들 만큼 "사건이나 인물이나 묘사로나 정조情調로나 남에게서는 옷 한 벌 빌어 입지 않고 순 조선 것으로 만들"어진 작품이 바로 『임꺽정』이기 때문이다.

박경리나 이문구, 황석영, 조정래 같은 후배 작가들도 벽초에는 미치지 못한다는 생각이 든다. 남북분단으로 인한 정치적·사상적 편향을 떠나 엄밀하게 문학적 잣대로만 본다면 한국 근대문학사에서 벽초를 넘어서는 작가가 누가 있을까.

당연히 내가 가장 즐겨 읽는 책도 『임꺽정』이다. 심심하면 아무 때나 펼쳐 읽는데 대개 일 년에 한 차례 정도는 열 권짜리 전권을 통독하게 된다. 한번 손에 잡으면 끝까지 읽게 되기 때문이다. 다 아는 얘기지만 읽을 때마다 새록새록 재미가 나고 미처 깨닫지 못했던 행간의 의미를 뒤늦게 발견하기도 한다.

가령 『임꺽정』 '의형제' 편에는 박유복과 곽오주가 의형제를 맺는 장면이 나온다.

"우리가 인제부터는 각성바지 형제다"라는 박유복의 말에 곽오주는 "각성바지 할 것 없소. 내 성을 박가루 고치든지 형님 성을 곽가루 고치든지 맘대루 고치구서 참말 형제루 합시다그려" 하고 제안한다. 박유복이 부모의 피가 다른데 성을 하나로 한다고 피가 같아지는 것은 아니라고 타이르자 곽오주는 이렇게 항변한다. "그럼 우리가 아버지 어머니 피를 다 받았으니까 성을 둘씩 가져야 하지 않소. 하필 아버지 성만 가질 것 무어 있소." "아버지 성 갖는 것은 옛날부터 내려오는 법이야." "도둑질은 하라는 법 어디 있소? 하라는 법이 없어두 하면 되는 것 아니요. 아따 이렇구저렇구 그까짓 성은 박가 곽가루 내버려둡시다."

곽오주는 일찍 집을 나와 남의집살이하는 머슴이고 박유복은 농민의 아들로 아버지 원수를 갚고 쫓기다가 우여곡절 끝에 청석골에 들어가 도둑이 된 인물이다. 여기서 곽오주는 유교적 관습이나 양반층의 관행에는 아랑곳하지 않고 마음 내키는 대로 성을 바꾸든가 부모의 성을 같이 쓰는 것이 어떠냐고 말한다. 당시의 기준으로 보면 곽오주의 이런 언행은 세상 이치를 모르는 무식한 상놈의 짓거리에 다름 아니다.

그러나 '옛날부터 내려오는 법'을 고수하는 순직한 박유복은 자기 의

사와는 관계없이 세상에 쫓기는 도둑 신세가 되어 있다. 그리고 더욱 기이한 것은 마음대로 성을 바꾸고 부모의 성을 함께 쓰자는 곽오주의 터무니없는 주장이 요즘에는 자연스러운 일로 여겨진다는 사실이다. 가령 아버지가 다른 두 아이가 아버지의 성 대신 어머니의 성을 가지는 것이 민법상 허용돼 있는가 하면, 남녀평등론자들은 공공연히 부모의 성을 다같이 사용하고 있는 것이다. 소설 속의 연대인 조선 중기(16세기)부터 따지면 근 4백 년 만에, 그리고 벽초의 『임꺽정』 집필 연대인 1920년대부터 따지면 근 80년 만에, 곽오주의 주장—정확히 말하면 곽오주의 말을 빈 벽초의 주장은 실현된 셈이다. '옛날부터 내려오는 법'은 고정불변의 진리가 아니라 시간이 지나면서 얼마든지 변할 수 있는 고정관념에 불과했던 것이다.

올 겨울에 괴산의 벽초 유적지를 찾아보았다. 괴산 읍내에 있는 생가는 한일합방 때 자결한 부친 홍범식 선생의 이름을 내걸고 번듯하게 복원되어 있으나 벽초의 옛 자취는 찾을 길이 없다. 이 지역 경승지인 제월대霽月臺 공원에 있다는 문학비文學碑를 찾아가는데 안내판 하나 없어 애를 먹었다. 해마다 홍명희문학제가 열리는 마당에 보수·우익단체들이 북한 부수상을 지낸 벽초의 전력을 문제 삼아 비석을 철거하고 안내판을 제거한 적이 있다니 저간의 사정을 짐작할 만하다.

그런데 이 지역에 전해오는 얘기에 따르면 1950년 6·25 당시 괴산읍내 벽초의 생가에는 그의 서모가 혼자 살고 있었다고 한다. 북한군이 철수하고 남한 군인들이 들어와 고령으로 바깥출입도 못하는 노파를 홍명희의 어머니라는 이유로 체포하자 "내가 낳은 자식은 아니지만 홍명희의 어머니 자격으로라면 나는 기쁘게 죽겠다"고 하며 당당하게 처형을 당했다는 것이다.

요즘은 사통팔달로 길이 뚫리고 비행기나 고속버스, 고속전철이 일상화되어 전국의 어느 곳이든 한나절이면 오갈 수 있게 되었다. 그나마 반쪽으로 갈린 국토가 더욱 좁고 답답하게 느껴지는 것은 당연하다. 대구에서 증평 괴산을 당일치기로 다녀왔다. 길 잘 걷는 황천왕둥이도 이틀은 족히 걸릴 먼 길을 이렇게 후딱 주마간산 격으로 스쳐가면서 뭘 제대로 보기는 힘들 것이다.

기회가 되면 꺽정이와 갖바치 스님(병해대사)의 노정기路程記를 따라 걷고 싶다. 꺽정이 사제가 조선 팔도를 유람하며 각양각색의 인물들을 만나고 다양다채한 산천경개와 풍속을 경험하는 대목은 여행기로서도 매력적이고 감칠맛이 난다. 요즘 유행하는 도보순례의 원조라 할 만하다. 그런데 1910년대에 중국과 일본, 동남아 등지를 5~6년간 떠돌아다니며 넓은 세상을 구경한 바 있는 벽초가 굳이 좁아터진 조선의 산천경개를 꼼꼼하게 소개한 것은 아마도 좁은 국토나마 한 땀 한 땀 발로 밟으며 그 속에서 살아가는 조선사람들의 땀 냄새와 거름 냄새, 밥 냄새를 맡아보라는 뜻이 아니었을까.

『시에』 2009년 봄호

별일 없이 산다

어느 시대를 막론하고 청년들은 자신들이 가장 불행하고 재수 없는 세대라고 생각한다. 나는 어쩌다가 이렇게 삭막하고 암담한 시대에 태어나 가도 가도 희망이 보이지 않는 사막 같은 세상을 허우적거리며 살고 있는가. 이건 내 잘못이 아니야. 나도 우리 전 세대의 어른들 못지않게 아등바등 노력은 하지만, 도대체 손에 잡히는 확실한 성과는 없어. 그저 막연한 불안감과 습관에 등을 떠밀려 손발을 놀려보지만 구원의 손길은 오지 않고 기약 없는 기다림만 있을 뿐이야. 그렇다고 내가 무엇을 할 수 있나. 답답하고, 화가 나고, 미칠 지경이야.

이런 자의식을 안고 절망과 분노와 좌절감으로 얼룩진 청년들의 반항은 어느 특정한 시대의 일회적 현상이 아니다. 1차세계대전에서 패배한 독일의 청년들은 19세기적인 모든 가치와 제도·관행은 타파해야 할 낡은 유물이라고 선언하고, 기독교적 신앙과 부르주아적 문화에 가차 없는 공격을 퍼부었다. 그들이 보기에 기독교는 '내세를 팔아 순진한 시민들을 현혹하는 사기'에 불과했고, 고상하고 세련된 부르주아적 문화는 비참한 현실에 대한 왜곡과 도피였다. 이들의 이러한 반항과 자의식은 1920년대에 이른바 독일표현주의라는 특이한 문예사조를 낳았고, 그 여파는 영화와 미술, 문학 등 여러 장르에 걸쳐 혁명적인 변화를 일으켰다.

이런 현상은 승전국인 미국의 청년들에게도 나타났다. 헤밍웨이, 피츠제럴드, 도스 파소스 등 청년작가들은 고국을 떠나 파리 등지를 유랑하면서 자신들을 '잃어버린 세대'(로스트 제너레이션)라고 불렀다. 이들의 문학적 경향과 이후의 행로는 제각각이었지만, 기존의 이념과 가치, 제도에 모두 회의를 품고 반항을 시도했다는 점에서는 독일 표현주의자들과 문제의식을 공유하였다.

이런 청년들의 반항은 2차대전이 끝난 후 1950년대에도 반복되었는데, 영국에서는 이른바 '성난 젊은이들'(앵그리 영 맨)이라는 현상으로 나타났고, 미국에서는 '비트 제너레이션'이라 불리는 한 무리의 작가들이 등장하였다. 이어 1960년대는 베트남전쟁에 반대하는 청년들을 중심으로 '히피문화'라는 독특한 문화현상이 전 세계로 파급되었다. 통기타와 청바지, 비틀즈, 여권 신장 등은 모두 히피문화의 유산들이다.

우리나라의 경우에도 이러한 청년들의 저항문화는 1960년대의 통기타 음악과 탈춤/마당극운동 이후 연면하게 그 맥을 이어왔다. 대표적인 청년문화는 1970~80년대의 이른바 민중문화운동으로 표출되었다. 지금은 자연스럽게 대학가에서 사용되고 있는 '동아리'나 '해오름식', '새내

기' 같은 용어가 바로 민중문화운동의 산물이다. 저항문화는 어느새 주류
문화로 편입되고 제도화된다. 처음에는 어색하지만 쓰다 보면 어느새 친
숙해지는 것은 청바지뿐이 아니다.

요즘 '장기하와 얼굴들'이 뜨고 있다. 그들의 노래를 들어보니 바탕에
깔린 주제는 '풍요로운 시대의 가난한 청년들'이다. 이른바 '88만원 세대'
의 분노와 반항과 우수와 체념이 절묘하게 어우러져 나 같은 구세대에게
도 공감을 불러일으킨다. 나도 청년시절에는 그런 느낌을 가졌었으니까.
우리 시대의 청년들은 보릿고개의 배고픔을 견디며 표현의 자유에 목말
라했지만, 요즘 청년들은 모든 것이 넘쳐나는 풍요 속에서 안정된 일자리
와 지속가능한 가치를 찾아 헤맨다. 그래도 예전의 청년들은 무언가를 바
꿔야겠다는 열정과 희망이 있었지만, 요즘의 청년들은 그런 열정과 희망
도 '싸구려 커피'처럼 쉽게 구할 수 없다. 그러니 그저 '별일 없이 산다'.

그렇다고 요즘 청년들을 야단치거나 동정하는 것은 금물이다. '게으
르고, 버릇없고, 의지박약한 젊은것들'이라는 말은 역사상 어느 시대에나
구세대가 청년들에게 사용했던 상투어고, 나도 젊었을 때 그런 소리를 신
물이 나도록 들었기 때문이다. 제대 말년에 머리 좀 길렀더니, 선임 장교
가 '너희들은 우리 군의 암적인 존재들이야' 하고 호통을 치던 것이 생각
난다. 결국 청년들은 그들 나름대로 반항하고 고민하면서 새로운 문화를
만들어나갈 것이다. 그리고 미래의 역사는 어차피 그런 청년들이 써나갈
수밖에 없는 일이 아닌가.

『영대신문』 2009. 10. 28.

금지곡의 시대

1970년대는 흔히 '유신시대'나 '긴급조치의 시대'로 규정된다. 가령 이유 없이 출석하지 않거나 시험을 거부하여도 사형, 무기징역, 5년 이상의 징역형을 받을 수 있던 금지와 처벌의 시대였다.

당시의 청년들은 산소가 부족한 고산지대의 등산객처럼 숨을 헐떡거리며 분노와 한탄으로 세월을 보냈다. 그리고 그들이 발견한 탈출구는 술과 노래였다. 그러나 술자리도 야간통금 때문에 밤 12시를 넘기면 안 되었고, 노래도 금지곡은 부르면 안 되었다. 심지어는 남자가 머리를 길게 기르는 것도, 여자가 무릎 위 몇 센티미터 이상 올라가는 미니스커트를 입는 것도 금지와 단속의 대상이었다.

"술 마시고 노래하고 춤을 춰봐도 가슴에는 하나 가득 슬픔뿐이네. 무엇을 할 것인가 둘러보아도 보이는 건 모두가 돌아앉았네." 송창식이 부른 〈고래사냥〉의 첫머리에는 이 시대 청년들의 좌절과 분노가 녹아 있다. 당시 젊은이들 사이에서 선풍적인 인기를 끌며 애창되던 이 노래도 유언비어 유포를 엄벌에 처하는 1975년의 긴급조치 9호에 뒤이은 이른바 대마초 파동으로 금지된다.

"담배는 청자, 노래는 추자"라는 유행어가 나올 정도로 선풍적인 인기를 끌던 김추자의 〈거짓말이야〉는 불신풍조를 조장한다는 이유로 금지되었다. 실연의 아픔도 듣기에 따라서는 불신을 조장하는 불온한 선전선동으로 받아들여진 것이다.

더욱 기막힌 것은 콧수염 가수의 원조인 이장희의 〈그건 너〉가 금지곡으로 찍힌 일이다. '책임을 남에게 전가시킨다'는 것이 그 이유였다. "그건 너, 그건 너, 바로 너 때문이야"라는 후렴구를 문제 삼은 것이다. 중·고등학교 국어시간에 시를 배우면서 '이 단어는 무엇을 뜻하는가' 하는 식으로 주입식 교육을 받은 탓에 검열관들은 노래 가사 한 줄에서도 기어코 숨겨진 의미를 찾아내야 직성이 풀렸던 모양이다.

"어제는 비가 오는 종로 거리를/우산도 안 받고 혼자 걸었네/우연히 마주친 동창생 녀석이/너 미쳤니 하면서 껄껄 웃더군." 나는 이 노래가 다른 의미에서 혁명적인 요소를 지니고 있다고 본다. 우선 노랫말이 구어체의 일상어로 되어 있어 명쾌하고 솔직담백하다. 창법도 텁텁하고 직설적이어서 인위적인 꾸밈이나 치장이 배제돼 있다. 기타의 반주도 강렬한 호소력을 증가시킨다. 한마디로 민요에서나 찾아볼 수 있는 대중적 친밀감이 느껴지는 이 노래가 젊은이들의 가슴을 파고든 것은 당연한 일이었다.

나는 평생 내가 좋아하는 가수나 배우, 연예인들을 뒤를 쫓아다니거나 좋아한다는 편지를 보낸 적이 없다. 양희은과 김민기를 좋아했지만, 노래를 즐겨 들었을 뿐, 요즘의 '광팬'처럼 열렬한 애정표현은 해보지 못했다. 그런데, 가수 이장희가 오랜 '미국 망명생활'(이라고 나는 주관적으로 판단한다)을 접고 울릉도에서 더덕농사를 짓고 있다는 소식을 듣고, 조만간 울릉도를 그냥 가보고 싶어졌다. 내가 좋아하는 가수가 거기 살고 있으므로.

『다산포럼』 2009. 11. 3.

영어몰입교육 대신에 한자교육을!

    화교가 인구의 대부분을 차지하는 싱가포르는 영어와 중국어를 공용어로 삼는 이중언어정책을 시행하고 있다. 그래서 웬만한 싱가포르 사람은 영어와 중국어를 모두 구사할 수 있고, 이것이 중계무역과 관광에 의존하는 강소국強小國 싱가포르의 경쟁력을 키운 원동력이 되었다고 우리나라의 영어몰입교육론자들은 주장해왔다.

    그런데 최근 싱가포르의 국부國父인 리관유李光耀 전 수상이 자신이 도입한 이중언어정책이 실패한 정책이라고 고백했다. 겉으로 보기엔 영어와 중국어를 모두 잘하는 것처럼 보이지만, 사실은 영어와 중국어 어느 것 하나도 제대로 구사하지 못하는 어정쩡한 국제화가 되었다는 것이다. 두 가지 언어를 이용한 관광 안내 정도는 할 수 있을지 몰라도 고도의 지적인 작업이나 복잡한 정보의 전달에는 한계가 드러났다는 얘기로 들린다.

　전 국민에게 영어교육을 시켜 국제경쟁력을 키우겠다는 우리 정부의 교육정책에 대해서는 반대의 목소리도 잦아들어 이제는 의심의 여지가 없는 진리인 양 너도나도 '어륀지'식 영어교육에 몰입하고 있다. 수많은 원어민 강사의 채용과 값비싼 각종 영어검정시험, 어린이 조기 유학과 어학연수 등으로 천문학적인 돈과 시간과 노력이 투입되는데도 그 성과와 한계에 대해서는 아무도 따지지 않는다. 남들이 다들 하니까 나만 안 하면 뒤처진다는 강박증에 떠밀려 학생과 학부모, 기업과 정부가 맹목적으로 영어에 매달린다.

　이런 식의 영어몰입교육은 전통시대의 한문몰입교육보다 그 강도強度나 열기熱氣가 드세다. 예전에는 이른바 양반 사대부층만 한문교육에 매달렸지만, 요즘은 계층에 관계없이 전 국민이 영어에 목을 맨다. 한시漢詩 짓는 솜씨를 보고 관리를 등용하던 시대보다 토익·토플 점수로 대학생과 신입사원, 관리를 뽑는 요즘이 얼마나 경쟁이 치열한가?

　전통시대의 한문교육과 오늘날의 영어교육은 사교육비를 비롯한 사회적 비용 면에서 도대체 비교가 되지 않는다. 예전에는 한문교육을 위해 자녀들을 중국에 유학 보내거나 성균관이나 서당에서 중국인 선생들을 초빙해 '한시작법' 특강을 하지는 않았다. 요즘의 교육관료들은 예전에는 국민소득이 낮고 국제화가 되지 않은 탓이라고 강변(강조가 아니다)할지도 모른다. (한자를 모르는 사람들은 흔히 '강조'와 '강변'을 구분하지 못한다.)

　영어는 과연 국제경쟁력을 키우는 데 그렇게도 중요한 요소인가? 영어교육 열기나 토익·토플 점수가 우리보다 낮은 일본이 과연 우리보다 국제경쟁력이 낮다는 말인가? 영어가 필요한 무역과 외교·관광 종사자들만 현지에 보내 집중훈련시키는 것이 효율성과 비용 면에서 훨씬 낫지 않을까?

중국에 나라의 운명이 종속돼 있던 전통시대에 대한 반발 때문인지, 아니면 영어에 나라의 명운이 달렸다고 생각하는 국제화/세계화 추세 때문인지, 영어교육 열풍에 비해 한문교육은 이상하게도 찬밥 신세를 면치 못하고 있다. 언제부터인가 학교에서 기본 한자를 배우지 않게 되고, 괄호 안에 한자를 넣어주던 출판계의 관행도 한글전용으로 바뀌었다. 책과 신문과 간판에서 한자가 사라지고, 세로쓰기에서 가로쓰기로 바뀐 지도 오래다.

나는 해방 후에 태어난 한글세대로서 한글전용론자이지만, 기본 한자교육은 필요하다고 생각한다. 우선 우리의 전통문화를 이해하고 계승하려면 한자의 해독과 이해가 필수적이라고 믿기 때문이다. 서양에서도 인문계 고등학교에서는 사어死語인 라틴어를 가르치고, 대학에서도 석·박사 학위논문을 제출하려면 라틴어를 해야 한다. 서양문화의 원류가 라틴어이기 때문임은 물론이다. 영어 단어 외우는 노력의 백분의 일만 들여도 기본 한자 습득은 가능한 일이다.

요즘 대학원의 역사와 문학 분야에서 고대사와 중세사, 고전문학 전공자는 없고, 현대사·현대문학 전공자만 나오는 것은 젊은 세대가 한자를 모르기 때문이라고 한다. 나는 독문학을 가르치는 것을 직업으로 삼고 있지만, 서울대학교 독문과의 한 학년 학생 수가 교수 수보다 적다는 사실보다 이것이 더 중요한 문제라고 생각한다. 우리나라 독문학 전공자의 맥이 끊기는 것보다는 전통문화와 국학 연구자의 맥이 끊기는 것이 더 심각하고 가슴 아픈 일이기 때문이다.

『국제신문』 2009. 11. 24.

소설과 소설의 이론

　벽초 홍명희의 『임꺽정』에 대한 평가는 크게 두 갈래로 나뉜다. 하나는 이 소설이 한국의 신문학 백년사에 우뚝 솟은 기념비적 걸작이라는 것이고, 다른 하나는 이 작품이 본격적인 근대적 소설로서는 미흡한 야담류의 재미있는 이야기에 불과하다는 것이다. 물론 벽초의 사상적·정치적 행적만을 기준으로 삼아 작가와 작품을 폄하하는 이들도 있으나 이것은 논외로 하자.

　한 작품을 놓고 이렇게 정반대의 평가가 나오는 것은 개인적인 취향과 안목의 차이 때문만은 아니다. 이를테면 서양의 고전음악을 좋아하는 사람이 판소리에 별다른 감흥을 느끼지 못하는 것과는 다른 이유가 있는 것 같다. 내가 보기에 그러한 평가의 차이는, 소설을 보는 잣대, 즉 소설이란 무엇인가 하는 기준이 다른 데서 비롯된 것이다.

그런데 소설을 보는 문학평론가들의 잣대는 대체로 서구의 문학이론에 바탕을 두고 있다. 그렇게 된 까닭은 우리의 근대문학, 또는 신문학이 서구에서 이식된 이른바 신소설, 신시, 신극을 출발점으로 삼고 있으므로 서구의 문학이론을 평가의 잣대로 삼는 것을 당연하게 여겨왔기 때문이다. 그리고 서구의 소설론은 대개 『돈키호테』를 기점으로 삼아, 그 이후 근대시민계급의 상승과 더불어 등장한 부르주아 소설들을 전범으로 삼고 있다.

이런 맥락에서, 흔히 근대소설의 중요한 특징으로 거론되는 '문제적 개인이 자신을 찾아가는 여행'이란 개념은 알다시피 헝가리의 저명한 문학이론가인 루카치의 『소설의 이론』에서 제기된 것이다. 이른바 '성숙한 남성의 형식'인 소설은, 현대인이 잃어버린 서사시적 총체성이 지배하는 정신적 고향을 찾아나서는 동경과 모험에 가득찬 자기 인식의 여정이라는 것이다.

루카치의 이런 소설론에 가장 잘 들어맞는 서구 소설은 괴테의 『빌헬름 마이스터의 수업시대』와 같은 교양소설일 것이다. 여기서는 주인공인 문제적 인간 빌헬름이 현실의 불확실성에 부대끼며 점차 인식과 정서가 확대·심화되고 일종의 체념과 달관의 경지로 나아가는 과정이 묘사된다. 이때 작가의 시선은 일종의 아이러니에 의한 객관성을 확보하여 거리감을 가지고 주인공의 경험을 관찰, 서술한다.

루카치의 소설론에 비추어 보면, 벽초의 『임꺽정』은 '성숙한 남성의 형식'에는 못 미치는 '미숙한 야담류의 이야기'에 가까운 것처럼 보이는 것이다. 서구의 『데카메론』이나 초서의 『캔터베리 이야기』 같은 연작 형식의 이야기, 또는 중동지방의 『아라비안 나이트』(이보다는 『천일야화』가 얼마나 근사하고 멋진 제목인가!)와 비슷한 이야기에 불과하다는 것이 루카치를 맹목적으로 추종하는 한국 평론가들의 주장이다.

나는 소설이 본질적으로 재미있는 이야기라고 생각한다. 가령 소설·야담·전설·설화·동화·서사·이야기 등 그 명칭이야 어떻든, 그리고 그 길이에 따라 장편掌篇·단편·중편·장편·대하소설·연작소설·연재소설로 어떻게 나뉘든, 그리고 그 형식이 산문이든 운문이든, 결국 독자의 입장에서 보면 소설이란 재미있는 이야기로 읽히는 것이다. 교양소설이든 역사소설이든, 대중소설이든, 추리소설이든, 재미있는 이야기가 아니라면 무엇 때문에 소설을 읽겠는가.

그리고 소설의 전범이 꼭 서구 소설일 필요도 없고, 소설을 평가하는 기준도 반드시 서구의 소설론을 맹목적으로 따를 일은 아니다. 가령 『삼국지』나 『수호지』, 『서유기』, 『홍길동전』, 『사씨남정기』, 『구운몽』 같은 동양의 이야기는 소설이 아니란 말인가? 이문구의 『관촌수필』은 본격 소설의 품격을 갖추지 못한 수필이란 말인가? 근대적인 문학수업을 받은 작가 이문구는 오히려 서구식 '소설'의 틀을 벗어나 기記나 전傳, 지誌, 수필隨筆 같은 우리 전래의 이야기 형식을 되살리고 그 맥을 이으려는 의도적 노력을 한 것은 아닐까?

벽초(1888~1968)와 루카치(1885~1971)는 동년배의 식민지 지식인으로서 진보적 문예운동에 투신하여 각각 소설가와 문학이론가로 일가를 이루었지만, 그 식견과 경륜은 편협한 이론가와 전문가의 경지를 넘어선 선지식善知識들이다. 두 분이 마주 앉아 동서양의 문학과 소설을 논한다면, 루카치 선생은 틀림없이 벽초 선생에게 이렇게 말했을 것이다.

　"『소설의 이론』은 제가 헤겔식 관념론에 빠져 있던 청년시절의 오류를 드러내고 있습니다. 한마디로 좌파적 윤리관과 우파적 인식론의 종합인 셈이지요. 그리고 그때는 제가 견문이 부족해서 『빌헬름 마이스터』와 『전쟁과 평화』만 알았지 미처 『임꺽정』과 『관촌수필』 같은 걸작들은 읽지 못했습니다. 부끄러운 말이지만, 『율리시즈』도 그 후에야 읽었으니까요. 결국 이론은 어디까지나 이론일 뿐이지, 이론을 근거로 작품을 기계적으로 재단해서는 안 되지요. 그건 옷에다 몸을 맞추는 짓이고, 형식주의 비평의 함정에 빠지는 첩경이지요. 아놀드 츠바이크는 젊은 작가시절에 방향 정립을 위해 『소설의 이론』을 읽은 적이 있지만, 건강한 본능에 따라 이 책을 거부하고 진정한 소설 창작의 길로 들어섰지요."

대구민예총 홈페이지 〈온장〉 2010. 1. 20.

은근과 끈기의 문화를!

　　한국문화의 특성을 '은근과 끈기'라고 설파한 것은 국문학자인 도남
陶南 조윤제 선생이다. 그는 은근은 한국의 미요, 끈기는 한국의 힘이라는
논지를 펴면서 지정학적인 근거를 제시한다. 즉 우리 민족은 산이 많고
들이 적은 동북아의 조그만 반도에서 끊임없이 대륙 민족의 침입에 시달
리다 보니 물질적·정신적으로 궁핍한 삶을 살 수밖에 없었고, 이러한
환경적인 요인에 의해 은근과 끈기라는 민족적 특성이 형성되었다는 것
이다.

　　도남 선생은 반달의 여백과 장구 소리의 여운을 예로 들면서 은근과
끈기의 미를 설명한다. "그런데 이 여백과 여운은 그 본체의 미완성을 말
함일지 모르나, 그러나 그대로 그것은 완성의 확실함을 약속하고, 또 잘
리어 떨어지지 않는 영원성을 내포하고 있으니, 나는 이것을 문학에 있

어, 또 미에 있어 '은근'과 '끈기'라 말하고 싶다."

그러나 도남 선생의 수필 「은근과 끈기」가 발표된 이후에, 우리 사회는 뽕나무밭이 푸른 바다로 바뀌는, 아니, 푸른 바다가 시꺼먼 공업단지로 바뀌는 엄청난 변화를 겪었다. 수천 년 동안 지속돼온 농경사회가 불과 한 세대, 30년 만에 산업사회로 탈바꿈했으니, 우리의 심성과 문화도 급격한 변화를 겪을 수밖에 없었다. 이제 은근과 끈기의 문화는 세태 변화의 물결에 휘말려 호들갑과 조급증의 문화로 바뀐 것 같다.

이른바 개발독재의 시대를 거치면서 중단 없는 경제성장이 국시가 되고 '빨리 빨리, 많이 많이'가 한국인의 체질로 굳어진 느낌이다. 차분하게 줄을 서서 차례를 기다리는 것은 시간 낭비로 여겨지고, 제철에 과일과 곡식을 거두는 것은 무능으로 손가락질을 받는다. 어디 그뿐이랴. 이제는 직행, 급행, 고속을 넘어선 초고속 논스톱으로 번갯불처럼 한나절 안에 전국 어디서든 서울로 정보와 물자와 사람을 실어 나를 수 있는 전국일일생활권과 전국단일문화권이 현실이 되었다.

사람도 이제는 경제성장을 위한 인적 자원에 불과하다. 출산율 감소에도 경제성장과 관련지어 아이를 낳는 것이 곧 애국이라고 설교할 뿐, 아이를 낳아 키울 수 있는 살맛 나는 세상을 만드는 일에는 태무심이다. 모국어를 배우기 전부터 영어를 가르치고, 학원 과외와 개인 교습으로 논술능력은 물론이고 인성과 감성도 키워, 경쟁력 있는 인간제품으로 만들어내는 것이 교육의 목표가 된 지 오래다. 그리고 이를 위한 사교육시장의 확장은 불황을 타지 않는 경제성장의 동력이다.

삼천리 금수강산은 가공되지 않은 원자재에 불과하므로 사람의 손과 기계의 힘을 투입하여 관광자원으로 개발해야 부가가치가 높아진다는 생각이 일반화된 것도 놀라운 일은 아니다. 이에 따라 천연의 자연을 깔아 뭉개고 인공의 자연을 만들어내는 일이 전국 방방곡곡에서 앞다투어 벌어지고 있다. 구불구불한 강줄기는 곧게 펴고, 흐르는 강물은 보로 막아 가두고, 강바닥은 파내어 유람선을 띄우는, 청계천식 인공하천을 만들어내는 일을, '4대강사업'이라는 이름의 국책사업으로 국민의 혈세를 쏟아부으며 밀어붙이고 있는 것이다.

며칠 전 서울에 갔다가 버스를 타고 세종로를 지나 서울역까지 오면서 나는 우리 시대의 문화가 호들갑과 조급증의 문화임을 확인하였다. ○○랜드나 △△월드를 옮겨온 듯한 스케이트장의 흥청거리는 음악 소리를 들으며 터무니없이 큰 세종대왕이 왜소해진 이순신 장군의 뒤통수를 바라보고, 이순신 장군은 유리상자 속에 흉물스러운 고철덩어리들처럼 쌓아놓은 백남준의 비디오 기계(비디오 아트가 아니다)를 노려보는 광경은, 포스트모더니즘의 혼성모방 기법을 연상케 하는, 일종의 시각적 폭력에 가까운 것이었다. 마치 부동산 투기로 돈을 번 졸부가 브리태니커 전집으로 벽면을 채우고, 추사의 낙관과 대원군의 낙관이 같이 찍힌 모조품 난초 족자를 걸어놓은 듯한 모습에 나는 분통을 터뜨리다가 복원 중인 숭례문을 지나면서 결국은 헛웃음을 웃고 말았다.

문화의 품격은 하루아침에 돈으로 처발라서 뚝딱 만들어내는 것이 아니다. 그것은 국민 다수가 반대하는 4대강사업과 세종시 수정안을 밀어붙여 임기 안에 끝내려는 조급증과 과시욕을 버리고, 눈앞의 이곳에 연연하지 않는 항심恒心과 역사를 멀리 내다보고 묵묵히 나아가는 근기根氣

를 바탕으로, 한 땀 한 땀 공들여 쌓고 다듬어 나가야만 겨우 도달할 수
있는 어떤 경지를 일컫는 말이다.

『국제신문』 2010. 2. 2.

칠레 광부들과 매스컴과 파블로 네루다

지하 7백 미터 갱 속에 갇혀 있다가 69일 만에 구출된 칠레 광부들은 지난주 전 세계의 이목을 집중시킨 화제의 인물들이었다. 우주선처럼 생긴 캡슐을 타고 지하에서 구출되는 광부들의 모습을 텔레비전에서 지켜보며 가슴 뭉클한 감동을 느끼지 않은 사람이 어디 있을까. 어느 신문의 제목처럼 '60억이 지켜본 감동의 휴먼 드라마' 였다.

그러나 '매몰·구조, 3대 관전 포인트', '69일 인내의 결실… 돈방석 앉을까?', '소송, 인터뷰, 책 판권… 땅 위에 기다리는 노다지', 'TV 나와 달라, 성금 주겠다… 33인 영웅, 돈 인기 거머쥐다' 등의 선정적인 제목 아래, 구출된 광부들이 얼마나 많은 돈과 인기를 얻을 것인가를 중점적으로 보도한 신문들을 보면서 '이건 아닌데……' 하는 생각이 들었다. 그러면서 처음에 느꼈던 감동은 쓸쓸한 실망감으로 바뀌었다.

이런 기사와 더불어 어느 신문에서는 1967년 충남 청양의 구봉 광산에서 16일 만에 극적으로 구조된 양창선 씨를 찾아내 인터뷰한 기사를 실었다. 아, 그 양창선 씨가 아직 살아있었구나. 1960년대를 겪은 사람치고 그의 구출 장면을 기억하지 못하는 사람은 없을 것이다. 스포츠 경기처럼 라디오로 현장 생중계되어 전 국민을 가슴 졸이게 하고, 박수와 함성을 터뜨리게 했던 양창선 씨. 인터넷에 누군가 올려놓은 당시의 구조 뉴스에서는 "단결된 인간의 힘 앞에 절망은 없는 것입니다"라는 아나운서의 흥분된 목소리가 되살아난다.

이런 인간 승리의 메시지는 이 사건을 재현한 영화 〈생명〉(1969)에서도 그대로 되풀이되었다. 얼마 전 교육방송(EBS)에서 다시 틀어준 영화를 보니, 장민호, 남궁원, 허장강 등 왕년의 스타들의 얼굴도 반갑고 화면 속의 배경도 옛날 사진첩을 보는 것처럼 정겨웠다.

그러나 1974년 10월에 초연된 윤대성의 드라마 〈출세기〉는 양창선 씨 사건을 모델로 한 작품이지만 매스컴의 선정주의와 상업주의로 구출 광부가 하루아침에 스타가 되어 출세했다가 인기가 식자 본래의 초라한 모습으로 돌아오는 과정을 그리고 있다. 김기주 연출로 동랑레퍼터리 극단이 공연한 이 드라마에는 이호재, 윤소정, 추송웅, 전무송, 박영규 등 쟁쟁한 배우들이 출연하여 호평을 받았다.

윤대성은 1970~80년대 인기 텔레비전 드라마 〈수사반장〉의 작가로 널리 알려져 있지만, 〈출세기〉에서는 텔레비전을 비롯한 매스컴의 선정주의와 상업주의를 날카롭게 비판했다. 텔레비전 드라마를 하다 보니 매스컴의 속성을 더 잘 알게 되어 이런 드라마를 썼다고 한다. 한편 소리꾼이자 연출가인 임진택은 1978년 이 작품을 〈마스게임〉이라는 제목의 마당극으로 각색하여 이화여대 연극반과 함께 대학 구내에서 횃불을 켜놓고 공연한 바 있다.

그러나 이번 칠레 광부들과 관련된 뉴스 가운데서 무엇보다도 인상적인 것은 그들이 지하 대피소에서 파블로 네루다와 가브리엘라 미스트랄의 시를 낭송하며 희망을 잃지 않고 버텼다는 소식이었다. 그렇지만 두 시인이 칠레의 노벨문학상 수상자라는 사실을 강조하여, 마치 노벨상 수상자인 유명시인이었기 때문에 광부들이 두 시인의 시를 낭송한 것처럼 보도한 것은 본말이 바뀐 듯하다. 두 시인이 노벨상 수상자였기 때문이 아니라 그들의 시가 광부들의 처지와 정서에 맞았기 때문에 극한 상황에서 광부들이 그들의 시를 낭송했을 테니까 말이다.

만약 우리나라에서 비슷한 사고가 났다면 광부들이 시를 낭송했을까 하는 가정법적 질문에서 한 걸음 더 나아가 대중이 시를 사랑하지 않는 한국의 척박한 문화 풍토에서는 노벨문학상 수상자가 나오기 힘들지 않겠는가, 하고 묻는 것도 뭔가 문학의 본질과는 동떨어진 '노벨상 지상주의'적 문제제기로 보인다. 문제는 시인과 작가를 알량한 문예진흥기금 몇 푼으로 옭아매려는 정부의 문화정책과, 공영 방송에서 칠레라는 나라 이름을 '칠래?'로 고쳐 부르며 초등학교 학생들처럼 유치한 말장난이나 하는 우리나라 매스컴의 풍토가 아닐까?

그보다는 두 시인이 왜 칠레 광부들의 사랑을 받았는지, 외교관이자 시인인 네루다가 어떻게 광부들의 지지로 상원의원이 되었는지, 네루다가 왜 태평양을 내다보는 이슬라 네그라 해안의 별장을 광부들에게 유증遺贈

했는지, 그가 1970년 7만 명 군중 앞에서 시 낭송을 한 산티아고 국립경기장에서 1973년 피노체트 장군이 쿠데타 직후 얼마나 많은 시민들을 체포하여 구금하고 고문하고 처형했는지, 그리고 네루다의 탄생 1백주년인 2004년 이제는 네루다박물관이 된 이슬라 네그라 해안 별장에서 벌어진 축하행사의 감동적인 장면들을 좀 더 심층적으로 전해줄 수는 없었을까?

『프레시안』 2010. 10. 20.

소오강호笑傲江湖에 빠지다

　　유난히 추운 올 겨울 중국 무협 드라마 〈소오강호〉笑傲江湖에 빠져 지냈다. 한번 보기 시작하니 내처 40편까지 볼 수밖에 없었다. 다른 일로 못 본 경우에는 주말에 몰아 재방하는 것을 기다렸다가 보기도 했다.

　　내친 김에 〈태평가〉와 〈와신상담〉 같은 사극들도 보았는데, 역사적 사실에 충실하면서도 감칠맛 나게 이야기를 풀어나가는 솜씨에 감탄을 금할 수 없었다. 언제부턴가 나보다 더 열렬한 시청자가 된 아내는 "이제 우리나라 사극은 시시해서 못 보겠다"고 선언했다.

　　중국 드라마에 호감을 느낀 이유 가운데 하나는 얼굴만 예쁜 배우가 아니라 개성 있는 배우들을 기용했다는 점이다. 우리나라 텔레비전 드라마에서는 곱상한 미남 배우가 왕건으로도 나오고 대조영으로도 나오니 식상할 수밖에 없는데, 중국 사극에서는 미남 미녀 배우보다는 개성 있고 연기력이 있는 배우들을 기용한다. 특히 〈소오강호〉의 배역들은 각기 개성적인 용모와 연기로 극의 재미를 더해준다.

극의 내용도 황당무계한 무술이나 틀에 박힌 권선징악, 상투적인 애국주의의 도식에 갇히지 않고, 보다 높은 차원의 인식과 안목을 추구한다. 남녀 주인공들은 강호의 정파와 사파에 속해 있으면서도 강호의 규범을 뛰어넘어 서로를 이해하고 사랑하는 이른바 지음知音의 관계를 맺는다. 최고의 무공은 결국 피리와 금琴의 합주로 연주되는 〈강호를 비웃다〉는 음악으로 완성된다.

극중에 삽입된 음악은 얼마나 매혹적인가. 중국 음악에 문외한인 나는 서둘러 이런저런 자료를 뒤져 배경 지식을 배우고 중국 전통악기의 연주곡을 CD로 들으며 공부를 했다. 〈소오강호〉란 곡에 서진西晉시대 죽림칠현의 하나인 혜강이 연주했다는 〈광릉산〉光陵散 한 소절을 편곡하여 사용했다는 극중 대사에 자극되어 혜강의 광릉산에 얽힌 고사를 찾아보았더니, 혜강은 삼국지에 나오는 조조의 증손녀의 남편인데, 촉나라를 정벌한 종회의 모함으로 처형되면서 형장에서 〈광릉산〉을 연주했다는 것이다.

드라마 〈소오강호〉에 대한 관심은 작가 김용과 그의 다른 무협소설에 대한 관심으로 확대되었고, 그러다 보니 '한국 무협소설의 문화적 의미'를 다룬 전형준 교수(필명 성민엽)의 계몽적인 논문과 중국 무협을 총정리한 양수중梁守中의 『강호를 건너 무협의 숲을 거닐다』라는 책도 알게 되었다. 그리고 사마천의 『사기』에서부터 시작된 2천 년 중국 무협의 역사는 협객의 역사로 중국인들의 전통의 일부가 되었고, 무협소설은 단순한 대중적 오락물이 아니라 하나의 중국적 문화 코드라는 양의 주장에 공감을 느꼈다.

아울러 전 교수의 논문을 통해 문학평론가인 고 김현 선생이 1960년대에 와룡생의 무협소설 붐이 지닌 문화적 의미를 분석한 사실도 알게 되었다. 그는 무협소설이 단순한 오락소설로서 비개성적이고 허무주의적인 당시의 한국 중산층에게 대리만족을 주어 현실도피의 수단으로 소비되었다고 일견 상식적인 진단을 내린다. 그러나 무협소설의 구조는 서구의 성장소설의 구조와 비슷하다는 그의 지적은 날카로운 감각이라고 감탄하지 않을 수 없다. 파란만장한 수업시대와 편력시대를 거쳐 원숙한 인간으로 성장하는 괴테의 빌헬름 마이스터와 온갖 시련을 겪으며 비급을 연마하여 무림의 절대지존으로 등극하는 서원평 같은 무협소설의 주인공은 얼마나 비슷한가.

이 대목에서 나는 1980년에 이른바 남영동에서 읽었던 『군협지』라는 무협소설이 떠올랐다. 당시 나는 광주항쟁과 관련하여 제작거부운동을 펼치다 수배된 기자협회장 김태홍 선배와 엮이어 보름 가량 조사를 받았는데(현재 루게릭병으로 투병 중인 김태홍 선배에게 힘을 주소서!), 살벌한 분위기 속에서도 대학생 출신의 전경이 옆방에서 무협지를 빌려다주는 바람에 얼마나 재미있게 읽었는지 모른다. 이 소설은 물론 황당무계하고 흥미진진한 대중소설이지만 당시의 나에게 단순한 대리만족과 현실도피의 기제 이상의 어떤 정신적 위안과 함께 가혹한 현실을 견딜 수 있는 힘을 주었다.

한편 1981년 9월, 『무림파천황』이라는 무협소설을 쓴 연세대생 박영창 씨가 국가보안법 위반 등 17가지의 죄목으로 구속되었다. 소설 가운데 정파와 사파가 벌이는 대결구도를 변증법적으로 설명한 부분과, '강북무림'이 '강남무림'을 향해 '남진'을 주장한 부분이 국가보안법 위반이라는 이유였다.

2006년 서울대는 개교 60주년 기념행사의 하나로 1946년 개교 이래 판금된 역사적으로 의미 깊은 도서 20권을 선정, 도서관에서 전시했는데, 그 중에는 『무림파천황』이 김지하의 『타는 목마름으로』와 『황토』, 현기영의 『순이 삼촌』, 이영희의 『전환시대의 논리』 등과 함께 당당하게 한 자리를 차지했다고 한다.

『다산포럼』 2011. 3. 8.

이야기는 씨가 되어
어느 가을 무성하게 꽃피리라

　역사는 기록뿐만 아니라 이야기(설화)와 노래(민요)로도 남는다. 동학농민혁명도 껍데기에 불과한 관변 기록보다는 〈새야 새야 파랑새야〉 같은 민요나 "일 많이 한 사람 밥 많이 먹고／일하지 않은 사람 밥 먹지 마라／오우우……" 같은 구전가요 속에 그 알맹이가 전해진다. 이 노래의 제목이 〈사이렌 소리〉가 아니라 〈오포午砲 소리〉인 것은 민중의 감각과 의식이 만들어낸 의도적인 착색着色이 아닐까?

　떠도는 방물장수 아주머니는 왜 마을마다 다니며 〈새야 새야 파랑새야〉 같은 노래를 나지막한 목소리로 들려주었을까? 그리고 할머니는 이야기를 조르는 철없는 코흘리개 꼬마들에게 "눈보라 치는 동짓달 (…) 아랫목에서, 숨막히는 삼복더위 정자나무 아래서 부채로 매미소리 날리며" 왜 조심조심 옛날 옛적 "그 가슴 두근거리는 큰 역사"의 이야기를 들려주었을까?

신동엽의 장편서사시 『금강』의 서두는 이렇게 시작된다.

내가 지금부터 이야기하려는
그 가슴 두근거리는 큰 역사를
몸으로 겪은 사람들이 그땐
그 오포 부는 하늘 아래 더러 살고 있었단다.

앞마을 뒷동산 해만 뜨면
철없는 강아지처럼 뛰어다니는 기억 속에
그래서 그분들은 이따금
이야기의 씨를 심어주고 싶었던 것이리.

그 이야기의 씨들은
떡잎이 솟고 가지가 갈라져
어느 가을 무성하게 꽃피리라.

『금강』은 백제의 유민 신하늬와 고구려의 후손 인진아의 애틋한 사
랑 이야기를 중심으로 동학년 농민들의 봉기와 승리, 그리고 패배의 과정
을, 굽이치는 금강의 물줄기처럼 유장하게 펼쳐낸다. 그것은 "먹구름을
하늘로 알고 살다가" 언뜻 구름 사이로 드러난 "티없이 맑은 하늘"을 본

사람들, "차마 삼가서/발걸음도 조심,/마음 아무리며/서럽게,/아 엄숙한 세상을/서럽게 살아"간 민초들의 이야기이다.

『금강』이 발간된 것은 1967년이다. 당시로서는 일종의 문예진흥기금 비슷한 정부의 보조금을 받아 번듯한 양장본으로 태어났는데, 시인이 죽은 지 7년 만인 1975년 전집이 발간되자 즉시 긴급조치 9호 위반으로 판매금지되었다. 1980년 긴급조치가 해제된 다음에 전집의 증보 2판이 나왔으나 이번에도 신군부에 의해 판매금지되고 말았다. 물론 이러한 판금조치에도 불구하고 어느새 신동엽의 『금강』과 다른 시편들은 수많은 독자들의 애송시가 되었고, 한국문학사의 고전적인 작품으로 각인되었다. 1970년대 이후에 「진달래 산천」이나 「껍데기는 가라」, 「누가 하늘을 보았다 하는가」, 「산에 언덕에」, 「4월은 갈아엎는 달」 등의 시들을 읽으며 가슴이 벅차오르는 감동을 경험하지 않은 젊은이들은 없을 것이다.

그 중에서도 내가 가장 좋아하는 시는 백마강변의 신동엽시비에도 새겨진 「산에 언덕에」이다. "그리운 그의 얼굴 다시 찾을 수 없어도/화사한 그의 꽃/산에 언덕에 피어날지어이.//그리운 그의 노래 다시 들을 수 없어도/맑은 그 숨결/들에 숲 속에 살아갈지어이.//(…)//그리운 그의 모습 다시 찾을 수 없어도/울고 간 그의 영혼/들에 언덕에 피어날지어이." 4·19혁명으로 꽃잎처럼 스러져간 청년들을 이렇듯 애틋하게 노래한 시가 어디 또 있을까.

그리운 얼굴과 그리운 노래는 해마다 봄이 오면 산에 언덕에 다시 피어난다. 지난 5월 17일은 문호근의 10주기가 되는 날이었다. 그는 동학농민혁명 100주년인 1994년 『금강』을 노래극으로 제작·연출한 음악인이다. 이날 종로 5가 기독교회관 강당에서는 그를 그리워하는 이들이 모여 조촐한 추모공연을 가졌다.

　문호근은 민예총 시절 나와 인연을 맺은 친구였다. 화가인 오윤, 김용태, 김정헌, 여운과, 오페라 연출가 문호근, 사진작가 김영수, 시인 김남주 등이 동갑인 46년생 개띠였는데, 이 중에서 오윤, 김남주, 문호근, 김영수가 먼저 갔다. 문호근과는 너나들이할 만큼 친하게 지내지는 못했지만 해마다 경북대 강당에서 열리곤 했던 〈자, 이제 손을 잡자〉와 〈양심수를 위한 시와 노래의 밤〉의 연출자와 민예총 대구지회장으로, 그리고 민예총의 이사회를 비롯한 이런저런 행사에서 자주 만났었다. 그는 문익환 목사의 장남인 데다가 경기고, 서울음대, 독일 유학의 화려한 학력을 자랑하는 엘리트로서 다른 동갑내기들과는 '출신성분'이 달랐지만, 문 목사의 방북과 투옥 이후에는 스스럼없이 민예총의 '노가다판'에 어울려 소주잔을 기울이곤 했다.

　나는 오페라 연출가로서의 문호근은 잘 모른다. 그의 동생 문성근은 '연우무대'의 연극배우로서 친숙한 사이였고, 문익환 목사님은 대구에 오실 때마다 노소동락하며 '마당집'에서 같이 어울렸지만, 어쩐 일인지 문호근은 한국적 음악극을 하고 있다는 소문만 듣고 정작 〈구로동 연가〉나 〈금강〉을 무대에서 볼 기회는 없었다. 그가 갑자기 죽은 다음에도 그것은 늘 나에게 부채의식으로 남아 있었고, 그래서 오후 강의가 있는 화요일 저녁의 추모행사에 좀 무리를 해서 참석하게 된 것이었다.

　서울역에서 지하철을 타고 종로 5가에서 내려 예전 대학시절의 기억을 더듬어 이화동, 동숭동 쪽으로 방향을 잡으면서 의정부행 시외버스 정

거장이 있던 곳이 어디더라 하고 영락없는 촌놈처럼 사방을 두리번거렸다. 그러자 문득 『금강』의 마지막 장면이 떠올랐다.

"밤 열한시 반/종로 5가 네거리/부슬비가 내리고 있었다,//통금에/쫓기면서 대폿잔에/하루의 노동을 위로한 잡담 속/가시오 판 옆/화사한 네온 아래/무거운 멜빵 새끼줄로 얽어맨/소년이, 나를 붙들고/길을 물었다,//충청남도 공주 동혈산, 아니면/전라남도 해남땅 어촌 말씨였을까,//죄 없이 크고 맑기만 한/소년의 눈동자가/내 콧등 아래서 비에/젖고 있었다,//국민학교를/갓 나왔을까, 새로 사 신은/운동환 벗어 들고/바삐바삐 지나가는 인파에/밀리면서 동대문을/물었다,//등에 짊어진/푸대자루 속에선/먼길 여행한 고구마가/고구마끼리 얼굴을 맞부비며/비에 젖고,//노동으로 지친/내 가슴에선 도시락 보자기가/비에 젖고 있었다,//나는 가로수 하나를 걷다/되돌아섰다,//그러나/노동자의 홍수 속에 묻혀/그 소년은 보이지 않았다."

이 소년은 누구일까? 하늬가 죽은 후에 진아가 낳은 아들일까. 아니면 한국사회가 농경시대에서 산업화시대로 급속하게 바뀌던 1960년대 후반, 서울 시내에서 흔하게 마주치던, 무작정 상경한 농촌 소년이었을까. 이 소년은 아마 종로 5가에서 지척인, 전태일이 일하던 청계천 6가의 평화시장에서 견습공(시다)으로 고달픈 노동자의 첫발을 내디뎠을지도 모른다. 그리하여 1970년 "노동자도 사람"이라고 외치며 분신한 전태일에서 시작되어 1979년 신민당사에서 농성하다가 경찰의 진압과정에서 의문사한 김경숙에 이르기까지 1970년대의 저 캄캄한 노동자의 시대를 온몸으로 부대끼며 건너갔을 것이다.

이날 추모공연에 나선 안치환과 윤선애, 류금신은 각기 한국문화사에 질풍노도의 민중문화운동시대로 기록될 1980년대와 90년대의 대형 집체공연을 대표하는 노래꾼들이다. 민중의 삶에 대한 가없는 애정(안치환의 노래지만 이날은 '평화의 나무' 합창단이 들려준 〈사람이 꽃보다 아름다워〉)과 민주주의에 대한 갈망(윤선애의 〈민주〉, 〈오월의 노래〉)과 노동해방의 열정(류금신의 〈누가 나에게 이 길을 가라 하지 않았네〉)은 1980년대 말부터 문호근이 붙박이로 연출한 대중 집체공연 〈자, 이제 손을 잡자〉와 〈양심수를 위한 시와 노래의 밤〉을 통해 한 시대를 대표하는 민중의 노래로 구전되었다.

노래와 연극은 물론이고 요리에도 일가견이 있는 문화평론가 이영미와, 대학시절의 농촌운동가였던 이윤 형 내외도 오랜만에 만나 반가운 인사를 나누었다. 이런 자리에 늘 빠지지 않는 화가 여운은 악수를 하면서 "요즘 〈소오강호〉에 빠져 있다며?"라고 씩 웃는다. 얼마 전 내가 『다산포럼』에 쓴 칼럼을 잘 읽었다는 인사인 셈이다.

고인에 관한 선후배 동료들의 회고담 가운데서 나는 특히 이영미의 이야기가 생생하고 재미있었다. 이영미의 바깥사람은 마당극 연출가 박인배이다. 그는 민예총의 중견 간부이자 '극단 현장'의 상임연출가로서 1980년대 이후 숱한 노동현장극과 대형 집체극을 연출한 이른바 PD 계열의 대표선수였다. 그런데 아버지인 문 목사의 방북 이후 얼결에 NL 계열로 편입된 문호근이 뒤늦게 민예총에 참여하면서, 그때까지 박인배가 주로 맡아왔던 대형 야외공연의 연출을 두 사람이 나누어 맡게 되었다. 두 계열의 인맥이 갈등하며 공존하던 문예운동의 문제점이 공동연출이라는 어정쩡한 타협으로 미봉된 셈이었다. 나이나 학번은 문호근이 선배였지만, 실전 경력이나 현장 경험으로는 박인배가 훨씬 선배였다. 성격도 정반대여서 문호근이 열정적이고 다혈질인 반면, 박인배는 차분하고 과묵했다. 출연자들이 연습과정에서 게으름을 피우거나 마음에 들지 않으면 어느 순간 '문뚜껑'이라는 별명에 걸맞게 문호근이 불같이 화를 내며 이럴 거면 때려치우자고 문을 박차고 나간다. 그러면 박인배가 조용조용 달래면서 "자, 마음을 다잡고 우리 처음부터 다시 해보자"며 뒷수습에 나선다. 주변의 우려에도 불구하고 NL과 PD의 공동연출은 대성공이었다. 노선의 차이보다는 성격의 차이가 중요했고, 성격의 차이는 오히려 환상의 궁합이었던 것이다.

그러자 나는 〈자, 이제 손을 잡자〉의 대구 공연을 위해 그 전날 광주 공연을 마치고 새벽에 고물 승용차를 몰고 88고속도로를 시속 120km로 달려와 열정적으로 무대를 점검하고 연출 지시를 하던 문호근의 모습을 떠올렸다. 그는 아무래도 냉정하게 무대효과를 계산하는 노련한 연출가라기보다는 있는 것을 모두 쏟아부어 무대와 청중이 혼연일체가 되기를 추구하는 열정적인 연출가였다. 그러한 헌신과 열정은 늘 위태위태한 느낌이 들 정도로 그의 육신을 혹사시켰다.

훗날 그는 예술의전당 예술감독으로 취임하여 일반 애호가들을 위한 오페라 하이라이트 공연을 마련하는 등 서양 고전음악, 특히 오페라의 대중화에 힘을 쏟았다. 그전부터 한국음악극연구소를 통해 존 게이의 〈거지 오페라〉나 브레히트의 〈서푼짜리 오페라〉, 알반 베르크의 〈보체크〉 같은 서양의 민중적 오페라를 소개하는 한편, 한국적 음악극 〈구로동 연가〉를 만드는 일에 매달렸던 터이기에 그로서는 자연스러운 음악적 작업이었을 것이다. 그러다가 노조와의 갈등으로 고생을 한다는 소문을 듣고 걱정을 하던 차에 난데없이 그가 쓰러졌다는 소식이 날아왔다.

내가 최근의 뮤지컬 열풍에 시큰둥한 것은 브로드웨이식의 뮤지컬이 느끼한 패스트푸드처럼 입맛에 맞지 않기 때문이다. 대구의 오페라축제에도 냉소적일 수밖에 없는 것은 서양식 그랜드 오페라가 서민 대중의 정서와 현실에 맞지 않는 귀족예술이라고 느껴지기 때문이다. 폴커 루드비히의 청소년 오페라를 번안한 김민기의 〈지하철 1호선〉이나 브레히트의 서사극 「억척어멈과 그 자식들」을 판소리로 개작한 이자람의 〈억척가〉처럼, 적어도 관객이 대사 내용을 공감할 수 있도록 번안이나 개작을 하는 것이 올바른 수용이라고 나는 생각한다. 김민기가 1979년에 내놓은 우리나라 최초의 노동현장 음악극 〈공장의 불빛〉을 이은 〈구로동 연가〉는 문호근과 더불어 '한국적 음악극'을 만들어내려던 한국음악극연구소의 소중한 결실이다. 그렇지만 나는 그런 한국적 음악극을 향한 문호근의 작업에 공감하면서도 정작 그의 공연에는 가본 적이 없으니 미안할 따름이다. 심지어는 가극 〈금강〉의 공연도 아직 보지 못했으니 할 말이 없다. 〈서푼짜리 오페라〉와 〈지하철 1호선〉처럼 대중의 호응을 받을 수 있는 한국적 음악극, 그것은 실현되기 어려운 꿈은 아닐 것이다. 문호근과 김민기가 이미 길을 열어놓았으니까.

이날의 작은 음악회에서 그의 오페라 제자들이 맛보기로 들려준 오페라 아리아들은 황홀할 만큼 아름다웠다. 악곡도 아름다웠지만 노래 부른 가수들의 목소리와 발성, 표정이 모두 최고였다. 〈구로동 연가〉나 〈공장의 불빛〉, 〈금강〉 같은 한국적 음악극의 하이라이트를 최고의 음악적

역량을 동원하여 대중에게 들려주고, 우리나라 성악가들이 가사도 전달
되지 않는 서양 오페라 아리아 대신에 한국적 음악극의 아리아들을 무대
에서 불러준다면 어떨까? 우리나라 음악교육의 서구편향성은 완강하고
뿌리 깊지만, 그 흐름을 바꾸는 것이 불가능한 것은 아니다. 이동원과 함
께 〈향수〉를 부른 박인수 교수가 고전음악을 모독했다고 매도당해 교단
에서 쫓겨날 뻔한 시절이 있었지만, 지금은 성악가들이 너도나도 대중가
수와 함께 무대에 서고 있지 않은가. 하기야 서양에서는 이미 18세기에
귀족 오페라에 반기를 든 존 게이의 서민용 오페라 〈거지 오페라〉가 나왔
고(이를 계승하여 대중적 인기를 얻은 작품이 브레히트의 〈서푼짜리 오
페라〉이다), 1982년에 이미 플라시도 도밍고와 존 덴버가 같이 부른 명곡
〈perhaps love〉가 대중적 인기를 얻은 바 있다.

세월은 가고 친구도 간다. 46년생 개띠 친구들 가운데 반 이상이 먼
저 갔다. 한두 해 선배 가운데서도 나와 친구처럼 지내던 이들이 먼저 갔
다. 훨씬 젊은 후배들도 아까운 재능을 다 펼치지도 못하고 먼저 갔다. 돌
아오는 기차 속에서 이런저런 생각을 하다 보니 언젠가 대구민예총 홈페
이지에 올렸던 글이 떠오른다.

그러나 대부분의 시인이나 작가, 예술가는 그와 같이 강인한 정신력과
체력을 타고 나지 못한다. 오히려 그들은 누구보다 감수성이 예민하고
심성이 여리기 때문에, 스트레스에 약하다. 그리고 술로 스트레스를 푸
는 경우가 많으므로 건강을 해치는 경우도 많다. 장수하는 작가나 예술

가는 예외적인 존재이고, 대부분은 평균수명을 채우지 못한다.

내 주변에서도 그런 사례는 셀 수 없이 많다. 대구의 도진용, 박원식, 김혜림, 예천의 박치대, 광주의 김남주, 박효선, 서울의 윤중호, 오윤, 문호근……. 이문구, 손춘익, 조태일 선생도 환갑을 넘기지 못했다.

독일 시인 브레히트는 망명생활 중 먼저 간 친구들을 위해 「사상자 명부」라는 시를 썼다. 1941년의 사상자 명부에는 모스크바에서 병사한 마르가레테 슈테핀, 스페인 국경에서 자살한 발터 벤야민, 영화감독 칼 코흐 등이 올라 있다.

그리고 그는 1944년 2차대전이 끝날 무렵 「나, 살아남은 자」라는 시를 썼다. 우리말로는 「살아남은 자의 슬픔」이라고 번역되었으나, 나는 「살아남은 자의 부끄러움」이라고 옮기고 싶다. "물론 나는 알고 있다. 오직 운이 좋았던 덕택에/나는 그 많은 친구들보다 오래 살아남았다. 그러나 지난밤 꿈속에서/이 친구들이 나에 대해 이야기하는 소리가 들려왔다./ '강한 자는 살아남는다.'/그러자 나는 자신이 미워졌다."

자신을 미워하는 것은 부끄러움 때문이고 이런 부끄러움은 자신이 남보다 영악하고 뻔뻔하다는 자의식에서 나온다. 그래서일까, 브레히트도 환갑을 못 채우고 58세에 세상을 떴다. 젊었을 때 자유분방하고 문란한 문학청년 생활을 한 데다가 15년에 걸친 망명생활의 스트레스와 줄담배가 원인이라고 의사들은 말하겠지만, 나는 그가 부끄러움이 뭔지 모를 만큼 낯이 두껍지 않았기 때문에, 심장마비로 죽었을 것이라고 믿는다.

그리고 얼마 후 부산의 마당극 광대 최정완이 쓰러졌다는 소식이, 대구 민예총의 '팔힘 산악회'('팔힘'은 '팔공산도 힘들다'의 약자로서 붙박이 민예총 사무총장이었던 김헌근이 지은 이름이다) 회원들과 함께 한 지리산 등산길에 마침내 옆에 있던 김헌근의 휴대전화로 날아왔다. 나중에 따져보니 우리가 세석평전을 향해 헉헉대며 거림골을 오르던 거의 같은 시간에 그는 설악산에서 심장마비로 쓰러진 것이었다. 생전에 늘 뒷전에서 남의 뒤치다꺼리를 도맡아하던 친구였는데, 정작 자신의 몸은 제대로 챙기지 못했던 모양이다.

전국 곳곳에서 수많은 '딴따라'들이 모인 장례식장에서는 이런 자리에서 늘 모든 일을 주선하고 마련하던 친구가 없으니 어이가 없다며 다들 애통해 했다. 몇몇 친구들은 이미 술에 절어 쓰러져 있었다. 지난 2009년, 몇십 년째 이어져온 '전국민족극한마당'을 부마항쟁 30주년에 맞추어 부산에서 개최하는데, 갑자기 부산시에서 책정된 예산을 내주지 않자 문자메시지를 보내 호소하던 최정완의 대머리 벗겨지고 턱수염이 무성한 선량한 얼굴이 떠오른다. 아마 후배들을 이끌고 봉하마을 입구에 수많은 만장을 만들어 세웠던 그의 행적이 당국의 비위를 거스른 모양이었다. 걱정이 되어 전화를 했더니 그는 우리끼리 십시일반으로 행사를 치르겠다고 씩씩하게 대답하는 것이었다. 그 후 여론에 떠밀려 뒤늦게 부산시에서 예산을 내놓아 행사는 무사히 마쳤는데, 한참 지난 다음 그는 내가 보냈던 얼마 안 되는 후원금을 돌려보내왔다. 그는 그런 사람이었다.

이문구의 소설 「유자소전」의 주인공처럼 그는 우리 시대에 거의 멸종 위기에 몰린 따뜻한 이웃, 성 뒤에 자子 자를 붙여도 좋은 '대인'이었다. 그런 사람들은 대체로 너무 일찍 간다. 그러나 그런 이들이 남긴 숱한 이야기들은 입에서 입으로 떠돌다가 인연이 닿으면 어쩌다 시가 되고 노래가 되어 후대에 전해지기도 한다. 살아남은 자들이 할 일은 세상을 떠도는 가엾은 이야기들을 기억하여 후대에 전해주는 것인지도 모른다. 죽어가는 햄릿이 친구인 호레이쇼에게 남긴 마지막 당부는 이 세상에 살아남아서 자신의 이야기를 세상에 알려달라는 것이었다.

물론 우리 시대의 이야기꾼은 결코 인기 직종이 아니다. 빔 벤더스의 영화 〈베를린 천사의 시〉(원제는 '베를린의 하늘')에서 이야기꾼 노인(호머)은 몸을 가누기도 힘들어하며 가파른 육교의 계단을 오르고, 전쟁통에 폐허로 변한 도심 속의 공터를 헤매다가, 도서관 한편에서 회상에 잠긴다. 그는 이야기를 들으려고 하지 않고 이야기를 잃어버린 세태를 한탄하면서도 흐릿한 눈초리로 허공을 더듬으며 아직 전하지 못한 이야기들을 되뇐다. "그 이야기의 씨들은/떡잎이 솟고 가지가 갈라져/어느 가을 무성하게 꽃피리라."

『대구작가』 제15호(2011)

II

지극한 슬픔은
진실을 깨닫게 하나니

너무도 가혹한 정직의 대가

전직 대학교수의 현직 판사에 대한 석궁테러 사건에 대해 신문·방송 등 대부분의 주류 언론이 말초적 흥미를 자극하는 선정적인 보도에 매달리고 있다. 사건의 원인과 문제점을 지적하는 대신, 사법부의 권위에 도전한 무모한 편집증 환자의 기구한 인생 역정을 들춰내거나, 김 교수가 사전에 현장 답사를 하고 석궁 연습을 했다거나 회칼 같은 흉기까지 소지하는 등 치밀하게 살인을 준비했다는 경찰 측 주장을 그대로 전달하기에 급급하다.

그러나 인터넷 매체의 네티즌들은 이와는 전혀 다른 시각과 정서로 이 사건을 바라본다. 오죽이나 억울했으면 전직 대학교수가 원시적인 석궁테러까지 저질렀겠느냐는 동정론, 사법부가 기득권자들의 이익만을 옹호하는 '유전무죄 무전유죄'의 관행에서 벗어나지 못하고 있다는 뿌리 깊은 사법부 불신론이 인터넷 댓글의 주류를 이루고 있다. 심지어는 김 교수를 현대판 로빈후드로, 그의 테러행위를 '국민저항권' 행사로 본다는 사람들도 줄을 잇고 있다. 어떤 네티즌은 '김 교수 돕기 운동'을 제안하여 뜨거운 호응을 얻기도 했다.

오랫동안 대학에 몸담아온 필자의 경험에 의하면 이번 사건의 핵심은 교수 재임용제에 있다. 그리고 대학과 학회라는 조직이 얼마나 완강한 기득권의 보루인가를 다시 한번 확인시켜준 사례라고 할 수 있다. 나아가서 기초과학과 인문학의 위기, 이공계 기피현상의 근본 원인이 무엇인가를 성찰하는 계기까지 이 사건은 내포하고 있다.

우선 사건의 근본 원인은 김 교수가 원칙에 충실한 수학도답게 '아무런 이해관계가 없는데도' 대학입시 수학문제의 오류를 공개적으로, 끈질기게 지적함으로써 선배 교수와 자기가 속한 대학의 사회적 공신력과 체면을 손상시킨 데 있다. 이럴 경우 교수사회와 대학은 '그 친구 안되겠군. 원칙이나 정직도 좋지만 먼저 인간이 돼야지' 하며 집단 왕따에 나선다. 가령 부산의 한 대학에서는 입시부정을 고발한 교수들이 학교의 공신력과 체면을 손상시켰다는 이유로 재임용에 탈락되었다가 17년 만에야 복직되었다.

다른 조직사회와 마찬가지로 대학은 입시부정이나 인사부정 같은 조직 내부의 오류를 인정하고 시정하기보다는 적당히 덮어두고 넘어가는 것을 최선으로 알고, 학회는 이런 문제에 개입하는 것을 금기로 여긴다. 사법부도 교수 재임용은 대학의 재량권에 속한다면서 사실상 대학의 편을 들어준다. 좀 극단적으로 표현하면, 불을 낸 사람보다는 불났다고 신고하는 사람이 괜히 문제를 일으킨 말썽꾼으로 치부되어 도태되는 곳이 대한민국의 대학이다.

물론 재임용 탈락의 공식적인 사유는 '학생지도 능력 부족'이나 '교원 품위 손상' 등으로 표현되지만, 실제 이유는 학생들이 성적 때문에 불만을 표시했다거나 학과 교수회의에 참석하지 않았다든가, 선배 교수들에게 버릇없이 따지고 들었다거나 하는 '사소한' 문제들이다. 특히 국내외 일류대학 출신으로 연구실적이 뛰어나고 자부심이 높은 젊은 교수들 가운데 동료 교수들과의 관계가 원만치 못해 재임용에 탈락하는 경우를 나는 드물지 않게 보아왔다.

대체로 우리나라의 대학은 머리는 좋으나 사회성이 좀 부족한 '괴짜'들을 용납하지 않는다. 선배나 동료들도 그런 교수를 보호하고 포용하기보다는 왕따시키고 탈락시킨다. 그러면서 기초과학과 인문학의 위기를 기회 있을 때마다 외쳐댄다. 그러나 정직한 교수가 재임용에 탈락하고 올바른 답을 제시한 수학자가 테러리스트로 전락하도록 조장하고 방치하는 대학 문화가 바뀌지 않는 한, 학문의 위기는 결코 극복되지 않을 것이다.

『교수신문』 2007. 1. 25.

수배자로 도피 중인 농민 김덕종 씨

　『시민의 소리』에 실린 한 장의 사진이 신년 벽두에 나의 가슴을 아프게 헤집는다. "민중의 울분을 폭도로 매도하다니…"라는 제목 밑에 실린 사진 속에는 한미FTA 반대 폭력시위의 주동자로 몰려 수배 중인 농민들의 허탈한 표정이 안쓰럽다.

　그 중에서도 나의 눈길을 끄는 것은 김덕종 씨의 모습이다. 전농 광주전남연맹 의장의 직함으로 수배된 김덕종 씨는 고 김남주 시인의 동생이다. 김남주 시인의 '사랑하는 아우'가 이제 작고한 형의 뒤를 이어 수배자로 쫓기고 있다니! 작년 연초에 해남의 김남주 시인 생가를 찾았을 적에 김덕종이라는 문패만 덩그러니 달려 있고 사람은 보이지 않더니 아마 농민회 일로 동분서주하느라 집을 비웠던 모양이다.

　나와는 일면식도 없는 김덕종 씨는 그러나 왠지 이웃집 '아우'처럼 친숙하다. 「아우를 위하여」라는 김남주의 시에 등장하는 그는 "없는 놈은 농자금도 못 타 쓴다더냐／있는 놈만 솔솔 빼주기냐／조합장 멱살을 거머쥐고／면상을 후려치던" 열혈 청년이다. 그리고 "식구마다 논밭 팔아／대학까지 갈쳐 논게／들쑥날쑥 경찰이나 불러들이고／허구한 날 방구석에 처박혀／그 알량한 글이나 나부랑거리면／뭣한디요 뭣한디요 뭣한디요" 하며 형에게 분통을 터뜨리는 농민이다. 그러던 그도 이제 오십을 훌쩍 넘은 장년이 되었다.

덕종 씨가 사는 집은 김남주 시인의 생가로 현재 복원사업이 진행 중이라고 한다. 김남주 시인의 동생은 수배자로 쫓기는 가운데, 선산은 경매에 넘어가고, FTA 반대 폭력시위에 대한 손해배상으로 가압류 딱지를 붙이면서 생가를 복원한다니 기가 찰 노릇이다. 다른 복원사업처럼 초가집을 기와집으로, 삼간 오두막을 번듯한 양반 대갓집으로 고치는 따위의, 원형을 무시한 엉터리 생가를 만들어놓지는 않을지 걱정이 앞선다.

가난한 농민의 아들인 김남주는 늘 농민의 아픔을 자신의 시의 원천으로 삼은 전형적인 농민시인이었다. 혁명시인, 전사시인 등의 호칭은 김남주의 일면을 지칭한 것에 불과하며 그는 본질적으로 농민시인이라고 나는 생각한다. 만약 그가 살아있다면 한미FTA를 반대하는 '과격한 선동시'를 낭송하고 '폭력시위'에 가담하여 동생과 함께 수배되거나 체포되어 감옥으로 끌려갔을 것이라고 나는 확신한다.

"날마다 그리운 당신은 우리에게 너무나 소중한 사람이에요. 사랑해요. 당당하고 자신감 있게 싸우세요. 김덕종 힘내요! 만날 때까지 안녕!" 덕종 씨의 가족들이 보내온 문자메시지는 김남주 시인의 시처럼 소박하면서도 찌르르 가슴을 울리는 감동을 준다.

낯선 객지에서 차가운 겨울바람을 견디는 김덕종 씨와 농민 여러분들에게 뜨거운 성원과 위로의 말씀을 드린다. 2월에 한미FTA를 마무리한다는 유언비어에 현혹되지 말고 끝까지 힘을 모아 싸워나갑시다!

『시민의 소리』 2007. 1. 22.

'민족'은 허위의식인가

평소 '북한에 대한 퍼주기'에 극력 반대하던 대구의 한 유지가 최근 사업차 중국 단동을 자주 여행하면서 종전의 태도를 바꾸어 "김정일의 수중에 들어가든 군사용으로 전용되든 무조건 쌀을 보내야 한다"고 술자리에서 친구들에게 역설하는 바람에 다들 놀랐다고 한다. 이른바 '친북좌파 정권'의 대북정책에 사사건건 불만을 털어놓던 대표적인 TK 인사인 그가 이처럼 변한 데는 현지에서 북한 주민들의 비참한 생활상을 직접 보고 들으면서 이념이나 정권을 떠나 같은 민족으로서 도저히 그냥 두고 볼 수 없다는 동정심이 발동했기 때문이다.

이와는 달리 나는 최근 어느 토론회에서 "통일도 하나의 옵션(선택사항)에 불과하다"는 한 진보적인 학자의 말을 듣고 상당한 충격을 받았다. 그는 고 장준하 선생 같은 순진한 민족주의자가 유신정권의 기만적인 7·4

남북공동성명에 속아서 "모든 통일은 다 좋은 것"이라는 식의 통일지상주의의 함정에 빠졌던 점을 상기시키면서 통일도 궁극적으로는 인간의 행복이라는 보편적 가치를 실현시키기 위한 하나의 방도에 불과하므로 실체도 없는 민족을 내세우는 통일의 당위성 논리도 비판적으로 검토해야 한다는 것이었다. 통일이 안 돼도 얼마든지 행복하게 살 수 있는 방안이 있다는 발상은 논리적으로는 맞지만 심정적으로는 몹시 거슬렸다.

하기야 '민족'은 벗어던져야 할 거추장스러운 짐으로 여기고 '통일'은 필수가 아닌 선택으로 제쳐놓는 것이 요즘 진보 담론의 대세인 것처럼 보이지만, 그래도 나는 앞서의 대구 시민의 예에서 보듯이 보수와 진보를 떠나 남북한 사람 모두의 심성에는 '민족'과 '통일'이 일종의 본능처럼 살아 작동하고 있다고 믿는다. 민족을 부정하고 프롤레타리아 국제주의를 내세운 사회주의(공산주의)가 등장한 이후에도 민족이라는 본능은 '진정한 하부구조'로서 국제주의라는 상부구조에 대해 언제나 승리해왔다는 드브레의 주장도 역사적 경험을 바탕으로 한 것이다. 그렇다면 적어도 분단의 특수성이 현실로 존재하는 한 당분간 '민족'과 '통일'이라는 때묻고 낡은 명제를 끌어안고 갈 수밖에 없지 않느냐는 것이 나의 생각이다.

곧 남북 철도를 연결하는 시운전을 한다니 대견스럽다. 이와 연계하여 40만 톤의 쌀을 북한에 제공한다는 소식도 반갑다. 어쨌든 굶주린 북한 동포가 조금이라도 허기를 덜 수 있을 테니까. 이울러 전라남도 농민들이 직접 벼농사를 지어 북한에 쌀을 보내기 위한 '통일 쌀 한 평 가꾸기 운동'을 전개한다는 소식도 신선하다. 논 한 평에 5천 원씩 후원금을 받아 5, 6만 평의 논에 쌀농사를 지어 11월쯤 북한에 보낸다는 계획인데,

가뜩이나 한미FTA로 위기에 몰린 농민들의 시름도 덜고 통일을 위한 소중한 초석을 놓는 일석이조의 사업이라 여겨진다.

　　인도적 차원에서 농민과 북한 동포를 돕는 일에 보수와 진보의 색안경을 들이대거나 앞으로 있을 대선에서의 이해관계를 따지는 일일랑 제발 그만두기를 바란다. 유니세프의 후원금을 낼 때처럼 편안한 마음으로 나설 일이다.

『시민의 소리』 2007. 4. 23.

영어, 내 마음의 식민주의

　최근 서울의 한 대학에서 반바지에 슬리퍼 차림의 학생은 대학 건물에 출입하지 못하도록 규제하는 바람에 가벼운 논란이 벌어졌다. 대학 당국은 교육상 어느 정도의 예의는 갖추는 것이 필요하다는 입장이고, 학생들은 자유분방한 대학가에서 새삼스럽게 옷차림을 규제하는 것은 납득이 가지 않는다는 반응이다.

　사실 나 자신도 반바지 차림에 슬리퍼를 질질 끌고 강의실에 들어오는 학생들의 모습이 탐탁치는 않다. 더구나 강의 중에 슬리퍼를 벗고 맨발을 앞 의자에 올려놓는 학생에게는 호통을 치곤 한다. 속옷 같은 여학생들의 옷차림이나 지나친 노출도 유행으로 넘겨버리기엔 눈꼴이 사납지만 못 본 척 넘어간다.

　그런데 한여름에 짙은 감색 양복을 입고 넥타이까지 맨 대학 당국자는 "반바지에 슬리퍼를 끌고 시장에 가든, 쇼핑을 하든, 아이 돈 케어. 그렇지만 대학 건물에는 안 돼"라고 결연한 어조로 선언하는 것이 아닌가. 그 순간 나도 모르게 '이건 코미디로군!' 하는 소리가 터져나왔고, 아내가 무슨 일인가 하고 덩달아 텔레비전 화면을 쳐다본다.

계란 반숙을 시키면 "아, 에그요?" 하고 되묻고, 냉수에 설탕 좀 타달라고 하면 "여기 슈가 냉수 두 개!"라고 외치던 1970년대 — 장발과 미니스커트를 단속하던 유신시대의 다방 레지와 "아이 돈 케어"가 일상어로 튀어나오는 2000년대 세계화시대의 대학교수의 영어 실력이라니! 하기야 대통령도 취임식장으로 들어서면서 "굿모닝" 하고 인사를 하는 판이니 말해 무엇하랴. (작가 김성동 씨는 이 일로 '참여정부'라는 말 대신 '굿모닝 정권'이라는 말을 즐겨 쓰고 있다.)

이 순간 나는 문득 미국 텍사스 지방에서 폭우 속에 차를 몰고 가다 강물에 빠진 교민이 경찰에 휴대전화로 긴급구조 요청을 했으나 영어가 서툴러 의사소통이 되지 않아 결국 익사했다는 엉터리 기사가 떠올랐다. 영어를 잘하지 못하면 목숨까지 잃는다는 식의 보도 행태가 못마땅하던 나는 곧 인터넷 신문을 통해 국내 신문들의 기사는 최소한의 사실 확인도 하지 않은 엉터리 기사를 서로 베껴 쓴 '표절'임을 확인할 수 있었다.

유족들과 현지 기자의 정밀조사 결과 사고 원인은 악천후와 허술한 안내표지판, 잘못 설계된 도로 때문이며 차가 물에 잠기는 긴박한 순간에 오간 외마디 영어 때문이 아니라는 것이었다. 설사 원활한 의사소통이 이루어졌다 해도 경찰이 구조하기는 시간상 불가능한 상황이었다고 한다.

영어와 관련된 기사들은 꼬리에 꼬리를 물고 내 기억의 회로를 달려

나온다. 이번에는 미국 텍사스대학의 인문학 석좌교수인 승계호 선생의 말씀이다. "인문학은 문화를 정화하는 일이고 문화를 정화하는 것은 우리 말을 정화하는 데서 출발한다"는 것이 그의 지론이다.

반세기 넘게 서양철학을 공부하고 영어로 강의를 해온 노학자는 또한 이렇게 말한다. "한국 성형수술 기술이 최고지요. 아름답게 하려는 건데 꼭 서양사람 모양으로 얼굴이며 몸을 만들고 있어요. 아름다워지는 것은 본성에서 나와야지. 그러려면 말의 본성이 아름다워져야지요. 한국 인문학은 서양사람 얼굴을 만드는 성형수술 같은 거요." (이상은 『교수신문』 2007년 6월 11일자에서 인용)

영어에 대한 자의식이 없는 인문학을 위해 윤지관 교수가 펴낸 『영어, 내 마음의 식민주의』를 권한다. 요즘 말로 '강추'다.

『다산포럼』 2007. 6. 18.

십자가와 초승달

아프가니스탄에 잡혀 있던 한국인 인질 19명이 곧 석방된다는 소식에 모두들 안도의 한숨을 내쉬고 있다. 이번 일을 겪으면서 우리는 몇 가지 교훈을 얻었다. 물론 2명의 소중한 인명과 엄청난 국력의 소모라는 값비싼 대가를 치르기는 했지만, 이번 사태를 통해 세계를 보는 우리의 시야가 좀더 넓어지고 깊어진 것은 부인할 수 없는 소득이다.

우선 다행인 것은 연말까지 동의부대와 다산부대로 불리는 한국군이 아프가니스탄에서 완전히 철수한다는 사실이다. 처음부터 많은 국민들이 명분 없는 분쟁에 휘말린다는 이유로 반대했지만 막연한 국익이나 한미관계를 내세워 강행되었던 파병이 이번 기회에 종지부를 찍게 된 것은 무엇보다도 반가운 일이다. 앞으로는 장기적인 관점에서 무엇이 정말 국익에 도움이 되는지 따져가며 해외파병을 신중하게 결정하기를 바란다.

이와 함께 이달 말까지 아프가니스탄과 파키스탄에서 선교활동을 중단하고 민간요원들이 모두 철수하기로 한 것도 당연하다는 생각이다. 봉사나 선교도 안전이 보장된 다음에나 가능한 일이다. 정부가 여행위험지역이나 여행금지국으로 지정해도 아랑곳하지 않고 종교의 자유를 내세워 막무가내로 밀고 들어가는 오만한 종교인들은 자제하는 것이 마땅하다.

한국 교회도 이번 기회에 공격적인 해외선교가 과연 합당한 일인지 차분하게 되돌아보기를 기대한다. 상대방의 문화와 전통을 무시하고 일방적으로 강요하는 선교는 자칫 엄청난 반발과 적개심을 유발한다는 사실을 이번 사태는 보여주었다. 탈레반이라는 극단적인 회교원리주의자들뿐만 아니라 국내에서도 많은 사람들이 이런 방식의 해외선교에 적대적인 반감을 드러낸 것을 기독교도들은 겸허하게 받아들이고 반성의 계기로 삼아야 할 것이다.

해외선교에 들이는 비용과 노력을 북한의 수재민이나 국내의 빈곤층, 농민, 비정규직을 돕는 데 쓴다면 선교 효과는 훨씬 더 크게 나타날 것이다. 그리고 남을 도울 때도 티내지 않고 조용히, 은밀하게 돕는 것이 성경의 가르침에 부합할 것이다. 선교 봉사활동을 가면서 배낭여행 떠나는 학생들처럼 V자를 그리며 구호를 외치는 모습은 종교적 진정성과는 거리가 멀어 보인다.

종교나 신앙의 자유는 소중하지만 다른 모든 가치보다 우월한 절대적 가치는 아니다. 종교단체도 결국 신도들이 낸 돈으로 운영되는 것이므로 회계를 투명하게 공개하여 검증을 받아야 한다. 천주교 서울 대교구의 선례에 따라 도든 종교단체들이 재정을 공개하고, 소득이 있는 목사나 신부, 스님들도 세금을 내는 것이 합당하다고 많은 사람들은 생각한다. 그럴 경우에 그들은 성직자로서 더욱 존경을 받고 저절로 권위가 부여될 것이다.

또 하나, 이번 사태를 통해 우리는 중동 회교국에서는 적십자 대신 적신월사赤新月社라는 단체가 인도주의적인 구호활동을 벌이며 인질 석방에도 많은 도움을 주었다는 사실을 처음으로 알게 되었다. 십자가가 아닌 초승달이 중동에서는 인도주의의 상징으로 통용된다는 초보적인 상식을 우리는 비싼 수업료를 내고서야 가까스로 배운 것이다. 앞으로 또 얼마나 많은 대가를 치르고서야 우리는 다른 인종, 다른 종교, 다른 문화도 존중받아 마땅한 보편적 가치를 지니고 있다는 진리를 조금씩 깨닫게 될 것인가.

『다산포럼』 2007. 8. 28.

시해弑害인가 암살暗殺인가

1979년 10월 27일. 당시 모 언론사의 사회부 기자였던 나는 새벽에 다급한 전화를 받고 허둥지둥 회사로 달려갔다. 예기치 않았던 대통령의 유고 소식에 편집국은 초긴장 상태였고 자욱한 담배 연기 속에 모두들 외신 기사를 지켜보며 정부의 공식 발표를 기다리고 있었다. 나는 그날이 내근 당번이라 편집국에서 대기하고 있다가 취재기자가 밖에서 전화로 불러주는 기사를 원고지에 옮겨 데스크에 넘기는 일을 맡고 있었다.

이윽고 정부 당국의 공식 발표가 기사로 들어오기 시작했다. 요즘처럼 노트북이나 휴대전화가 없던 시절이라 잘 들리지 않는 전화기로 기사를 받는다는 것이 그렇게 만만한 일은 아니었다. 전화기를 한쪽 귀에 걸고 기사를 받아 적던 나는 '시해'라는 단어가 낯설어 기사를 불러주는 후배 기자에게 몇 번이나 확인했으나 '민비 시해弑害 사건' 할 때의 '시해'라는 대답이었다.

나는 물론 시해라는 용어의 뜻을 몰라서 되물은 것은 아니었다. 내가 아는 한 시해라는 용어는 왕조시대에 왕이나 왕비가 살해되었을 때 사용하는 것이므로 대통령에게 시해라는 말을 쓰는 것은 어색하게 여겨졌기 때문이었다. 비록 정부의 발표문에는 시해라는 말이 사용되었다 하더라도 인용문이 아닌 기사 본문이나 제목에 시해라는 용어를 그대로 사용하는 것은 격에 맞지 않는다고 나는 생각했다. 그러나 "부모나 임금을 죽임"이라는 국어사전의 뜻풀이까지 보여주며 '시해'보다는 '암살'이나 '피살'이라는 표현이 적절하다는 나의 주장을 데스크는 마감시간도 다 됐는데 그런 걸 따지고 있을 겨를이 없다는 이유로 묵살해버렸다.

시간을 다투는 사건기사일수록 마감시간과 다른 언론사와의 경쟁 때문에 기자의 독자적이고 객관적인 판단보다는 당국의 발표를 그대로 옮기는 것은 지금도 쉽게 고쳐지지 않는 우리 언론의 관행이었다. 더구나 오랜 유신체제 아래서 대부분의 언론은 불러주는 대로 받아 적어 전달하는 일에 길이 들어 있었다.

당시 박정희 대통령은 단순히 민주공화국의 대통령이라기보다는 왕이나 군주처럼 무소불위의 절대권력을 휘두르던 존재였기에 '시해'라는 왕조시대의 용어가 사용되었는지 모른다. 그런데 문제는 유신시대가 끝난 지 30년이 가까운데도 '시해'라는 용어는 아직도 공공연히 사용되고 있다는 사실이다. 5·16도 '혁명'이 아닌 '쿠데타'로 공식 명칭이 바뀌었지만 10·26만은 여전히 '박 대통령 시해 사건'으로 표기되고 있으니 이상한 일이다.

단순히 윗사람에 대한 예우나 존경의 차원에서 시해라는 용어를 써야 한다고 주장한다면 김구 선생이나 링컨, 케네디 대통령의 경우에는 왜 시해라고 쓰지 않는지 묻고 싶다. 이 문제에 관해서 역사학자나 언론인들도 입을 닫고 있는 것은 이해가 되지 않는다. 하기야 '대권'이니 '킹 메이커'니 '가신'이니 하는 말을 언론에서 아무렇지도 않게 쓰고, 상당수의 재벌과 교회가 세습을 당연시하는 것을 보면 우리의 의식은 아직도 봉건 왕조시대를 벗어나지 못하고 있는지도 모른다.

『다산포럼』 2007. 10. 21.

공공성의 상실

　　우리 시대의 특징을 여러 측면에서 규정할 수 있겠지만 나는 공공성의 상실을 가장 뚜렷한 특징으로 꼽고 싶다. 특히 지난 연말의 대통령선거와 이번 4·9총선을 겪으면서 나는 우리 국민의 의식이 추상적이고 당위적인 공공적 가치보다는 구체적이고 실리적인 사적 이해관계에 의해 좌우된다는 생각을 굳히게 되었다.

　　이명박 대통령과 보수 정치세력의 득세는 민주화나 통일, 양극화 해소, 국토의 균형발전 같은 공공적인 목표보다는 뉴타운이나 대운하, 규제완화 등을 이용하여 한몫 챙기려는 욕망의 승리였다. 과거에는 그래도 도덕성과 대의명분을 판단의 근거로 삼던 국민들이 이제는 노골적으로, 그리고 당당하게 '도덕이나 명분이 밥 먹여주나?' 하고 시장 바닥으로 나선 것이다.

이명박 씨는 이러한 시대의 변화에 편승하여 실용정책과 경제살리기를 내세우며 국민의 사적인 욕망을 부채질했고 국민들은 '그래, 좀 부도덕하고 얄팍하면 어때? 돈벌이만 시켜주면 그만이지' 하는 심정으로 무조건 표를 몰아주었던 것이다. 과연 이명박 씨는 당선 이후 국정운영이라는 공공의 업무를 노골적으로, 그리고 당당하게 '강부자', '고소영' 같은 사적인 영역에서 처리함으로써 기대를 저버리지 않았다.

이제 대한민국의 정책은 강남의 부자들을 위해 특정 대학과 특정 교회, 특정 지역 출신들이 주무르는 사적인 영역이 되어버렸다. 그 결과 같은 서울에서도 강북은 강남을 부러워하며 뉴타운 개발에 목을 매달고, 지방은 수도권을 부러워하며 신도시 건설이나 국제행사 유치에 혈안이 되어 아파트값과 땅값이 오르기만 학수고대하고 있다.

경쟁력을 높이기 위해 수도권의 규제는 풀면서 지방의 혁신도시는 없던 일로 하고, 경제를 살리기 위해 재벌의 은행 소유를 허용하고 투자총액제한은 없애겠다고 한다. 학력 신장을 위해 특목고와 자립형 사립고를 확대하고 자율학습도 부활한다고 한다. 입시를 비롯한 대학 운영도 자율에 맡기겠다고 한다. 산은과 한전, 수도사업, 의료보험 등도 민영화를 추진하겠단다.

한반도 대운하는 소외된 내륙지방민들의 투기 심리를 동력으로 삼아 재벌들의 배를 채워주기 위한 이명박 씨의 사적인 경제운용계획인 셈이다. 사적인 계획이라고 말한 것은 이것이 아무런 공적인 검증 과정이나 전문가들의 타당성조사 없이 부흥전도사의 예언처럼 어느 날부터 갑자기 사람들을 현혹하고 있기 때문이다.

크게 보면 공공성의 상실이라는 이러한 변화는 20세기 후반에 남한이 농경사회에서 산업사회로, 농촌공동체문화에서 아파트자폐문화로 바뀌는 과정에서 일어난 필연적인 현상이라고 할 수 있다. 이와 더불어 전통적으로 공공적 가치의 수호자 역할을 했던 언론과 사법부, 지식인들이 경제와 시장과 실용과 경쟁력의 이름으로 사적인 이익을 공공의 이익으로 포장하고 있는 것도 어쩌면 시대변화에 따른 당연한 현상인지도 모른다.

공공의 이익보다 사적인 이익이 우선하는 사회, 그것은 사적인 욕망의 절제보다는 무한 팽창을 전제로 하기에 언제 폭발할지 모르는 위험천만한 사회이다. 그리고 그 종착점은 이른바 만인의 만인에 대한 투쟁이 일상화되는 원시시대의 정글이 될 것이다.

『시민의 소리』 2008. 4. 21.

과거로의 회귀

"나 다시 돌아갈래!" 영화 〈박하사탕〉에서 주인공 영호(설경구 분)가 달려오는 기차를 향해 울부짖는 이 대사는 오래도록 잊혀지지 않는 여운을 남긴다. 순진무구했던 스무 살 청춘으로 돌아가고 싶다는 영호의 절규는 때묻고 지친 우리 모두의 간절한 염원을 담고 있기 때문일 것이다.

현실이 답답하고 힘겨울수록 우리는 좋았던 시절, 행복했던 순간으로 돌아가고 싶어한다. IMF를 거치면서 먹고살기에 지친 국민들이 7, 80년대의 고도성장시대를 재현하겠다는 이명박 후보의 약속에 기대를 건 것도 일종의 과거 회귀 욕구의 투사일 것이다.

'잃어버린 10년'이라는 구호도 실은 조·중·동을 비롯한 보수 신문들의 잘나가던 그 시절에 대한 향수의 표현에 불과하다. 탤런트 이덕화가 이명박 후보에게 "각하, 힘내십시오!"라고 뜬금없이 충성 맹세를 한 것도 모스크바영화제에서 주연남우상을 타는 등 그가 잘나가던 80년대식 연기일지 모른다.

〈박하사탕〉의 영호가 시간을 거슬러 '좋았던 그 시절'로 돌아가는 것은 영화 화면 속에서는 가능하지만 현실에서는 불가능한 일이다. 그런데 이러한 과거로의 회귀를 현실적인 정책으로 추진하려고 작정한다면 어떻게 될까?

가령 한반도 대운하 구상은 얼마나 시대착오적인가. 7, 80년대의 토건사업을 21세기의 성장동력으로 삼겠다는 발상은, 오버액션으로 인기를 만회하겠다는 이덕화의 연기 전략처럼 비현실적이다. 오버액션으로 치면 탤런트 출신의 유인촌 문화체육관광부 장관도 결코 뒤지지 않는다.

그러나 가장 시대착오적인 과거 회귀는 최시중 방송통신위원장의 언론장악 정책일 것이다. 그는 KBS와 YTN을 장악하기 위해 물불을 가리지 않는다. 심지어는 정연주 KBS 사장을 몰아내기 위해 KBS 이사인 부산 동의대의 신태섭 교수를 해직시키는 지경에까지 이르렀다. 하기야 대학에 압력을 넣어 표적 징계를 한 것이라는 언론단체들의 주장에 '내가 시킨 것이 아니다'라고 발뺌하겠지만 말이다.

이명박 정부는 모든 권력은 국민으로부터 나오는 것이 아니라 방송으로부터 나온다고 믿는 모양이다. 그러니까 지지율 추락도 방송 탓으로 돌리고 미국산 쇠고기의 안전성도 방송의 허위보도 때문이라고 주장하는 것이다. 촛불집회도 인터넷의 실황중계 방송 때문에 확산되었고, 조·중·동에 대한 광고불매 운동도 인터넷 카페 탓이라고 여기는 듯하다. 그러기에 검찰과 경찰, 세무서, 감사원 등 모든 공권력을 총동원해서 방송과 인터넷을 장악하고 통제하려고 나선 것이 아니겠는가.

경북 안동의 한 대학교수는 운하반대 서명을 했다고 정보과 형사가 연구실을 찾아와 조사를 하고 압력을 가했다면서 5공 시절에도 정권 퇴진이 아니라 정책 반대를 한다고 이렇게 하지는 않았다고 개탄한다. 그의 말을 빌리자면 "학문의 자유를 침해하는 수준의 학원사찰은 일제강점기 때나 있었던 일"이다.

이쯤 되면 이명박 정부가 "후진 기어를 넣고 전진하려고 아등바등댄다"는 말이 실감으로 와 닿는다. 그런데 후진 기어를 넣고 가속 페달을 너무 세게 밟은 탓인지 10년 전이나 20년 전이 아니라 그 이전으로까지 거꾸로 돌아가는 것은 아닌지 국민들은 불안하기만 하다.

『다산포럼』 2008. 5. 27.

경제살리기와 트리클다운 효과

이명박 대통령이 당선된 결정적인 힘은 그가 내건 '경제살리기'라는 구호일 것이다. 유력 신문들에 의한 반복 주입도 크게 작용했지만, 대다수 국민들은 고달픈 현실을 장미빛 낙원으로 바꿔준다는 달콤한 약속에 '그래 한번 믿어볼까' 하는 심정으로 표를 몰아준 것이었다.

특히 먹고살기가 힘들고 일자리 찾기에 지친 서민들은 경제를 살린다는 말에 현혹되어 규제완화나 세금 감면, 노동유연성 강화, 민영화 같은 경제살리기의 방안들이 구체적으로 무엇을 뜻하고 나에게 어떤 영향을 끼칠 것인가를 꼼꼼하게 따져볼 겨를이 없었다. BBK나 한반도 대운하, 한미FTA 등 다른 쟁점들에 묻혀버린 탓도 있고, 경제적 쟁점들을 알기 쉽게 정리하고 설명해주어야 할 언론이 제 역할을 하지 않은 탓도 크다.

사실 나만 해도 걸핏하면 영어로 된 전문용어를 구사하는 경제관료나 학자들이 '트리클다운trickle down 효과'가 어떻고 하면 주눅이 들어 슬 그머니 꼬리를 내리곤 했다. 그런데 최근에 인터넷을 검색해보니 '트리클다운'이란 '물이 저절로 흘러 넘친다'는 뜻으로 대기업의 성장을 촉진하면 덩달아 중소기업과 소비자에게도 혜택이 돌아간다는 이론이라고 한다. 가령 강만수 기획재정부 장관이 "법인세가 경감되면 기업 투자가 늘어 근로자의 급여가 올라가고 소비가 늘면서 주변 음식점이 잘되면 저소득층에도 혜택이 돌아갈 것"이라고 말한 것은 이 같은 이명박 정부의 경제정책을 요약한 셈이다.

쉽게 말하자면, 국토 균형발전이나 공정 거래를 위한 각종 규제를 완화하고, 복지 확대나 부동산 투기 억제를 위한 각종 세금을 줄이고, 노조의 힘을 약화시켜 노동자 해고를 마음대로 하게 하면, 대기업과 재벌, 부자들이 돈을 더 잘 벌게 되고, 그러면 기업 투자가 늘어나 경제가 살아나고 저소득층 서민들도 떡고물을 얻어먹을 수 있다는 주장이다. 이런 정책은 1970년대의 박정희 대통령과 80년대 말의 조지 부시 미국 대통령 시절에 시행되었는데, 미국에서는 그 후 폐단이 드러나 클린턴 대통령 시절에 철폐되었다고 한다.

저명한 경제학자인 하버드대학의 리처드 프리먼 교수도 이를 1990년대 초반 이후 한물간 정책으로 못박으면서 민영화와 노동유연성을 강조하던 세계은행과 IMF도 시장만능주의는 안된다면서 태도를 바꾸었다고 전했다. 그러면 이제는 실효성도 없고 설득력도 없는 20~30년 전의 정책이 어떻게 21세기 대한민국의 경제살리기 비법으로 등장했을까?

그 이유는 이명박 정부의 경제보좌관들이 1980년대와 90년대에 미국서 공부한 사람들이라서 당시 유행하던 경제정책을 금과옥조로 여기고 있기 때문이라고 한다. 이로써 우리나라 경제관료들의 현학적이고 전문적인 이론들이 실은 일반인들이 함부로 시비를 걸 수 없게 포장된 궤변이라는 사실을 확인하면서, 오랫동안 풀리지 않던 의문 가운데 하나는 풀렸다. 이명박 정부의 장관과 보좌관들이 하나같이 '강부자'인 까닭을 세상물정에 어두운 나는 약 한 시간에 걸친 인터넷 검색을 통해 뒤늦게 깨달은 것이다. 그래, 대기업과 재벌, 부자들을 위한 정책을 추진하려면 '강부자'만큼 적합한 인물들이 어디 있겠는가.

『시민의 소리』 2008. 6. 2.

부시는 무엇을 챙겨갔을까?

지난 1979년 6월 지미 카터 미국 대통령이 한국을 방문했다. 인권을 유달리 강조했던 카터 대통령인지라 박정희 정권의 인권탄압에 대해 어떤 식의 압력이 가해질 것인지가 초미의 관심사였다. 그러나 당시 모 언론사의 기자였던 나는 카터 대통령의 부인과 딸의 동정을 취재하라는 지시를 받고 신라호텔을 들락거리며 시시콜콜한 가십거리를 찾아다녔지만 별무성과였다.

그러다가 우연히 외신기자들과의 대화를 통해 카터의 방문 목적 가운데 하나가 미국의 전화교환기 시스템을 한국에 팔아먹기 위한 것임을 알게 되었다. 당시 체신부는 전화교환기 시스템 교체를 위해 국제입찰을 했는데, 독일의 지멘스와 일본의 후지쓰, 미국의 ATT 등이 3파전을 벌이고 있었다. 아니나 다를까, 얼마 후 박정희 정부는 가장 유력한 후보 기종이었던 지멘스 대신 성능도 떨어지고 값도 비싼 ATT 교환기를 사들이기로 결정했다.

유신치하의 한국의 인권상황에 관해 정상회담에서 무슨 말이 오갔는지는 모르지만— 최근에 나온 어떤 자료에 따르면 박정희 대통령은 비서에게 '인권 좋아하시네'를 영어로 어떻게 말하느냐고 물었다고 한다 — 나는 지금도 카터의 방한 목적이 인권보다는 장사였다고 믿는다. 그리고 대체로 한미정상회담은 무언가 뒷거래를 성사시키기 위한 마지막 담판이라는 선입견을 버리지 못하고 있다.

가령 1966년 10월에 있었던 린든 존슨 미국 대통령의 방한도 한국군의 베트남 파병 요청을 마무리짓기 위한 것이었다. 언제나 그렇듯이 당시 언론들도 '한미동맹 강화', '안보공약 재확인' 등을 대서특필하고, 수행원들의 동정 등 시시콜콜한 가십기사만을 보도했을 뿐, 정작 중요한 뒷거래 내용은 보도하지 않았다. 그래서 중요한 국내 정보는 시차를 두고 외신을 통해서 확인할 수밖에 없었다.

나는 존슨 대통령의 방한에 관련된 중요한 뉴스를 20년 후 독일의 시인이자 평론가인 마그누스 엔첸스베르거의 책에서 뒤늦게 발견하였다. 당시 존슨 대통령은 동두천의 미군 부대 장병들 앞에서 이렇게 말했다고 한다. "여러분, 이걸 잊지 마십시오. 우리는 모두 2억입니다. 거의 30억이 우리와 맞서고 있습니다. 그들은 우리가 가진 것을 빼앗으려고 합니다. 그러나 그들은 우리한테서 그것을 결코 빼앗지 못할 것입니다!"(『뉴욕 리뷰』 67년 2월 23일자 보도에서 인용)

한국 정부와 한국의 언론은 존슨 대통령이 말한 2억의 '우리' 속에

(당시의 인구통계로) 대한민국의 3천만 국민도 당연히 포함돼 있다고 보는 듯하다. 그러나 엔첸스베르거를 비롯한 외국인들과 외신들은 그렇게 보지 않는 것 같다. 존슨 씨는 이미 고인이 되었으니 확인할 길은 없지만, 중요한 것은 그가 한국 국민들 앞에서가 아니라 미군 앞에서 연설을 했다는 사실이다. 그런 맥락에서 '우리'는 누구를 가리키겠는가?

부시 미국 대통령이 하루 동안의 짧은 한국 방문을 마치고 돌아갔다. 이번엔 무엇을 챙겨갔는지 궁금하다. 물론 존슨과 카터의 방한은 이미 3, 40년 전의 옛날 일이다. 그 사이에 세계의 인구는 배로 늘었고 한국의 상황도 많이 변했다. 그러나 변치 않은 것도 있다. 미국은 언제나 값싸고 맛 좋은 쇠고기를 포함하여 푸짐한 선물을 안겨주는 산타클로스라고 믿는 한국 관료들과 친미 언론들은 미국 대통령이 무엇을 팔아먹고 한국 정부가 무엇을 퍼주었다는 식의 표현을 당연히 반미와 반자본주의로 판단하여 금서목록을 작성하고 있지 않은가.

『시민의 소리』 2008. 8. 7.

누가 역사를 독점하려 하는가

대부분의 역사책들은 카이사르(시저)를 비범한 정치적 야망과 개혁의 비전, 탁월한 군사적 지도력과 전략, 유머 감각과 문필가적 재능, 남성적 매력을 두루 갖춘 이상적인 독재자로 묘사한다. 이들 역사책들에 따르면 그는 몇 군데 식민지를 가진 도시국가에 불과했던 로마를 세계적 대제국으로 발전시켰으며 법전을 편찬하고 달력을 개선하는가 하면, 『갈리아 전쟁기』 같은 저술을 남긴 위대한 인물이다.

플루타르코스의 『영웅전』과 몸젠의 『로마사』 같은 전기와 역사책들이 완벽하고 이상적인 지도자로 카이사르를 미화하고 있고, 『로마인 이야기』를 쓴 시오노 나나미도 지나치다 싶을 정도로 카이사르를 완벽한 인물로 예찬한다. 우리나라 독자들이 읽는 위인전기들도 대부분 이런 식의 관점에서 씌어진 것들이다.

그러나 모든 역사학자나 전기작가가 카이사르를 예찬하는 것은 아니다. 20세기의 독일 작가 브레히트는 『율리우스 카이사르 씨의 사업』이라는 장편소설에서 카이사르를 로마 상인들의 하수인 노릇을 하는 금권·선동정치인으로 묘사한다. 최근 출간된 영국의 인기 작가 로버트 해리스의 역사소설 『임페리움』에서도 카이사르는 선동과 음모에 능통한 정치꾼으로 등장한다.

그런데 독일에서 수백만 부가 팔린 디트리히 슈바니츠의 『교양』에서는 이른바 필독 교양서로 몸젠의 『로마사』와 브레히트의 『율리우스 카이사르 씨의 사업』을 나란히 제시하고 있다. 한 인물에 대해 상반된 평가를 하는 두 책을 같이 읽음으로써 균형감각을 잃지 않고 역사를 이해하라는 뜻일 것이다. 누구의 관점이 옳으냐 하는 흑백이분법으로 접근하지 않고 최종 판단을 독자에게 맡기는 것이 교양의 핵심이자 문화의 기본이다.

최근에 벌어지고 있는 역사교과서 파문은 권력자들의 입맛에 맞는 역사만을 통용시키고 마음에 맞지 않는 역사는 지식시장에서 퇴출시키겠다는 발상에서 나온 것이다. 역사를 기록하고 해석하고 평가하는 권한을 권력자가 독점하겠다는 선언이다. 참으로 어처구니없고 무모한 만용이다.

카이사르 예찬에서 보듯이 역사는 승자의 기록일 가능성이 많다. 그런데 정권을 잡았다고 역사를 집권자의 입맛에 맞게 뜯어고친다면 역사의 진실은 실종되고 왜곡될 수밖에 없다. 전제군주시대에도 사관은 권력의 간섭을 받지 않고 독립적으로 역사를 기록하도록 보장했다.

무오사화를 일으켜 사초史草를 입맛대로 고쳤던 연산군도, 금서를 모아 광장에서 불태웠던 히틀러도, 결국 역사를 자기 뜻대로 독점하지는 못했다. 오히려 이들은 '역사의 법정'에서 유죄판결을 받아 '폭군'과 '독재자'로 역사교과서에 기록되었다.

　　어느 시대에도 독자와 시민은 권력자나 검열관보다 훨씬 똑똑하고 현명하다. 독자와 시민을 어리석은 바보로 여기는 권력은 언론과 출판, 사상의 자유를 사치로 여기고 통제하려 하지만 그러한 시도가 성공한 경우는 단 한 번도 없다. 왜냐하면 역사는 5년 단임제나 종신제, 세습왕조로 끝나지 않고 영원히 계속되기 때문이다.

『시민의 소리』 2008. 11. 13.

악어의 눈물

아아, 지주는 고대광실에서 비단옷과 기름진 음식을 먹으며 눈과 귀를 즐기고 마음이 편하기 그지없다. 하지만 소작인은 거적만을 단 움집에 작은 몸도 편안히 드러누울 수 없고 누더기옷은 모진 추위와 더위를 가려주지 못하며 보리밥과 멀국으로도 굶주린 창자를 제대로 채우지 못하고 있다. 이러한 참상을 엿본다면 아무리 무정한 사람이라도 동정의 뜨거운 눈물을 금할 수 없을 것이다. 아아, 바람에 벗기고 비에 젖으며 서쪽 밭두둑에서 분주하고 남쪽 이랑에서 바빠서 몸은 지치고 살갗은 주름져서 청춘에서 백발에 이르기까지 한시도 쉴 사이가 없는 것이 소작인이 아니겠는가? 그래서 평생에 하루의 배부름과 따뜻한 옷, 하룻밤의 안식도 없이 굶주림과 노숙의 괴로움에다가 헐벗은 치욕을 면할 길이 없는 것이 소작인의 생활 아니겠는가?

눈물 없이는 읽을 수 없는 이 글은 1920년에 발족한 '조선소작인상조회'의 설립취지문 가운데 일부이다. 당시 『조선일보』의 압수 기사를 모아 놓은 자료 속에서 찾아낸 것인데, 설립취지문에 따르면 '조선소작인상조회'는 요즘 말로 '좌빨' 냄새가 물씬 나는 단체로 보인다. 그러나 놀라지 마시라. 이 단체는 3·1운동 직후 소작쟁의를 누그러뜨리기 위해, 친일파 송병준의 아들 송종헌이 만든 친일어용단체로서 핵심회원인 대지주들은 일본인 지주보다 가혹한 소작료를 받아먹은 작자들이라고 한다. 이상은 이이화 선생의 『한국사 이야기』에 실린 역사적 사실이다.

장면은 바뀌어 2008년 12월 4일 새벽. 이명박 대통령 일행이 서울 가락동 농수산물시장을 찾았다. "시장을 돌아보던 중 좌판에서 무 시레기를 파는 박부자 할머니가 감정이 복받친 듯 이 대통령을 붙들고 울음을 터뜨리자 이 대통령은 '하루 수입이 얼마나 되느냐?'고 물은 뒤 노점상을 하던 어머니가 생각난 듯 '내가 선물을 하나 주겠다. 내가 20년 쓰던 건데 아까워도 줘야겠다'며 목도리를 직접 건넸다.

그러면서 이 대통령은 '하다 하다 어려워지면 언제든 나한테 연락을 달라. 대통령에게 연락하는 방법을 알려줄 테니까'라고 말했다. 시레기 네 묶음을 산 이 대통령은 돈을 받지 않겠다는 할머니와 승강이를 벌이기도 했다."

이것은 『조선일보』를 비롯한 신문·방송이 똑같이 보도한 청와대 풀 기사의 내용이다. 노점상을 하던 어머니와 시레기 파는 박부자 할머니를 연결시켜 인정 많고 서민적인 대통령의 이미지를 부각시키는 솜씨가 일품이다. 그러나 놀라지 마시라. 이명박 정부는 부자들을 위해서는 수십조

원의 감세 혜택을 주면서 60세 이상의 고령자 최저임금을 깎고 기초생활 수급자를 줄이겠다는 반서민적 경제정책을 연말 국회에서 밀어붙이고 있다. '전 국민을 부자로 만들기 위한 정책'(강만수 기획재정부 장관)이라고 생색을 내면서.

『시민의 소리』 2008. 12. 15.

우리 동네 이발소에서

　내가 근무하는 학교의 구내 이발소가 이번 학기가 시작되면서 문을 닫았다. 일흔이 가까운 늙은 이발사 영감님이 학생들은 물론이고 교직원들도 거의 찾지 않는 이발소를 꾸려가는 것이 용하다 싶었는데, 폐업 안내문이나 이전 공고도 없이 슬그머니 문을 닫고 말았다. 눈이 침침한지 가끔 면도하다가 상처를 입히기도 했지만 늘 웃음 띤 얼굴로 손님들을 편안하게 맞아주던 분이었다. 작년까지 일하던 쉰 넘은 면도사 아주머니는 그를 늘 장로님이라고 불렀다.

　그러고 보니 구내 사진관을 운영하던 사진사 할아버지도 작고했다는 소식을 들은 지 몇 년 되었다. 평양 출신의 키가 껑충한 그 사진사는 디지털카메라가 등장하면서 딸에게 사진관을 물려주고도 가끔씩 정장 차림으로 사진관에 들르곤 했다. 어쩌다 우리 같은 옛날 손님들을 만나면 이산

가족이라도 만난 것처럼 반갑게 인사를 하고 이런저런 얘기를 끝도 없이 계속하는 통에 헤어지기가 힘들었던 다정다감한 피난민 사진사도 이젠 볼 수 없게 되었다.

하는 수 없이 동네 이발소를 다시 찾게 되었는데, 들어가보니 몇 년 전 길 건너편에 있다가 없어졌던 이발소의 주인 아저씨가 혼자서 텔레비전을 보고 있었다. 전처럼 손님이 많지 않아 이런저런 얘기도 나눌 수 있었는데, 첫 마디가 이제 이발소가 없어지는 것은 시간문제란다. 젊은 사람들이 이발소를 찾지 않고 아무도 이발 기술을 배우려 하지 않으니 어쩔 수 없다는 거였다.

그의 말에 따르면 현역 이발사 가운데 대략 50대가 30%이고 60대가 60%, 70대가 10%라고 한다. 경북 문경군 가은 출신의 50대 이발사는 가은 탄광과 봉암사 얘기를 꺼내자 신이 나서 고향 얘기를 펼쳐놓았다. 1960~70년대에 흥청거리던 가은광업소에서 구내 이발소를 하던 '잘나가던 그 시절'부터 탄광이 쇠퇴하면서 대구로 나와 동네 이발소를 하게 된 사연을 듣는 동안, 주말인데도 찾아오는 손님은 한 사람도 없었다.

이발소 장식도 많이 바뀌어 이젠 동서양의 풍경이 혼합된 '이발소 그림'도 볼 수 없고, 동네 마실꾼을 위한 장기판이나 어린이 손님들을 위한 만화도 찾아볼 수 없다. 이 동네로 처음 이사왔을 때는 이발소가 동네 소식을 들을 수 있는 사랑방이었다. 개발 붐으로 땅값이 오르면서 거액의 보상금으로 벼락부자가 된 동네 사람들 가운데 누구는 목욕탕을 차리고, 누구는 첩을 두고, 누구는 최고급 승용차를 사고, 누구는 아파트에 살면서 여전히 포도밭을 가꾼다는 등 온갖 얘기를 듣느라 나는 자주 이발소를 찾았었다.

그 중에서도 잊혀지지 않는 것은, 공부 잘하는 아들을 두어 부러움을 사던 농부는 서울 유학간 아들 학비 대고 아파트 사주느라 땅을 팔아버려 지금은 별볼일 없는 신세가 돼버렸는데, 공부 못하고 말썽만 피우던 자식을 둔 농부는 땅만 파먹다가 하루아침에 벼락부자가 되어 떵떵거리고 산다는 얘기였다. 어떤 중소 섬유업체 사장은 외국인 노동자 없이는 공장을 꾸려갈 수 없다고 솔직하게 고백하기도 했다. 말하자면 이발소는 나에게 살아있는 현실을 가르쳐주는 교실이었던 셈이다.

그런데 동네 이발소가 사라져버린다고 아쉬워하는 사람은 많지 않은 것 같다. 이호철의 「어느 이발소에서」에서 절묘하게 그려진 1960년대의 동네 이발소 풍경이나, 송강호의 〈효자동 이발사〉에서 묘사된 독재자와 소시민의 삶의 궤적은 어렴풋한 향수만을 환기시키는 무대 배경에 불과한 것인가. 젊은이들 사이에서 폭발적인 인기를 끌고 있다는 인터넷 연재 만화(웹툰) 「삼봉이발소」는 동네 이발소라기보다는 미용실에 가까운 것이 아닌가 하는 생각이 든다. 어쨌든 이 만화를 빨리 구해서 한번 확인해봐야겠다.

『다산포럼』 2009. 3. 9.

마이너스 성장의 시대

들으면 들을수록 비위가 상하고 억지스런 느낌을 주는 말 가운데 하나가 '마이너스 성장'이라는 경제용어다. 경기 침체와 불황으로 생산이나 소득이 늘어나기는커녕 오히려 줄어드는 것을 마이너스 성장이라는 기묘한 말로 표현하는 모양인데, 이른바 전문가들의 말장난을 보여주는 전형적인 사례이다.

이 용어는 모름지기 경제란 계속해서 성장하는 것이 당연하다는 확고부동한 믿음을 전제로 한다. 그러니까 전진과 성장은 긍정적인 플러스의 개념이고 후퇴나 축소는 부정적인 마이너스의 개념으로 보고, 성장을 절대적인 기준으로 설정하는 것이다. 즉, 경제 후퇴나 경제 축소를 '마이너스 성장'으로 부름으로써 경제가 나빠질 수도 있다는 가능성 자체를 원천적으로 배제시켜버리려는 통제와 금지의 언어이다.

그래서 경제관료들의 사전에는 '성장'만이 존재한다. 이것은 마치 세상의 모든 인간을 남성을 기준으로 분류하여, 남성은 그냥 남성이고 여성은 非남성으로 부르는 것처럼 부자연스럽다. "좋아졌네 좋아졌네 몰라보게 좋아졌네"만 노래하다 보니 "나빠졌네 나빠졌네"는 금기어가 되고, 김추자의 〈거짓말이야〉라는 노래는 '불신풍조 조장'이라는 이유로 금지곡이 되던 시대의 살벌하고 폭력적인 사고방식을 나는 이 용어에서 발견한다.

이것은 또한 지금까지의 경험으로 우리 경제는 계속 성장해왔으므로 앞으로도 무한히 성장할 것이라는 맹목적인 확신을 전제로 한다. 고대 이집트인들은 나일강을 세상의 유일한 강으로 알고 모든 강은 당연히 남쪽에서 북쪽으로 흐른다고 생각했으므로, 북쪽에서 남쪽으로 흐르는 유프라테스강을 보고는 '강물이 거꾸로 흐른다'고 표현했다고 한다.

우리가 이처럼 경제성장에 병적으로 집착하는 것은 경제성장이 될수록 더 풍요롭고 행복하게 살 것이라는 믿음을 가지고 있기 때문이다. 이런 믿음은 의심의 여지가 없는 최고의 가치로서 우리의 사고와 행동을 지배한다. 경제성장을 해야 돈을 더 많이 벌 수 있고, 그래야만 더 행복하고 신나게 살 수 있다는 것이 21세기 대한민국의 시대정신이다.

그러나 과연 시간이 지날수록 경제는 성장하고 인간은 더욱 더 행복해졌을까? 우리는 고대 이집트인들보다 더 현명하고 똑똑해졌을까? 우리는 그리스인보다 더 민주적인 사회에서 살고 있을까? 고려시대보다 자주국방이 강화되고 사대주의는 약화되었을까? 조선시대보다 사회적 약자와 지역 경제에 대한 배려는 나아졌을까? 일제시대보다 민족적 일체감과 공동체의식은 더 강화되었을까? 그리고 1960년대보다 더 청정한 환경에서 언론의 자유를 더 많이 누리고 있을까? 농촌은 1970년대와 80년대의 새마을운동 이후 더 살기 좋아졌을까?

내가 궁금한 이런 쪽의 통계나 수치는 국책연구소나 대학에서 잘 연구하지 않고, 정치인이나 관료들과 언론도 별다른 관심을 보이지 않는다. 국가신인도나 공무원의 청렴도, 행복지수, 인권지표들은 왜 경제성장률보다 중요하게 인식되고 홍보되지 않는 것일까? 혹시 이런 지표들이 마이너스 성장을 계속하고 있기 때문은 아닐까? 아니면 이런 지표들은 민생과 직접 관련이 없고 적법성이 의심되는 미디어법보다 홍보가치가 적기 때문일까?

『다산포럼』 2009. 7. 28.

나의 친애하는 적

　　최근에 베르너 헤어초크 감독의 〈나의 친애하는 적〉을 보았다. 1960
~70년대의 이른바 '새로운 독일 영화'를 대표하는 헤어초크 감독이 독일
배우 클라우스 킨스키와의 애증이 뒤섞인 우정을 회상하며 만든 다큐멘
터리인데, 단순히 감독과 배우 사이의 연예가 뒷이야기에 그치지 않고 인
간관계의 미묘한 이치를 깨우쳐주는 영화였다.

　　원수 같은 친구가 어디 두 사람뿐이겠는가. 우리에게도 친숙한, '천
생연분/평생 원수' 퀴즈의 주인공인 할아버지 할머니는 우리 농촌 어디
에서나 볼 수 있다. 밤낮 싸우던 영감님이 돌아가시자, 끈 떨어진 연처럼
먼 산만 바라보며 찔끔찔끔 눈물을 짜는 할머니의 모습도 우리에게는 낯
선 풍경이 아니다. 〈워낭소리〉의 노부부는 얼마나 정겨운 우리 부모님의
모습인가.

DJ가 서거하기 직전에 YS가 문병을 가서 화해하는 장면을 보고 많은 사람들이 '아무렴, 그래야지' 하고 고개를 끄덕인 것은, 그것이 인간 보편적인 '천생연분/평생 원수'의 정서에 일치했기 때문이다. '민주화의 평생 동지이자 지긋지긋한 라이벌'인 두 사람의 애증으로 얼룩진 파란만장한 현대사를 함께 살아온 동시대인들은, 두 사람의 화해를 불편한 시대와의 화해로 받아들이며 좀 마음이 편안해지는 것을 느꼈으리라.

　　한문학을 전공하는 동료 교수가 이번에 연암 박지원의 『열하일기』를 완역하여 출간하였다. 출간을 축하하는 조촐한 술자리에서, 자연스럽게 번역과정의 어려웠던 속사정이 화제에 올랐다. 부인과 가족, 현장 답사의 안내인, 출판사 편집자 등 여러 공로자들이 거론되었는데, 나는 그가 중국의 한 대학에서 혼자 번역작업에 매달리고 있을 때, 옆방에 있던 '원수 같은 아무개 교수'도 숨은 공로자의 하나이니, 그에게도 책을 한 질 보내라고 권했다.

　　두 사람은 같은 한국인인데도 정치적 입장이 너무 달라, 선거를 전후한 몇 달 동안 만날 때마다 언쟁을 벌이다가, 급기야는 다시는 만나지 말자고 절교를 선언하기까지 했다는 것이다. 그러나 따지고 보면 그런 '원수'가 바로 옆방에 있었기에 술도 덜 마시고 홧김에 더욱 열심히 번역에만 몰두한 것이 아니냐고 물었더니, 원래 성격이 호탕한 그 한문학 교수는 빙긋이 웃으면서, 그렇지 않아도 벌써 책을 보냈다고 대답하는 것이었다.

　　사실 정치적 견해나 당파, 출신지역이란 얼마나 사소하고 허망한 문제인가. 연암이 노론 집안이고 다산이 남인 출신이라는 사실을 후대의 우리는 따지지 않는다. 그분들이 어느 지역 출신인지 우리는 관심이 없다. 그런데도 당파에 따라 상대방을 모함하고 벼슬을 빼앗아 귀양을 보내고 사약을 내린 것은, 나와 생각이 다른 사람을 원수로 알고 생존권을 빼앗아 영원히 제거하려는 증오와 복수의 악순환에 갇혀 있었던 탓이다. 나와 정치적 견해가 다른 사람도 나와 같은 시대를 사는 동시대인이고, 나처럼 존중받을 권리와 함께 나처럼 인간적 한계를 지닌 존재임을 인정하지 않았기 때문이다.

'원수를 사랑하라'는 예수의 가르침은, 보통 사람이 실천하기 힘든 무조건적이고 절대적인 이웃 사랑을 요구하는 것이 아니라, 우리가 살면서 부딪히는, 나와 생각이 다른 사람들을 철천지원수로 미워하지만 말고, '친애하는 적'으로 포용하라는 뜻이리라. 다시 말해 '원수를 사랑하라'는 말은 '원수도 친구로 여기라'는 말과 마찬가지라고 나는 믿는다.

부마항쟁 30주년을 기념하여 부산에서 열리는 '민족극한마당'에 당초 약속했던 정부의 지원금이 끊겼다는 소식을 듣고 한동안 가슴이 답답했는데, 뒤늦게 지원금이 내려왔다는 문자메시지가 날아왔다. 지원금을 주는 조건으로 반정부 집회나 시위를 하지 않겠다는 각서를 요구한 것부터 상식에 어긋난 일이었는데, 우여곡절 끝에 각서와는 관계없이 지원금을 주기로 했다니 다행한 일이다.

봉하마을 들머리의 만장 제작에 참여한 것이 정치적 편향을 드러낸 행위인지도 의심스럽지만, 그것을 빌미로 부산 연극인들의, 유서깊은 전국적 행사에 지원을 끊느니 마느니 하는 것은 너무 쩨쩨한 짓이 아닌가. 통 크고 시원시원한 부산 사람의 기질에도 맞지 않고, '친애하는 적'을 포용하는 부산의 개방적 이미지에도 어울리지 않는, '쪼잔한' 문예지원정책은 영원히 거두어주길 바란다.

『국제신문』 2009. 10. 13.

금관의 예수

막이 오르면, 한국 1971년 겨울. 청회색의 음울한 하늘을 배경으로 피에타의 예수상이 실루엣으로 보인다. 무대 중앙에 작은 탁자. 탁자 위엔 검은 표지의 거대한 성서. (⋯) 기타 소리와 함께 노래가 들린다:

"얼어붙은 저 하늘 / 얼어붙은 저 벌판 / 태양도 빛을 잃어 / 아 캄캄한 가난의 거리 / 어디서 왔나 / 얼굴 여윈 사람들 / 무얼 찾아 헤매나 / 저 눈, 저 메마른 손길 / 고향도 없다네 / 지쳐 몸 눕힐 무덤도 없이 / 겨울 한복판 / 버림받았네 / 버림받았네 / 아아 거리여 / 외로운 거리 / 거절당한 손길들 / 얼어붙은 저 캄캄한 곤욕의 거리 / 어디 있을까 / 천국은 어디 / 죽음 저편에 / 사철 푸른 나무숲 / 거기 있을까 / (⋯) 어디 계실까 / 주님은 어디 / (⋯) 오, 주여 이제는 여기 / 우리와 함께, 주여 우리와 함께 하소서."

이것은 1973년 원주 가톨릭회관에서 초연된 김지하의 희곡 「금관의 예수」 첫머리다. 1970년대의 캄캄한 겨울에 거리로 쫓겨난 거지, 문둥이, 창녀들과 이들을 도우려는 수녀, 이들을 등쳐 먹는 순경과 사장, 이들을 외면하는 대학생과 신부. 그리고 시멘트의 감옥에 갇혀 금으로 된 관을 쓰고 있는 예수. 예수는 금관을 벗어 문둥에게 주지만, 신부와 순경, 사장이 달려들어 도로 예수의 머리에 씌워버리고 예수는 다시 시멘트로 굳어버린다.

장면은 바뀌어 성탄일을 눈앞에 둔 2009년 12월 하순, 용산참사의 현장인 남일당 건물 앞 거리. 천주교정의구현사제단 소속의 신부와 수녀, 스님, 문인, 학생, 일반 시민, 유가족들이 모여 미사를 올리고 있다. 그동안 철거 용역 깡패들과 경찰들의 폭력과 정부의 무관심 속에 단식을 계속하다가 쓰러진 문규현 신부의 뒤를 이어 그의 형인 문정현 신부가 미사를 집전하고 있다. '남일당 성당'이라 불리는 이 거리의 성당엔 금관을 쓴 예수는 보이지 않는다.

금관을 쓴 예수는 어디로 갔을까? "예수님, 누가 예수님을 감옥에 가두었습니까? 그들이 누구입니까?"라는 문둥의 질문에 예수는 이렇게 대답한다. "(…) 그들은 바리새인들이다. 오직 저희들만을 위하여, 저희들만의 신전에 나를 가두었다. 내가 너 같은 가난한 백성들에게로 가지 못하도록 그들은 나의 이름으로 기도를 한다. 그러나 나의 이름으로 그들은 나를 다시금 십자가에 못박는다. 그들은 나의 제자임을 자랑한다. (…) 가난한 사람들의 굶주림을 외면하고, 박해받는 의로운 사람들의 고통스런 외침에 귀를 막는다. 그리고 그들은 세속의 안락과 부귀와 영예와 권세에 너무나 가까이 있는 탓에 그들의 귀에는 나의 말도, 너희들 가난한 백성의 외침도 잘 들리지 않는다. 그러기에 그들이 나를 가두었다."

매서운 추위 속에 찾아온 이번 크리스마스에는 달콤한 크리스마스 캐롤보다 김민기가 작곡한 〈금관의 예수〉를 들으며 용산참사의 희생자들과 노무현, 김대중 대통령을 추모해야겠다. 그리고 나라란 무엇이고 법은 누구를 위한 것인가, 곰곰이 생각해보아야겠다. "나라란 우리에게서 빼앗기만 하는 곳/땅에서 쫓아내고 집을 빼앗는 곳/지아비를 빼앗아가고 지에미를 짓밟는 곳."(신경림의 「새재」 중에서) 정말 그런 것인가.

『프레시안』 2009. 12. 23.

내가 기축년에 흘린 눈물

연초에 신경숙의 『엄마를 부탁해』를 읽을 때는 혼자라서 눈물을 흘리는 것이 쑥스럽지 않았는데, 〈워낭소리〉를 볼 때는 옆자리에 앉은 아내 몰래 눈물을 훔치느라 애를 먹었다. 물론 눈물을 흘린 것은 나뿐만이 아니었다. 아내는 물론이고 다른 관객들도 연신 눈물을 찍어내고 있었으니 말이다. 하기야 선댄스영화제에서는 미국 관객들도 눈물을 흘렸다지 않은가.

그런데 며칠 후, 부산에 사는 선배의 부음이 들려왔다. 장례식장에서, 문상 온 광주 출신의 선배를 오랜만에 만났다. 그는 고인과 대학 동기로 영·호남이라는 지역의 장벽을 넘어 생전에 돈독한 우정을 나누었는데, 그 이유 가운데 하나는 해직기자와 해직교수로, 7, 80년대의 험난한 세월을 함께 견딘 등병상련 때문이었을 것이다.

부산 출신의 선배는 성격이 화끈하고 정이 많은 만큼 말이 빨라, 충청도 출신인 나는 그가 속사포처럼 쏟아내는 경상도 사투리의 3분의 1 가량은 제대로 알아듣지 못한 채 그저 고개만 주억거리는 때가 많았다. 그는 어느 대학의 불교학생회 지도교수를 맡았다가 1980년에 해직되고 말았다. 불교학생회 제자 가운데 이른바 운동권 문제학생이 있었는지, 고등학교 교사 시절부터 문예반의 제자들과 어울려 술을 마시고 거리를 휩쓸며 정훈희의 〈안개〉를 열창하던 그의 대책없는 낭만적 사해동포주의가 어떤 빌미를 제공했는지, 아무도 정확한 이유는 모른다.

광주 출신의 선배는 대학 졸업 후 어느 신문사 기자로 들어갔다가, 70년대 중반의 언론자유투쟁 과정에서 해직되었다. 그는 출판사를 운영하며 힘겹게 공부를 계속하여 박사학위를 받고 1980년대 초에 서울의 어느 대학교수가 되어, 해직이 오히려 전화위복의 계기가 되었다는 소리를 들었다. 그는 부지런하고 빈틈없는 성격에, 누구하고도 잘 어울리는 사교적인 인물이었다.

70년대에는 부산 출신의 선배가 서울에 가서 광주 출신의 선배에게 주로 술을 샀고, 80년대에는 부산 선배가 상경하면 광주 선배가 술을 대접한 다음 자기 집으로 데리고 가는 것이 관례였다. 70년대에 서울에 살던 나는 광주 선배가 속한 해직기자 모임에 가끔 후원금을 냈고, 80년대에 부산에 살던 나는 부산 선배와 자주 어울려 중앙동 일대의 술집을 기웃거렸다. 그래도 해직된 선배들을 만나면 빚을 지고 있는 것처럼 늘 미안했다.

부산에 문상을 다녀온 얼마 후, 나와 동갑인 노무현 대통령의 부음이 전해졌고, 나는 봉하마을을 두 번 찾았다. 한 번은 영결식 전에 대구의 친지들과 함께 한밤중에 문상을 갔고, 한 번은 영결식 후에 서울서 내려온 친지들을 안내해서 한낮에 부엉이바위 근처까지 올라갔다. 그토록 많은 사람들이 봉하마을을 찾은 것은, 많은 빚을 안고 사는 사람이 그렇듯이, 남의 고통을 의면하고 심지어는 고소해한 데 대한 미안함 때문이었을 것이다.

대구의 2·28기념공원에서 추모예술제가 끝난 뒤에는 그 자리에 전을 펴고 공연을 마친 후배들과 밤늦게까지 술을 마시며, 눈물을 흘리는 대신 노래를 불렀다. 사실 나는 노무현 대통령의 영결식장에서 권양숙 여사의 손을 잡고 통곡하던 김대중 대통령처럼 순도 높은 눈물을 쏟을 자신이 없었다.

1학기 강의가 끝나가는 6월 중순, 갑자기 아내가 다리를 크게 다쳐 수술을 받게 되었다. 수술실로 아내의 침대를 밀고 가면서, 나는 미안하다는 감정이 예기치 않은 순간에 눈물로 나타난다는 것을 봉하마을에 이어 다시 경험했다.

그리고 7월. 뜻밖에도 광주 선배의 부음이 날아왔다. 부산에 문상 왔을 때도 일이 급하다면서, 대기시켜 놓은 택시를 되짚어 타고 공항으로 직행하더니, 결국 과로로 쓰러졌다는 것이다. 나는 아내의 병상을 지키느라 서울까지 문상을 가지 못하고 멀리서 고인의 명복을 빌었다.

8월 들어 김대중 대통령의 부음을 들었을 때, 나는 더 이상 눈물을 흘리지 않았다. 기축년에 나에게 할당된 눈물은 3분기가 지나기도 전에 이미 바닥이 나버렸기 때문이다.

한 사람이 일생 동안 마실 수 있는 술의 총량은 정해져 있다는 가설
이 있는데, 나는 일생 동안 흘릴 수 있는 눈물의 총량도 정해져 있는 것이
아닌가 하는 생각을 한다. 기축년에 내 곁을 떠난 두 선배처럼, 노무현 대
통령과 김대중 대통령도 일생 동안 쏟은 눈물의 총량이 많은 사람들이었
다. 그리고 많은 사람들에게 미안함과 부끄러움을 가르쳐 '악어의 눈물'
이 아닌 '인간의 눈물'을 흘리도록 만든 희귀한 정치지도자였다.

『국제신문』 2009. 12. 25.

지극한 슬픔은 진실을 깨닫게 하나니

천안함 침몰로 희생된 해군 병사들의 유해가 수습되면서 자식을 잃은 어머니는 "자는 것도 먹는 것도 죄스러워" 아무것도 못하고 망연자실 허공만 쳐다보고, 아버지는 몰래 화장실에 들어가 울음을 삼킨다. 이들의 슬픔을 어떤 말로 표현할 수 있을까. 그렇지만 군대에 보낸 사랑하는 육친을 잃은 유가족들의 슬픔은 이번이 처음은 아니었다.

"정말 슬퍼봤소?" 1974년 2월 22일 통영 앞바다에서 해군 예인선(YTL)이 뒤집히는 사고로 유일한 혈육인 동생을 잃은 형은 이렇게 물었다. 월남전에 참전했다가 막 전역한 스물다섯의 청년인 그는 이미 여섯 살 때 어머니를 여의고, 재혼한 아버지도 몇 해 전에 세상을 떠난 터였다. 스무 살짜리 동생은 해군에 입대한 다음, 미처 수영을 배우기도 전에 이순신 장군을 모신 통영의 충렬사를 참배하고 돌아오다 한산도 앞바다에서 수

중고혼이 되고 만 것이었다.

당시의 사고는 전투가 아닌 해난사고로 159명의 해군과 해경이 사망한, 세계해군사에 기록될 만큼 엄청난 참사였다. 유족들은 진해에 마련된 빈소에서 새우잠을 자면서 시신이 화장 처리되어 한 줌의 재가 되어 나올 때까지 몇날 며칠을 울부짖으며 기다려야 했다. 영현부대의 화장용 트레일러를 총동원했는데도 워낙 희생자가 많다 보니 화장을 하는 데도 많은 시간이 걸릴 수밖에 없었다.

그러나 슬픔으로 먹는 것, 자는 것을 잊어버렸던 유족들도 결국 살아 있는 인간인지라, 시간이 지나면서 허기를 못 이겨 밥을 찾고, 지친 끝에 잠에 곯아떨어지지 않을 수가 없었다. 그러면서 어느 순간부터는 밥이 설었네, 반찬이 시원찮네, 투정을 부리기도 하고, 자기 육친은 화력이 좋은 몇번 트레일러로 화장을 해달라고 떼를 쓰기도 하였다. 때로는 순서를 다투느라 유족들끼리 멱살잡이를 하며 싸우기도 하고, 때로는 아귀아귀 밥을 퍼먹다가 숟가락을 쥔 채로 눈물을 뚝뚝 흘리고, 새우잠을 자다가도 울컥 가슴이 미어지는 슬픔에 복받쳐 이불을 흥건히 적시기도 하였다.

이런 슬픔과 고통과 분노와 욕망과 본능 속에서 허우적거리던 그는 문득 자신이 바로 생사의 번뇌에 갇혀 발버둥치는 어리석은 중생임을 깨닫는다. 그리고 동생의 유골을 동작동 국립묘지에 안장한 다음, 속리산 법주사를 찾아 머리를 깎고 출가한다. 그의 법명은 명진, 현재 서울 강남의 봉은사 주지 스님이다.

나는 지금부터 20여 년 전 우연한 기회에 명진 스님을 만나 그가 출가하게 된 사연을 직접 들을 수 있었다. 그는 해인사와 봉암사를 비롯한 여러 절집에서 철마다 거르지 않고 참선 수행을 한 수좌답게 자신의 고통스런 가족사도 담담하고 여유롭게, 때로는 유머러스하게 객관화하여 묘사하는 능력이 있었다. 그의 말에는 지극한 슬픔을 통해 우리 같은 세속적인 인간들이 추구하는 명예와 돈, 권력, 욕망의 허망함을 꿰뚫고 뛰어넘은 자의 진정성이 담겨 있었다. 지극한 슬픔은 진실을 깨닫게 하나니, "슬픔만한 거름이 어디 있으랴"(허수경의 시).

그는 탈속한 수도승이지만 세속의 인연에도 무심하지 않았다. 조영래 변호사가 일찍 세상을 떠난 후, 송광사의 조그만 암자에 파묻혀 고인의 천도를 위해 혼자서 백일기도를 드리는 것을 본 적이 있다. 봉은사에서 천일기도를 하던 중, 신도인 권양숙 여사의 간청으로 고 노무현 대통령의 영결식에 참석하여 불교의식을 집전하고, 천일기도를 끝낸 후 제일 먼저 용산 참사현장을 찾아 유가족들을 위로한 것도, 힘없고 약한 이웃에 대한 그의 지극한 연민에서 비롯된 그다운 보살행이었다. 그 자신이 바로 유가족이었으므로 유가족들의 고통과 슬픔을 누구보다 잘 알고 있었기 때문이다.

이러한 스님의 행적을 세속적 잣대로 좌파니, 진보니 하고 찧고 까부는 것은 본말이 뒤바뀐 말법시대의 말장난일 뿐이다. 온갖 구실로 병역의무를 회피한 자들이 안보와 애국을 독점하고, 불법과 탈법으로 권력과 돈을 움켜쥔 자들이 국민에게 정직하라고 훈계를 하는 세상이 바로 말법시대가 아니고 무엇인가. 명진 스님의 죽비 같은 법문을 듣고 대오각성하기 바란다. "문제는 보수냐 진보냐가 아니라 정직하냐, 정직하지 않으냐에 있다. 허언필망虛言必亡, 거짓말을 하는 자는 반드시 망하는 법이다."

『국제신문』 2010. 4. 20.

계산할 수 없는 것들

노벨문학상 후보에까지 오른 유명한 가수 밥 딜런에게 어떤 기자가 물었다. "미국 가수들 가운데 당신처럼 노래에 어떤 메시지를 담아 노래하는 가수는 얼마나 됩니까?" "아, 약 136명쯤 됩니다." "아니, 136명쯤이라니요?" "더 정확하게 말하자면 136명에서 142명쯤 됩니다." 그제서야 그 기자는 머쓱해서 입을 다물었다.

몇 년 전 인문학에 대한 위기의식이 고조되었을 때 전국대학인문학연구소협의회가 주최한 학술대회의 주제는 '인문학의 경제적 가치와 생산성'이었다. 자연과학이나 사회과학에 비해 상대적으로 홀대받는 인문학 전공자들이 모여 '인문학도 따지고 보면 돈이 되는 학문'임을 애써 강조하는 것 같아 자존심이 상했다. 인문학의 가치를 경제학의 패러다임에 대입시켜 '인적 자산'이라는 개념으로 계산서를 뽑아내려는 시도가 나로서는 '교육인적자원부'라는 명칭처럼 영 마음에 들지 않았다.

인문학이나 교양이란 물질적 재화나 상품처럼 돈으로 따질 수 없고, 교육은 인적 자원의 수요 공급과는 차원이 다른, 인간 대 인간의 총체적 접촉과정이라는 생각을 나는 가지고 있다. 인문학의 경제적 가치를 따지는 것은 쌍팔년도에 논산훈련소를 무대로 벌어지는 소극을 보는 것처럼 안쓰럽다. "야, 너 뭐 하다 왔어?" "대학에서 철학을 했습니다." "그럼 철학 한번 해봐, 실시!"

하기야 재벌이 기업뿐만 아니라 대학과 신문과 병원을 직접 운영하고, 대부분의 국민이 건설업체 이름이 붙은 아파트에서 살고 있는 세상이니 모든 것을 상업적 이해타산에 맞추어 계산하고 수치로 표시하는 것이 이상할 것도 없다. 그러니 노조가 파업을 하면 그로 인한 손실액이 얼마라고 즉각 계산서가 나오고, 지율 스님이 천성산 도롱뇽을 살리자고 단식을 하면 건설비 손실이 얼마라고 돈의 액수로 입을 틀어막는다.

그런데 이런 식의 계산과 수치에는 한 가지 공통점이 있다. 정확한 계산법이나 근거는 밝히지 않고 엄청난 피해액만 강조한다는 점이다. 계산법은 전문가들의 영역이니 알 필요도 없고 알 수도 없지만 어쨌든 보통 사람들은 감히 엄두도 못내는 고차원적인 계산에 의해 산출한 수치니까 무조건 믿으라는 식이다. 그리고 이런 수치를 들이대면 기자, 교수, 정치인 등 이른바 전문가들도 무조건 수긍하고 이런 수치를 인용하기 때문에 저절로 권위가 생기는 이점이 있다.

가령 대학의 전공과 직업의 일치 여부를 따지는 '전공상관성'이라는 수치를 보자. 이 수치는 주로 대학에서 배운 전공지식이 졸업 후의 직업과는 상관이 없다는 것을 보여줌으로써 대학 교육의 비현실성을 비판하는 근거로 인용되곤 한다. 특히 최근에는 재벌이 운영하는 대학의 경영진이 대학의 구조조정을 위한 근거로 이것을 써먹는다. 신문이나 방송에서도 걸핏하면 이 수치를 들이대며 대학 교육의 비효율성을 비판한다.

그런데 이런 수치가 어떤 의미를 가지려면 이 세상의 모든 직업에 일치하는 전공이 대학에 설치돼 있어야 한다. 농부나 어부, 청소부, 광부, 운전기사, 가정주부가 모두 대학의 해당 학과를 나올 수는 없으므로 이 수치는 이른바 전문직에만 적용되는 원천적인 한계를 가지고 있지만 아무도 이에 대해 이의를 제기하지 않는다. 그렇지만 역대 대통령 가운데, 정치학과 출신은 몇이나 되는가? 그리고 이런 기사를 쓰는 기자 가운데 신문방송학 전공자는 몇 퍼센트나 될까?

최근에 서울의 한 대학에서는 인문학 전공을 통폐합하는 구조조정을 강행하자 이에 반대하는 학생들이 학교 공사장 크레인과 한강 철교에 올라가 시위를 하는 등 노사분규 현장에서 익히 보아왔던 장면들이 연출되었다. 그러자 학교 당국은 해당 학생들에게 퇴학 등 중징계를 내리면서 학교 이미지를 실추시켰다고 2천5백만 원의 손해배상 청구소송을 제기하겠다고 위협했다. 그러나 이것이야말로 학생을 교육의 대상이 아니라 등록금 얼마씩을 내는 단순한 인적 자원으로 보는 비교육적 발상이고, 돈으로 계산할 수 없을 만큼 학교의 이미지를 실추시키는 처사가 아닐까?

우리보다 경쟁이 치열한 다른 나라에서는 왜 재벌이 직접 대학을 운영하기보다는 대학에 거액의 기부를 할까? 우리 기업인들이 걸핏하면 모범경영의 사례로 입에 올리는 일본의 한 기업체는 왜 '전혀 실용성이 없는 과제'로 한정하여 연구비를 지원할까? 깊이 생각해볼 일이다.

『다산포럼』 2010. 4. 27.

민주주의, 멀고 피곤하지만 가야 할 길

'타는 목마름으로' 민주주의를 애타게 갈망하던 시대가 있었다. 모두들 숨쉬기가 힘들어 헐떡거리면서도, 숨죽여 흐느끼며 '민주주의 만세!'를 외치던 시절이 있었다.

죽은 자들의 영혼이 산 자들의 가슴을 뜨겁게 달구었던 그때, 사람들은 함께 모여 〈님을 위한 행진곡〉을 합창했다. "깨어나서 외치는 뜨거운 함성/앞서서 나가니 산 자여 따르라/앞서서 나가니 산 자여 따르라"

그리고 숱한 젊은이들이 피와 눈물과 땀을 바친 다음에야, 우리는 가까스로 우리 손으로 직접 국민의 대표를 뽑을 수 있게 되었다. 마침내 민주주의는 우리의 손에 잡힐 듯 가까이 다가온 것처럼 보였다. 이제 민주주의는 조심스레 받들어 모셔야 할 귀한 손님이 아니었고, 힘들여 붙들지 않아도 언제나 우리 곁을 떠나지 않는 평범한 이웃처럼 친숙한 일상이 되어버렸다. 적어도 우리는 그렇게 믿었다.

그러면서 우리는 민주주의를 공기나 물, 가족, 이웃처럼 소중하지 않은, 사소한 일상사로 여겨 뒷전으로 제쳐 두고, 그보다는 남보다 더 많이 벌어 더 폼나게 쓰는 일에 목을 매게 되었다. 선거도 내 손으로 나의 대표를 뽑는다는 생각보다는 어차피 나와는 상관없이 자기네끼리 이해관계에 따라 움직이는 특권층을 뽑는 요식행위라는 인식이 널리 확산되면서 투표율도 점점 낮아지게 되었다.

속된 말로 그놈이 그놈인데, 누가 되든 나와는 무슨 상관이냐는 냉소적 방관주의에다, 기왕이면 내 고향 출신, 내 학교 동창을 뽑아야 필요할 때 무슨 청탁이라도 넣을 수 있지 않겠느냐는 막연한 연고주의, 가난하고 힘없는 서민일수록 때깔 좋고 화사한 거짓 약속에 잘 넘어가는 이른바 '존재와 의식의 괴리'. 이 모든 것들이 민주주의를 슬금슬금 벼랑 끝으로 밀어낸다.

가장 위험한 발상은 민주주의가 의도는 좋으나 피곤하고 낭비적인 제도이므로 우리 현실에 맞게 '토착화'해서 꼭 필요하지 않은 제도와 선거는 없애자는 것이다. 쓸데없는 선거로 비용만 드는 데다 선거운동 과정에서 패가 갈리고 갈등의 골이 깊어져 화합과 단결이 안 되므로 직선제 대신 간선제나 임명제로 바꾸자는 주장이다. 반장 선거와 구의회를 없애고 대학의 총장직선제를 폐지하는 것 등은 이러한 발상에서 나온 것이다. 그러나 이런 발상의 종착점은 유신체제나 세습독재체제였고, 그 폐해를 우리는 남북한 체제에서 모두 경험한 바 있다.

민주주의는 현재로서는 우리가 선택할 수 있는 유일한 대안이지만,

따지고 보면 이 제도는 해방 이후에 수입된 '박래품' 가운데 하나이다. 결국 우리의 경우 근대적 민주주의의 역사는 60여 년에 불과하다. 그 가운데 30여 년은 이른바 군사독재와 이승만 독재시대였으니 제대로 된 민주주의의 역사는 길게 잡아도 30년이 되지 않는다. 한마디로 우리가 민주주의를 경험한 것은 한 세대밖에 되지 않는 셈이다.

물론 우리는 30년 한 세대 만에 압축성장을 통해 이른바 선진국의 문턱에까지 도약한 놀라운 경제성장을 경험한 바 있다. 수출 중심의 경제발전은 필연적으로 무역장벽의 완전철폐, 즉 세계화를 가져왔다. 그러면서 수천 년 동안 지속된 농경문화가 도시산업문화로 급속하게 바뀌면서 우리의 의식과 생활방식에도 엄청난 변화가 일어났다. 문제는 이러한 압축성장과 세계화, 급속한 문화변동이 동시에 진행되면서 곳곳에서 왜곡과 불균형이 생겼다는 점이다.

가령 가난하고 힘없는 노동자, 농민, 소상인들이 친재벌적인 정당을 지지하고, 낙후된 지역 주민들이 지역 균형발전을 외면하고 수도권중심 정책을 지지하는 현상이 나타나는 것이다. 그것은 민주주의가 우리가 먹고 마시는 물과 공기처럼 끊임없이 보살피고 가꾸지 않으면 금방 오염되고 훼손되는 존재이기 때문이다.

민주주의, 그것은 멀고 피곤한 길이지만 가야만 하는 길이다. 투표는 귀찮지만, 투표를 하지 않으면 민주주의는 어느새 우리에게서 멀어지고 말 것이다. 6월 2일, 공약을 꼼꼼하게 비교 검토하여 모두 투표에 참여해야 하는 이유이다.

『국제신문』 2010. 6. 1.

표절과 사칭

　　50만 부가 넘게 팔린 베스트셀러 소설 『덕혜옹주』(권비영)가 일본 작가의 『덕혜희—이씨 조선 최후의 황녀』(혼마 야스코)를 표절했다는 주장이 제기되어 논란이 되고 있다. 일본인 작가 야스코 씨가 최근 한 일간지에 편지를 보내 권 씨의 작품이 자신의 작품을 30여 군데나 표절했다고 유감을 표명하면서 논란이 벌어졌는데, 작가 권 씨는 야스코 씨의 작품에 기술된 역사적 사실을 일부 참고했을 뿐, 『덕혜옹주』는 자신의 상상력에 의한 완전한 창작이라고 반박했다.

　　이런 가운데 황석영 씨의 화제작 『강남몽』이 월간지 『신동아』에 실린 기사의 일부를 표절했다는 사실이 밝혀졌다. 황 씨가 『신동아』의 기사를 출처를 밝히지 않고 소설에 사용한 점을 인정하고 사과함으로써 일단 논란은 잦아드는 것 같다.

작년에는 소설 『혀』를 둘러싼 표절 논란으로 문단이 시끄러웠다. 꽤 이름이 알려진 소설가인 조경란 씨가 모 일간지의 신춘문예 응모작인 주이란 씨의 작품을 표절했다는 주장에 대해 조 씨가 침묵으로 일관하면서 논란이 확산되었다. 결국은 소설가 김영현 씨가 표절을 묵인하는 언론과 출판사, 문단을 직설적으로 비판하면서 표절 시비는 문학적 양심과 진정성의 문제로까지 번졌다.

그러나 표절 시비는 그 후로도 그치지 않았다. 금년 초 국회의원인 전여옥 씨가 쓴 왕년의 베스트셀러 『일본은 없다』가 재일 언론인 유재순 씨의 원고를 표절했다는 기사를 보도한 인터넷 신문을 상대로 전 씨가 제기한 5억 원의 손해배상금 청구소송에 대해 1심과 항소심에서 원고 패소 판결을 내린 것이다. 법원은 전 씨의 주장이 근거 없다고 판단했는데, 이것은 결국 그녀의 저서가 표절이라는 것을 확인시켜준 셈이어서 새삼스럽게 표절 논란이 되살아났고 인터넷에는 전 씨를 비난하는 댓글들이 봇물처럼 쏟아져나왔다.

그러나 아무리 비난 여론이 들끓어도 절필을 선언하거나 공직을 사퇴한 작가는 없는 것 같다. 사실을 인정하고 사과한 경우도 황석영 씨가 아마 유일한 사례일 것이다. 대부분은 그것이 무슨 표절이냐는 식이고 비난 여론이 잠잠해질 때까지 침묵으로 버틴다. 그러니 표절곡으로 문제가 된 이효리는 여전히 매스컴에 등장하고, 작곡가만 처벌을 받는 기괴한 일도 벌어지는 것이다.

이렇게 된 원인은 양심보다는 돈과 권력을 섬기는 우리 사회의 도덕적 해이 때문이지만, 사실 그것을 조장하고 묵인해온 것은 정치인과 언론이다. '잃어버린 10년'이나 '공정사회', '바보야, 문제는 ○○야'라는 의제와 구호를 일본과 미국에서 그대로 표절해온 정치권은 말할 것도 없고, 각종 프로그램의 형식과 내용을 일본과 미국 등 외국 텔레비전에서 그대로 베껴온 우리 언론의 관행이 결국 표절에 대한 도덕적 불감증으로 굳어진 것이다.

그런데 표절보다 더 나쁜 것은 허위를 진실로 포장하여 사람들을 속이는 이른바 사칭詐稱이다. 가령 언론이 사실 보도를 할 수 없었던 유신시대에 많은 시민들이 가장 참을 수 없었던 것은 거짓말이 진실의 탈을 쓰고 떵떵거리며 활보하는 것이었다. 당시에는 진실을 전파하면 '유언비어流言蜚語 유포죄'로 처벌을 받았고 이를 소재로 한 김지하 시인의 담시 「비어」蜚語는 당연히 판매금지 처분을 받았다.

1980년대에는 군사독재정권이 광주의 진실을 유언비어로 몰아 정보를 원천봉쇄하려고 우격다짐을 했으나 얼마 못 가 진실은 만천하에 알려지고 그것이 결국 군부독재의 종말을 앞당겼다. 정치적 민주화가 이루어진 다음에도 단천하가 다 아는 거짓을 진실이라고 우기는 일은 없어지지 않았다. 대표적인 것이 새만금사업의 강행이었다. 쌀이 남아돌아 휴경 보상금을 지급하는 마당에 '농지 확보'라는 거짓 명분을 내걸고 공사를 밀어붙이더니, 완공 후에는 골프장 수십 개를 만들어 관광단지로 개발하겠다고 한다.

얼마 전 열차를 타고 부산을 오면서 삼랑진에서 물금까지 낙동강 곳곳에서 벌어지는 4대강사업 공사현장에서 나는 파렴치한 거짓말이 버젓이 진실을 사칭하는 것을 목격하였다. "낙동강살리기사업은 생명살리기"

는 약과이고 "우리가 꿈꾸는 강의 이름은 행복입니다" 따위의 광고 문구는 우리가 아직도 표절과 사칭의 시대를 살고 있음을 뼈아프게 각인시켜 주었다.

『국제신문』 2010. 10. 27.

동남권 신공항, 정말 필요한가

 동남권 신공항 후보지를 놓고 영남지역의 여론몰이가 이성과 상식의 한계를 넘어 일종의 '여론전쟁'으로 치닫고 있다. 이곳 대구·경북지역의 신문과 방송, 관공서, 대학, 관변단체들은 한목소리로 "밀양공항 유치만이 살길"이라 외친다. 6, 70년대의 대규모 궐기대회 비슷한 열기가 후끈하다. 대구 시내는 물론이고 추풍령 근처의 산골 마을에도 밀양공항을 지지한다는 플래카드가 붙어 있다. 심지어는 대학 안에서도 곳곳에서 찬성 서명을 받는 것을 보자니 평소에 이 문제에 별 관심이 없던 나도 슬그머니 불안해지기 시작한다. 불현듯이 옛날의 악몽이 되살아났기 때문이다.

 아마 1990년대 초반이었을 것이다. 당시 대통령선거를 앞두고 경주에 경마장을 만드는 문제로 논란이 벌어졌다. 말이 논란이지 사실은 일방적인 찬성 여론몰이였다. 나는 이곳 신문의 칼럼을 통해 천년고도이자 문화관광 도시인 경주에 경마장은 어울리지 않는다는 의견을 내놓았다가 한동안 곤욕을 치렀다.

어떻게 전화번호를 알았는지 집으로 전화를 걸어 다짜고짜 쌍욕을 퍼붓는가 하면, 점잖게 본관이 어디고 누구 자손이냐고 캐묻는 통에 전화벨 소리만 울리면 소름이 끼칠 지경이었다. 말투는 다양했지만, 결국 하는 말은 왜 지역 발전에 반대를 하고 찬물을 끼얹느냐는 거였다. 경주의 사정에 밝은 신문사의 관계자는 전화 건 사람들 대부분이 경마장 후보지 주변에 땅을 가진 지역 유지들일 것이라고 나중에 귀띔을 해주었다.

그런데 그렇게 열렬한 지역 여론의 지지를 등에 업고 추진된 경주경마장 건설은 지표조사 결과 각종 생활유적과 유물이 쏟아져 나오면서 학계의 거센 반발과 문화재보호법에 부닥쳐 좌초하고 말았다. 부지 매입비와 진입도로 건설비, 복구비 등 모두 80억을 날리고 공사는 2001년 공식적으로 취소되었다. 애당초 땅만 파면 유물과 유적이 나오는 경주에 경마장을 만들겠다는 발상 자체가 잘못된 것이었다. 그러나 여론몰이에 앞장섰던 지역 유지들과 기관장, 정치인과 공무원 가운데 사과를 하거나 책임을 진 사람은 아무도 없었다.

솔직히 말해 나는 경남 밀양과 부산의 가덕도 가운데 어디가 더 신공항으로 적합한지 잘 모른다. 각종 공청회 자료와 인터넷의 공방 내용을 훑어보아도 명확한 판단이 서지 않는다. 이런 자료들을 검색하면서 나는 오히려 정말 신공항이 필요할까, 신공항 건설의 근거로 내놓은 예상 승객 수와 항공화물 물량이 부풀려진 것은 아닌가, 하는 의문을 품게 되었다.

그도 그럴 것이 현재 우리나라의 지방 공항들이 김해와 제주를 빼놓고는 대부분 적자에 허덕이고 있기 때문이다. 각 권역별로 예상 수요를 근거로 건설된 공항들이 왜 승객이 없어 문을 닫거나 개점휴업 상태에 있는가. 이유는 간단하다. 조사기관이나 전문가라는 사람들이 수요를 부풀려 계산하고 이를 근거로 무리한 공항 건설을 정치논리로 밀어붙였기 때문이다.

가장 전형적인 사례가 김제공항이다. 1998년에 시작된 김제공항 공사는 2004년 감사원에서 수요를 과다 예측했다고 지적한 다음 공사가 중단되어 결국 공항 부지는 채소밭으로 바뀌고 활주로는 고추 말리는 데 사용되고 있다고 한다. 그동안 498억 원의 세금이 낭비되었으나 책임 지는 사람은 아무도 없었다.

신공항 건설은 애향심이나 지역의 자존심을 내세워 밀어붙일 문제가 아니다. 지역 단체장과 정치인들의 업적 쌓기와 선거 때의 표 계산이 아니라 엄정한 경제적 타당성의 잣대로만 따져볼 문제이다. 신공항을 기정사실로 전제하고 밀양이냐 가덕도냐를 놓고 지역별로 죽고살기식 여론전쟁을 할 것이 아니라 영남권의 신공항이 정말 필요한 것인지, 외국의 중립적인 연구기관에 의뢰하여 처음부터 다시 따져보았으면 좋겠다. 지금도 대구와 울산, 포항, 사천 등지의 영남권 공항들이 파리를 날리고 있는 판에 밀양이나 가덕도에 신공항이 생긴다고 해서 갑자기 승객과 화물이 늘어날 것 같지는 않다. 엄청난 돈을 들여 공항을 새로 만들기보다는 김해공항을 좀 확장하면 되지 않을까?

『다산포럼』 2010. 11. 23.

역사는 언제나 승자의 기록인가

역사는 승자의 기록이라고 한다. 단기적으로 보면 아무래도 역사는 승자의 관점에서 씌어진 자기 정당화의 기록이다. 싸움에서 승리한 강자는 승리의 영광과 함께 패자와 약자가 가진 일정 부분의 역사적 진실과 정당성까지 독차지하려고 한다. 이럴 때 강자가 자신을 정당화하는 가장 간단한 방법은 상대방, 즉 패자를 '나쁜 놈'이나 '악마'로 낙인찍는 것이다.

최근에 전 세계의 이목을 집중시킨 오사마 빈 라덴의 죽음도 이런 승자독식의 원칙을 어김없이 보여주는 사례였다. 남의 나라 안방에 특공대를 투입하여 9·11테러의 배후조종자로 지목된 한 비무장 '테러리스트'를 가족들이 보는 앞에서 사살하여 시신을 바닷물 속에 수장하고는, 성조기를 흔들며 환호작약하는 미국인들.

오바바 대통령을 비롯한 미국인들이 뉴욕의 쌍둥이빌딩 참사현장(이른바 그라운드 제로)에 모여 "마침내 정의는 이겼다"고 눈물을 글썽이는 모습이야말로 승자독식의 냉혹한 현실을 웅변한다. 그것은 마치 아메리카 대륙에 살던 원주민(인디언)들을 몰아내고 태평양에 도달한 서부개척자들이 환호하는 모습을 '프론티어 정신'으로 미화하는 미국의 역사교과서를 연상시킨다.

인디언들을 동물처럼 몰아내고 서쪽으로 서쪽으로 땅따먹기를 하던 서부개척자들의 후손 중 하나가 베트남전쟁 당시의 미군 사령관이었던 웨스트모어랜드 장군이다. "서쪽으로 더 많은 땅을!" 하고 외치던 서부개척자들의 의지가 이처럼 직설적으로 드러난 이름이 어디 또 있을까. 우리가 아는 서부개척사를 뒤집어보면 바로 백인들이 인디언들의 땅과 목숨을 빼앗는 탐욕과 살육의 역사인 것이다.

"백인은 헤아릴 수 없이 수많은 약속을 했다. 그러나 지킨 것은 단 하나다. 우리 땅을 먹는다고 약속했고, 우리 땅을 먹었다"는 한 인디언 추장의 말은 역사교과서에 기록되지 않은 서부개척사의 이면을 드러내고 있다. 공식적인 미국의 역사에서 무시되고 매장된 역사적 진실은 디 브라운이라는 재야 역사학자가 각종 기록을 토대로 펴낸 『나를 운디드니에 묻어주오』라는 책에 의해 그 일부가 밝혀졌다. 『워싱턴포스트』의 서평처럼 "이 애타고 가슴 저미는 책을 읽다 보면 정말로 누가 더 야만인인지 묻지 않을 수 없다."

그런데 놀라운 것은 이번 작전에서 빈 라덴을 가리키는 암호가 '제로니모'였다는 사실이다. 본명이 고야슬레이이지만 백인들이 붙인 제로니모로 더 잘 알려진 이 아파치족 최후의 추장은 1890년대에 미국과 멕시코

국경을 넘나들며 신출귀몰한 게릴라전으로 미국 기병대를 괴롭혔다.

정통적인 미국의 역사교과서와 미국인들의 의식 속에서 제로니모는 무고한 백인 개척자들을 공격하고 잔혹하게 살해한 야만족 테러리스트로 각인돼 있으므로 미군 당국은 빈 라덴을 같은 유형의 테러리스트로 보고 '제로니모'로 지칭했을 것이다. 그리고 이러한 역사인식은 헐리웃의 서부영화 속에서 생생하게 재현되어 전 세계로 수출되었다. 물론 인디언의 입장을 반영한 케빈 코스트너의 〈늑대와 함께 춤을〉 같은 영화도 있지만, 대부분의 서부영화는 '나쁜 인디언과 좋은 보안관'이라는 틀을 고수하고 있다.

그러나 디 브라운 같은 양심적인 지식인의 뒤를 잇는 미국의 언어학자이자 진보적 지식인인 노암 촘스키 교수는 "만약 이라크 특공대가 조지 부시 전 대통령의 집에 침투해 부시를 암살하고 그 시신을 대서양에 버렸다면 어떻게 반응할 것인지 우리는 자문해야 할지도 모른다"고 지적했다. 그는 대부분의 미국인들과는 달리, 파키스탄 영내로 미군 특공대가 불법 침입하여 빈 라덴을 처형한 이번 작전이 국제법 위반이며, 재판 없이 그를 사살한 것 역시 잘못이라고 주장했다.

테러리스트란 무엇인가. 제로니모나 빈 라덴은 생존권을 위협받는 처지에서 상대방인 강자의 오만과 횡포로 평화적인 협상이나 외교적 수단으로는 도저히 해결이 안 되니까 게릴라전이나 자살폭탄테러로 자신의 주장을 알리려고 시도한 약자, 즉 궁지에 몰리자 고양이한테 달려든 쥐가 아닌가. 같은 맥락에서 우리는 상해 임시정부를 이끌며 독립투쟁을 한 김구 선생이 윤봉길 의사를 시켜 폭탄테러로 독립의지를 알렸던 것을 기억

한다. 김구 선생이야말로 당시 일본의 입장에서는 흉악한 테러리스트에 불과했을 것이다.

약자에게 한 가지 위안이 되는 것은, 역사적 진실과 정당성은 단기적인 승패에 의해서 승자가 영원히 독점할 수는 없다는 사실이다. 그리고 오랜 세월이 흐른 다음에라도 묻혀 있던 사실의 발굴과 더불어 역사적 진실과 정당성은 끊임없이 재평가와 수정이 이루어진다는 사실이다.

『국제신문』 2011. 5. 11.

바람만이 아는 대답

밥 딜런의 명곡 〈바람만이 아는 대답〉Blowin' in the Wind은 도합 아홉 개의 질문으로 구성되어 있다. 각 절마다 세 개씩의 질문이 나오는데 "친구여, 그 대답은 불어오는 바람에 실려 있어. 바람만이 그 답을 알고 있지"라는 후렴이 따른다.

"얼마나 많은 길을 걸어 내려가야 그를 사람이라고 부를 수 있을까? 흰 비둘기는 얼마나 많은 바다를 날아가야 모래밭에서 편히 쉴 수 있을까? 대포알은 얼마나 많이 날아가야 영원히 금지될까?" 첫 번째 질문은 사람 취급을 못 받는 흑인들의 처지를 연상케 하지만, 다음 두 개의 질문은 전쟁과 평화에 관한 인류의 오랜 의문을 재확인한다.

"산은 얼마나 오래돼야 바다로 씻겨갈까? 어떤 사람들은 얼마나 있어야 자유로워질까? 사람은 얼마나 여러 번 못 본 척 고개를 돌릴 수 있을까?" 동해물이 마르고 닳도록 자유를 빼앗기고 고통 속에 신음하는 사람들은 언제나 존재한다. 그렇지만 그들의 고통을 외면하는 것은 정치인과 관료와 검찰단이 아니다.

"우리는 얼마나 여러 번 위를 쳐다보아야 진정 하늘을 볼 수 있을까? 우리는 사람들의 울음소리를 듣기까지 얼마나 많은 귀를 가져야 할까? 너무 많은 사람들이 죽었다는 걸 알기까지 얼마나 많은 사람들이 죽어야 하나?" 쌍용차 해고자들이 13명이나 죽어나가고 한진중공업 해고 노동자들을 위해 연약한 여성이 고공 크레인에서 아무리 절규를 해도 정치인과 기업주와 관리들은 못 본 척 외면하며 기득권을 지키기 위해 온갖 논리와 미사여구를 동원한다.

노래란 무엇인가. 가사(노랫말)에 곡을 붙여 부르는 것이 노래라고 할 수 있다. 좋은 노래란 향기로운 가사와 감칠맛 나는 곡과 훌륭한 노래솜씨가 어우러져야 완성되는 것이다. 그러나 요즘 〈나는 가수다〉라는 프로그램을 보면서 우리 시대의 청중들은 이 중에서 좋은 노랫말이나 아름다운 곡보다는 목청껏 내지르는 가수의 노래솜씨에만 너무 집착한다는 생각이 들었다. 시시한 노래를 위해 가수들의 재능이 혹사되고 있는 것이 아닌가.

노래란 참으로 묘한 것이어서 노래의 세 가지 요소 가운데 어느 하나가 모자라더라도 사람들은 각자의 취향에 따라 그 노래를 좋아해서 즐겨 듣거나 무심결에 흥얼거리기도 한다. 〈바람만이 아는 대답〉의 경우에도 1963년 피터 폴 앤드 메리가 부른 첫 음반이 첫 주에 30만 장이나 팔렸지만, 직후에 나온 밥 딜런의 음반은 그보다 덜 팔렸다. 이 노래는 그 후 엘

비스 프레슬리와 조앤 바에즈(영화 〈포레스트 검프〉에 나온다), 스티비 원더, 마를렌 디트리히(독일어판 제목은 '바람이 아는 대답'이다), 나나 무스꾸리 등 수많은 가수들이 불렀지만, 나는 거친 목소리로 음정과 박자를 무시하고 기분 내키는 대로 부르는 듯한 밥 딜런의 노래를 좋아하는 편이다.

성량이 크고 음색이 곱고 발성의 기교가 뛰어난 가수가 부른다고 좋은 노래가 되는 것은 아니다. 가령 존 레논의 〈이매진〉 같은 노래를 가수의 노래솜씨로만 판정하면 〈나는 가수다〉 같은 경선 프로에서는 십중팔구 탈락할 것이 분명하다. 사람들이 좋아하는 '세시봉 친구들' 가운데서도 노래솜씨로만 본다면 이장희 같은 가수는 청중평가단의 외면을 받기 십상이다. 그러나 그의 진정한 매력은 구어체의 노랫말과 가슴을 흔드는 비트와 감미로운 선율, 진솔하게 내지르는 거친 발성에 있다.

다시 〈바람만이 아는 대답〉으로 돌아가자. 이 노래의 매력은 이 후렴구의 알 듯 모를 듯한 메시지에 있다. 아홉 가지의 의문에 대한 대답은 바람 속에 흩어져 날아갈 뿐, 무엇인지 분명히 손에 잡히지 않는 듯하다. 그러나 생각해보면, 그 대답은 하늘이나 바다, 산, 바람처럼 이미 너무도 분명하게 드러나 있지만 우리가 그것을 외면하고 있을 뿐이 아닌가. 밥 딜런의 노랫말은 여기서 평범한 가사의 차원에서 시적 차원으로 상승한다.

스물한 살의 풋내기 청년 밥 딜런이 10분 만에 가사를 쓰고 흑인 영가의 곡조에 얹어 만든 이 노래는 이후 흑인민권운동과 베트남전 반대운동, 이라크전 반대운동의 주제가로 전 세계인의 애창곡이 되었다. 영국의 식민지였던 스리랑카는 1975년 영어교과서에 셰익스피어의 시 대신에 이 노랫말을 수록했고, 미국 몇몇 대학의 영시 교재에도 밥 딜런의 노랫말들이 사용되고 있다. 그는 가수로는 유일하게 노벨문학상 후보로도 여러 차례 추천되었다.

우리는 왜 남의 고통에 무감각하여 못 본 척, 못 들은 척 살아갈까? 아깝게 〈나는 가수다〉에서 자진사퇴한 김동욱이.부른 노래, 〈조율〉의 노랫말처럼 잠자는 하늘님이 깨어 일어나 조율 한번 해주시길 기원하자.

『국제신문』 2011. 6. 22.

졸렬과 수치는 그 자신을 반성하지 않는다

　몇 해 전의 일이다. 교양과목 강의를 하는데 뒤쪽에 앉아 강의시간 내내 옆의 학생과 소곤소곤 잡담을 하는 한 학생이 눈에 거슬려 참고 참다가 마침내 화를 터뜨리고 말았다. 자네 때문에 강의에 집중이 안 되니 그럴 거면 아예 들어오지 말라고 심하게 야단을 쳤다. 그 학생은 고개를 푹 숙이고 죄송하다는 말만 되풀이할 뿐이었다.

　그런데 나는 뒤늦게 큰 실수를 한 것을 알고 가슴을 쳤다. 내가 야단친 학생은 우리말을 잘 알아듣지 못하는 옆 자리의 중국 유학생에게 강의 내용을 설명해주느라 계속 소곤소곤 얘기를 나눈 것이었는데, 나는 그걸 모르고 버릇없이 잡담을 하는 것으로 알고 화를 낸 것이었다. 사정을 잘 알지도 못하고 괜히 자존심이 상해서 옹졸하게 화부터 낸 나 자신이 부끄러웠다. 미안하다는 말로는 도저히 치유가 되지 않는 큰 상처를 그 학생에게 주었으니…….

그 일이 계기가 되어 나는 오랫동안 강단에 서왔음에도, 아니, 오히려 오랫동안 강단에 서왔던 경험을 믿고 섣불리 판단을 했기 때문에, 큰 실수를 했다는 것을 깨달았다. 그리고 어떤 분야에 오래 종사한 이른바 전문가라는 사람들이 매너리즘과 자만심 때문에 자기도 모르게 수많은 잘못과 실수를 저질러왔다는 것을 뼈저리게 느꼈다.

가까운 내 친구의 부인은 명망 있는 의사의 오진으로 유방암의 치료 시기를 놓쳐 아까운 나이에 세상을 떴다. 인혁당사건을 비롯한 수많은 공안사건의 희생자들은 수십 년이 지난 다음에야 재심에 의해 무죄 판결을 받았다. 박사학위나 전문의 자격시험, 사법고시 같은 어려운 관문을 통과했다고 해서, 그 분야에서 절대적으로 신뢰할 수 있는 전문가가 되는 것은 아니다. 전문가로서의 전문성과 권위를 내세우는 사람일수록 실수와 오판을 할 가능성은 더 높다고 나는 생각한다. 왜냐하면 그런 전문가일수록 자신이 인간인 이상 실수를 할 수도 있다는 가능성 앞에서 겸허하게 자신을 돌아보고 실수를 줄이기 위해 학생이나 환자, 피고의 말을 경청하지 않기 때문이다.

최근 일방적으로 비리 재단의 복귀를 결정하여 학내 구성원 다수의 의사를 무시하고 지역 시민들의 여론을 정면으로 부인하는 사학분쟁조정위원회의 처사를 보면서 전문가집단의 오만과 횡포에 절망감을 느낀다. G20정상회담의 경제효과가 월드컵보다 많은 수백조이고 평창 동계올림픽의 경제효과가 수십조라고 나팔을 부는 경제전문가들, 원자력이 가장 깨끗하고 값싼 에너지라고 강변하는 원자력 과학자들, 공정보도를 외치면서 도청을 일삼는 언론들. 전문성을 방패 삼아 무오류의 자기최면에 빠져 있는 전문가집단은 결코 자신을 되돌아보고 반성할 줄 모른다.

얼마 전 7년간의 한국 생활을 끝내고 위독한 아버지를 돌보기 위해 귀국하는 독일인 교수가 환송 회식 자리에서 그동안의 한국 생활에 대한 소회를 털어놓았다. 한국 소설의 독일어 번역 감수 일을 맡아본 그는 왜 한국 소설에는 돈 얘기가 그리 많으냐고 의아해 했다. 대학생들의 꿈이 왜 돈 벌어 아파트 사고 차 사고 하는 일뿐이냐고 고개를 저었다. 그리고 여학생들이 야외에서 동물이나 곤충을 만나면 꺄악 소리를 내며 쇼크상태에 빠지는 것도 이해할 수 없다고 했다. 인간이 자연 속에서 다른 동물이나 곤충과 함께 살아간다는 평범한 사실을 왜 받아들이지 못하느냐는 것이었다. 서울에서도 몇 년을 산 그는 남한 전체 인구의 반이 몰려 있는 서울은 사람이 살 수 있는 환경이 아니라고 말했다. 그리고 원자력발전소가 안전하다는 주장은 터무니없는 거짓말이라고 단정했다.

그는 경산에 살면서 가장 좋았던 것은 논을 가까이 두고 볼 수 있던 것이라고 말했다. 봄철에 파릇한 모를 심어 한여름 장맛비와 무더위 속에 시퍼렇게 자라 가을에는 누렇게 익어가는 벼를 보면 늘 눈이 즐겁고 마음이 편안해졌다는 것이다. 힘들고 짜증날 때 치렁치렁하고 파릇파릇한 무논을 보며 희망과 위안을 찾았다니, 아무 거리낌 없이 무지막지하게 논을 까뭉개고 집을 짓거나 길을 내는 포클레인의 심성을 가진 사람들은 죽었다 깨나도 알 수 없는 일일 것이다.

눅눅한 습기와 곰팡이 냄새가 짜증을 돋우는 장마철의 무더위 속에서, 김수영 시인이 「절망」이라는 시를 지은 심사를 곰곰 헤아려본다.

풍경이 풍경을 반성하지 않는 것처럼

곰팡이 곰팡을 반성하지 않는 것처럼

여름이 여름을 반성하지 않는 것처럼

속도가 속도를 반성하지 않는 것처럼

졸렬과 수치가 그들 자신을 반성하지 않는 것처럼

바람은 딴 데에서 오고

구원은 예기치 않은 순간에 오고

절망은 끝까지 그 자신을 반성하지 않는다.

『다산포럼』 2011. 7. 19.

우리가 남이가!

요즘 들어 부산을 찾는 일이 잦아졌다. 꼽아보니 두 달 새 벌써 세 번이나 부산엘 다녀왔다. 그런데 나를 부산으로 부른 것은 공교롭게도 쉰두 살의 '부산 갈매기'들이었다. 한 사람은 지난 현충일에 갑자기 세상을 떠난 '극단 자갈치'의 광대 최정완이고, 다른 한 사람은 한진중공업의 크레인에서 농성 중인 여성 노동자 김진숙이다.

두 사람의 공통점은 이웃의 고통과 아픔을 내 것처럼 여기면서 늘 뒷전에서 남의 뒤치다꺼리를 도맡아 하지만, 정작 자신의 몸은 제대로 챙기지 못하는, 우리 시대에 거의 멸종 위기에 몰린 '따뜻한 이웃'이라는 사실이다. 최정완은 오래 전부터 잘 아는 후배이고, 김진숙 씨는 얼굴 한 번본 적도 없는 여성 노동자다.

지난 2009년 여름 '전국민족극한마당'을 부마항쟁 30주년에 맞추어 부산에서 개최하게 되었는데, 갑자기 시에서 책정된 예산을 내주지 않자 문자메시지를 보내 하소연하던 최정완의 대머리 벗겨지고 턱수염이 무성한 선량한 얼굴이 떠오른다. 아마 후배들을 이끌고 봉하마을 입구에 고 노무현 대통령을 추모하는 수많은 만장을 만들어 세웠던 그의 행적이 당국의 비위를 거스른 모양이었다. 걱정이 되어 전화를 했더니 그는 우리끼리 십시일반으로 행사를 치르겠다고 씩씩하게 대답하는 것이었다. 그 후 여론에 떠밀려 뒤늦게 부산시에서 예산을 내놓아 행사는 무사히 마쳤다.

행사가 끝난 후 최정완은 무료 공연을 해준 경기도 안산의 마당극패 후배들에게 전화를 걸어 지금은 형편이 어려워 힘들지만 반드시 출연료를 보내주겠다고 약속했다. 그리고 그 후 몇 차례 전화를 걸어 지금 돈이 얼마 모아졌으니 조금만 더 기다려 달라고 중간보고를 했고, 마침내 몇 달 후에 약속한 출연료를 보내주었다. 심지어 그는 내가 보낸 몇 푼의 후원금도 한참 후에 돌려보내왔다. 그는 그런 사람이었다.

나는 김진숙 씨와는 한 번도 만난 적이 없지만, 정 많고 속 깊은 부산 아지매로 내 마음에 새겨져 있다. "열다섯 시내버스 여공으로 시작해 / 스물다섯 최초의 여성용접공으로 시작해 / 대공분실 세 번 다녀오고 징역생활 두 번 하고 / 수배생활 오 년 하고 나니 / 머리 희끗한 쉰두 살이 되어 있더라는 / 저 아픈 여인"이라고 '희망버스'의 배후주동자로 지목된 송경동 시인은 그녀를 소개한다. 그리고 이렇게 외친다. "저 문을 열어라 / 전깃불 하나 없는 깜깜한 쇠기둥 위에서 / 내려오는 법을 까먹을까 봐 / 날마다 어둠 속 되짚으며 / 한 계단씩 내려오는 연습을 한다는 / 저 서러운 철문을 열어라"

지난 7월 9일 나는 전국 각지에서 '희망버스'를 타고 모여든 수많은 사람들이 부산역 광장에서 장대비를 맞으며 춤추고 노래하며 그녀를 응원하는 모습을 보았다. 한진중공업에서 해고된 노동자들과 그들을 위해 농성 중인 김진숙 씨의 고통과 외로움을 함께 나누기 위해 자발적으로 돈을 내고 시간을 내어 찾아온 사람들이었다. 용산참사 때도 수많은 시민들이 이웃의 고통을 함께 나누기 위해 매일 길거리에서 미사를 드렸는데, 그들은 누가 시키거나 동원해서 모인 사람들이 아니었다.

　　경찰과 검찰은 한 사람의 시인이 전국 각지에서 1만 명이나 되는 사람들을 불러모아 대규모의 불법 집회를 열었다고 보는 모양인데, 굳이 따지자면 나를 부산역으로 오게 한 것은 송경동 시인이 아니라 김진숙 씨였다. 그리고 직장에서 쫓겨난 우리 이웃에 대한 안타까움과 미안함 때문이었다. 그리고 나처럼 기차를 타고 온 사람도 있고 빗속을 걸어서 온 사람도 있었다. 부산역 앞에서 벌어진 광경은 집회라기보다는 축제였다. 살벌한 느낌을 주는 경찰버스만 없으면 그야말로 흥겹고 다채로운 빗속의 축제였다.

　　한진중공업에서 정리해고된 노동자들은 부산 시민이자 우리의 이웃이 아닌가. 김진숙 씨 또한 그런 이웃들의 딱한 사정을 호소하기 위해 자기 몸을 돌보지 않고 까마득한 허공에서 몇 달째 내려오지 못하고 있지 않은가. '우리가 남이가'라는 구호는 정작 이럴 때 써먹으라고 있는 것이다. 정치인들의 역겨운 포퓰리즘에 오염된 이 말을 이제는 본래의 의미로 되돌려놓아야 할 때다.

　　송경동 시인의 말을 들어보자. "한진중공업은 지난 60여 년 동안 부산지역 노동자들과 시민의 혈세를 받고 자란 기업이다. 수십 년 동안 일했던 노동자들도 부산 시민의 이웃인데 사측이 지난 3년 새 3천여 명을 잘랐다. 공공기관의 장들은 시민의 이름으로 희망버스를 제3자 개입이라고 반대한다. 철저히 회사 편에 서 있는 이들은 외부세력 아닌가? 우리는 노동자와 서민, 소외받는 사람들 편에 서 있다. 사람이 사람인 이유는 누군가가 아파하고 힘들어하고 외로워하는 모습을 봤을 때 자연스럽게 연대하기 때문이다."

그렇다. 인간을 인간답게 만들고, 힘겨운 세상을 살아갈 힘과 희망을 주는 것은 바로 "우리가 남이가!"라는 한마디다.

『국제신문』 2011. 7. 25.

심청의 탈향과 귀향

성장소설의 주인공들은 왜 소녀가 아니라 소년일까? 떠도는 방랑자, 건달, 음유시인, 황야의 총잡이는 왜 하나같이 남성들인가? 오디세우스, 빌헬름 마이스터, 타우게니히츠, 랭보, 두보, 김삿갓, 석양을 등지고 표표히 황야로 떠나는 정의의 건맨 셰인의 긴 그림자……

대물림해온 유서 깊고 친근한 가난과 달콤하고 씁쓸한 첫사랑의 좌절, 머나먼 낯선 곳으로의 탈출—그것은 대체로 시골 소년의 가출과 방랑, 군대와 원양선, 낯선 도시와 유학의 노정으로 이어진다. 그리고 그러한 떠남과 탈향의 무대는 세월이 흐르면서 청노새 짤랑대는 신작로와 성황당 고갯마루, 나루터에서 기차역과 부두, 터미널, 공항 등으로 바뀌지만 언제나 떠나는 것은 남자고 남는 것은 여자다. 그러니까 "남자는 배, 여자는 항구"는 여전히 나이와 관계없이 모든 여성의 '18번'이다.

그렇다면 떠나는 여자는 없는가. 여자인들 왜 떠나고 싶지 않겠는가. 그러나 탈향의 기회는 여성에게 쉽게 허락되지 않는다. 여성은 카츄샤나 홍도처럼 대체로 첫사랑의 순정에 울고, 떠나간 도련님의 방랑벽에도 꿋꿋하게 가정을 지켜야 한다. "사랑을 팔고 사는 꽃바람 속에／너 혼자 지키려는 순정의 등불／홍도야 울지 마라 오빠가 있다／아내의 나갈 길을 너는 지켜라"

　　전통시대에 고향을 떠나는 여성은 자신의 자유의지가 아니라 주변의 강요에 의해 머나먼 타향으로 떠날 수밖에 없었다. 가령 나라의 안녕을 위해 이역만리 적국의 왕에게 시집을 가거나(서시, 왕소군), 나라를 구하기 위해 내 한 몸을 제물로 바치고(논개, 유디트, 이피게니아), 죽은 아버지를 살리거나 눈먼 아버지의 눈을 뜨게 하려고 황천길과 인당수까지 마다하지 않는(바리데기, 심청) 여성들은 어떤 점에서 당시의 지배적 이데올로기가 만들어낸 이상화된 여성들이었다.

　　우리의 기억 속에서 지리적으로 가장 머나먼 곳으로 떠났다가 돌아오는 여성은 심청이다. 그런데 극작가 최인훈은 「달아 달아 밝은 달아」에서 우리가 익히 아는 심청 설화를 사실적인 정황과 인과관계의 틀 속에 집어넣어 완전히 새로운 이야기로 재구성하였다. 여기서 심 봉사는 공양미 3백 석을 마련하기 위해 거간꾼 뺑덕어미의 꾐에 빠져 뱃사람들에게 심청이를 대국 땅 청루로 팔아먹는다. 심청이는 청루에서 갈보 생활을 하다가 마음씨 좋은 조선 인삼장수 김 서방을 만나 몸값을 내고 풀려나 귀국선을 타지만 해적에게 잡혀가 또 다시 모진 고생과 시련을 겪는다. 마침내 심청이는 나이 들고 꼬부라진 맹인 거지가 되어 고향 땅으로 돌아와 아이들에게 용궁 갔다 온 얘기를 들려주며 미친년으로 떠돈다.

이처럼 설화와 신화 속에 박제화된 여성을 역사 속의 살아있는 여성으로 되살려내는 최인훈식 이야기 기법(스토리텔링)을 계승한 작가는 황석영이다. 그는 장편소설 『심청』에서 심청 설화를 국제적 인신매매/창녀 이야기로 재구성하되 공간적 무대를 한국·중국·싱가폴·일본 등 동양권 전역으로 확장시켰다.

『바리데기』는 같은 방식으로 바리데기 설화를 해체하여 재구성한 작품인데, 여기서는 북한에서 태어난 바리가 탈북자로서 중국을 거쳐 밀항선에 실려 머나먼 영국으로까지 건너가 국제적 유랑난민으로서 세계사적인 고통을 짊어지며 살아간다. 바리의 유랑과 고통은 이런 점에서 현대화되고 세계화되었지만, 일반 민중의 고통을 대신 아파하며 치유해주는 소임을 떠맡는다는 점에서 전통시대 무당의 역할을 대신하고 있다고 할 수 있다.

최근에는 박완서의 『그 많던 싱아는 누가 다 먹었을까』와 『그 산이 정말 거기 있었을까』, 그리고 황선미의 베스트셀러 『마당을 나온 암탉』이 여성을 주인공으로 한 본격적인 성장소설로 꼽힌다. 그렇지만 현실을 뛰어넘는 소설이나 드라마는 없다는 말도 있지만, 따지고 보면, 우리가 사는 오늘날의 현실에서도 심청이나 바리데기에 못지않은 감동적인 성장소설의 주인공들은 드물지 않게 발견된다. 가령 정신대 할머니들의 기막힌 사연들은 심청이나 바리데기의 유랑기보다 더 파란만장하고 가슴 아프다.

그러나 뭐니 뭐니 해도 가장 감동적인 성장소설의 주인공은 이번에 세상을 떠난 이소선 여사이다. 그녀는 대구 근교의 낙동강변 마을에서 태어나 가난한 재봉사에게 시집가 자식들을 낳아 키우며 가난과 싸우던 평범한 여성이었다. 그러다가 큰아들 태일의 분신자살을 겪은 후, 아들의 뜻을 이어 나머지 생애를 1천만 노동자의 어머니로서 지금까지와는 전혀 다른 삶을 살았다. 2년여 동안 진행된 구술 자료를 책으로 묶은 그녀의 생애사 『지겹도록 고마운 사람들아』는 모든 설화와 소설, 드라마를 합쳐 놓은 것보다 더 가슴 벅찬, 우리 시대 여성의 탈출과 성장과 귀향의 기록이다.

『다산포럼』 2011. 9. 5.

사실과 허구

공지영 씨의 소설 『도가니』가 일으킨 파장은 문학의 영역을 넘어서 사회·정치적 영역으로까지 확산되었다. 문제의 광주 인화학교가 폐쇄되고 '도가니법'이 국회에서 통과되는 등 장애인의 인권에 대한 우리 사회의 인식과 관심이 획기적으로 전환되었다. 아마 작가 자신도 한 편의 소설이 이처럼 엄청난 영향력을 미칠 것이라고는 예상하지 못했을 것이다. 물론 그렇게 된 데는 소설이 영화로 만들어져 근 오백만 명의 관객들에게 충격적인 내용이 직접 전달된 것이 결정적인 작용을 했다.

알다시피 이 소설은 실제 있었던 사건을 바탕으로 한 것이다. 그렇다고 해서 소설의 내용이 사실과 완전히 일치하는 것은 아니고, 상당 부분은 작가의 상상력에 의해 편집되고 가공된 허구이다. 그것은 소설을 바탕으로 만들어진 영화도 마찬가지다. 영화제작진은 그래서 "이 영화는 실화

및 이를 바탕으로 씌어진 원작 소설 『도가니』를 영화적으로 재구성한 작품으로, 영화 속에 등장하는 '무진'이라는 지명 및 극중 인물과 교회, 상호 등 각종 명칭은 모두 실제 사건과 다른 가상의 명칭을 사용하였으며, 일부 등장인물 및 사건 전개에는 영화적 허구가 가미되어 실제 사실과 다를 수 있음을 알려드립니다"라고 불필요한 오해를 사전에 막으려고 했다. 양승태 대법원장도 "영화가 실제 사건을 모델로 했지만, 구체적인 부분은 다른 것으로 알고 있다"면서 사법부에 대한 국민의 격앙된 감정을 가라앉히려 했다.

그러니 소설과 영화가 "(사실과 다르게) 과도하게 표현돼 국민감정이 격앙됐다"면서 공지영 작가를 조사해야 한다고 주장한 여당의 인권위원회 소속 변호사는 소설의 허구적 본질을 간과한 듯하다. "영화에 경찰의 모습이 사실과 다르게 왜곡돼 표현됐는데도 경찰이 제대로 대응하지 않았다"고 경찰을 질책한 같은 인권위 소속 국회의원도 장애인의 인권이나 작가의 표현의 자유보다는 경찰의 체면이 더 중요하다고 생각하는 것 같다. 그들은 혹시 이렇게 경찰의 조사를 촉구함으로써 작가와 영화인들을 겁주려고 한 것은 아닐까? 아니면 공지영 작가의 말대로 그녀를 세계적인 작가로 띄워주려고 '꼼 기획'한 것일까? (이 용어를 모르는 사람은 요즘 젊은이들에게 선풍적 인기를 끌고 있는 〈나는 꼼수다〉라는 프로그램을 들어보시기 바란다.)

그런데 돌이켜보니 나도 영화가 사실과 다르다고 불평을 한 적이 있다. 박정희 대통령의 암살사건을 다룬 〈그때 그 사람들〉(2005)은 임상수 감독의 블랙코미디영화인데, 나는 영화 속에 등장하는 인물들, 특히 김 부장(백윤식 분)과 민 대령(김응수 분), 주 과장(한석규 분)의 캐릭터가 실제 인물인 김재규 중정부장과 박흥주 대령, 박선호 대령의 됨됨이와 전혀 다르게 설정돼 있는 것이 영 마음에 들지 않았다. 취재기자로서 내가 실제 재판과정에서 목격한 이들의 모습은 그야말로 당당하고 의연한 군인의 표상이라 할 만했는데, 영화 속에서는 우스꽝스런 인물들로 왜곡돼 있는 것이 속이 상했다. 그렇지만 나는 주변 사람들에게 이런 불만을 토로했을 뿐, 이들의 명예가 훼손됐다고 경찰에 수사를 촉구하거나 상영금지 가처분신청을 하지는 않았다.

아무리 사실에 기초한 영화나 소설이라도 결국은 꾸며낸 이야기에 불과하다는 것을 잘 알고 있었기 때문이다. 가령 내가 소싯적부터 즐겨 읽던 『삼국지』도 진수陳壽가 지은 정사 『삼국지』를 바탕으로 나관중羅貫中이 대중적 소설로 각색한 소설 『삼국지연의』三國志演義, 약칭 『삼국연의』가 아닌가. 따지고 보면 정사에 기초하되 수백 년에 걸친 대중의 첨삭에 의해 민간인들이 좋아하는 통속본 『삼국지』가 완성된 것이다. 주여창周汝昌 선생의 해설에 따르면 정사에는 유비가 제갈량을 찾아간 대목을 '凡三往乃見'(무릇 세 번 가서야 마침내 보았다)고 다섯 글자로 기록하였으나 오류천 자에 달하는 정채精彩 있는 문자로 묘사된 소설의 삼고초려三顧草廬 대목은 얼마나 멋지고 생동감이 넘치는가.

이뿐만이 아니라 『삼국지』의 백미인 적벽대전도 상당 부분이 사실과 다른 허구라고 한다. 주유가 장간을 이용하여 채모, 장윤을 죽인 계책, 제갈량이 도술을 부려 동남풍을 일으키는 것, 안개를 이용해 화살 10만 개를 조조군에서 얻어온 것, 방통의 연환계, 화용도에서 관우가 조조를 살려 보낸 것 등이 모두 꾸며낸 얘기이고, 정사와 일치하는 것은 화공으로 조조군을 공격한 것과, 황개의 거짓 항복(사항계)뿐이라는 것이다. 그러나 동남풍과 연환계, 화용도가 빠진 적벽대전은 김빠진 맥주처럼 싱거운 사실 기록에 불과할 것이다. 오우삼 감독의 영화 〈적벽대전〉 1, 2에서도 정사는 물론이고 『삼국지연의』에도 없는 꾸며낸 삽화들이 영화의 감칠맛을 더하고 있다.

왜 사실과 다른 허구가 대중의 사랑을 받는지 주여창 선생의 말을 들어보자. "역사상의 제갈량, 유비, 관우, 장비 등 여러 사람에 대한 『삼국연의』의 지극한 찬양은 동시에 그것이 바로 당시 현실 정치에 대한 준엄한 비판인 것이다. (…) 허구는 이러한 의미에서 말한다면 바로 예술적 개괄이다. 『삼국연의』가 광범한 대중의 사랑을 받고 있는 까닭은 바로 그것이 단지 칠푼七分의 실사實事만으로 그치지 않기 때문이다."

영화 〈도가니〉가 국민 감정을 격앙시킨 것은 많은 관객들이 거기서 묘사된 허구적 진실이 우리 사회의 현실을 보다 정확하게 반영하고 있다고 느꼈기 때문이다. 지난번 부산국제영화제에서 선보인 정지영 감독의 〈부러진 화살〉이 많은 관객의 공감을 얻은 것도 같은 이유 때문일 것이다. 김명호 교수의 이른바 '석궁사건'을 바탕으로 한 이 영화에서 주인공인 안성기가 내뱉는 한마디는 비수처럼 우리의 양심을 찌른다. "이게 재판입니까? 개판이지."

『다산포럼』 2011. 11. 8.

III

청보리와 보리누름

인간이 개를 길들였는가,
개가 인간을 길들였는가

　　우리는 길들여진 동물보다 야생의 동물을 존경하고 경이의 눈초리로
쳐다본다. 개보다는 늑대가, 소보다는 버팔로가 진정한 원초적 생명력을
가진 멋진 동물인 것처럼 보인다. 〈동물의 왕국〉 같은 다큐멘터리에서도
개나 소, 양 같은 길들여진 동물은 아예 취급을 하지 않는다. 길들여진 동
물, 즉 가축은 우리에게 너무나 친숙하고 흔한 존재이므로 희소가치를 지
닌 신비로운 경배의 대상이 아니기 때문이다.

　　현재 미국에는 5백만 마리의 개가 있는 반면 늑대는 1만 마리가 남아
있다고 한다. 개가 늑대보다 5백 배나 더 많다는 얘기다. 우리나라의 경
우에는 야생 늑대가 거의 멸종되었으므로 개의 숫자와 늑대의 숫자를 비
교하는 것조차 불가능하고 별 의미가 없을 것이다. 멋있고 신비롭다는 점
을 접어두고 단순히 종족 번식의 관점에서만 보자면 늑대보다는 개가 월

등하게 성공한 동물인 셈이다.

그렇다면 개가 늑대보다 생존경쟁에서 성공적일 수 있었던 요인은 무엇이었을까? 개는 대략 1만 년 전부터 사람과 가까워져서 '가축화'되는 진화의 길을 걸어왔다고 한다. 사람의 말을 따르고 충성스럽게 집을 지켜주거나 사냥을 도와주는 대신 먹을 것과 종족 번식의 편의를 제공받는 개의 생존전략은 탁월한 것이었다. 개는 이제 사람 못지않은—그리고 어떤 경우에는 사람보다 나은—대접을 받으며 온갖 호사를 누리고 있다.

우리는 인간이 개를 길들였다고 믿는다. 늑대의 야성을 순치시켜 온순하고 귀여운 애완동물로 만들었다고 자랑한다. 그러나 이것은 어디까지나 인간의 관점일 뿐이다. 개의 입장에서 보자면 인간이라는 종種이 좋아함직한 특성을 진화시켜 결국은 인간이 개를 좋아하고 한 가족처럼 보살피며 보호해주도록 인간을 길들여온 것이다. 늑대처럼 양을 잡아먹는 대신 양을 지켜주는 것을 생존전략으로 채택한 것이다. 그래서 개는 사촌인 늑대보다 훨씬 편안하고 안락한 삶을 구가하며 인간을 부려먹고 있는 것이다. 심지어는 개를 식용으로 잡아먹거나 기분 나쁘다고 발로 걷어차는 것을 야만이라 여기도록 인간의 가치관과 도덕적 규준까지 바꾸어놓기에 이르렀다.

인간의 관점에서는 개가 인간의 필요와 욕망과 정서에 순화된 것이지만 개의 관점에서는 생존전략으로 인간의 필요와 욕망과 정서를 알아내어 그에 따라 자신의 유전인자를 진화시켜온 것이다. 진화란 일방적인 강제와 순응이 아니라 서로 영향을 주고받는 과정이다. 우리는 너무도 당연하게 인간이 능동적인 주체이고 개는 수동적인 객체라고 생각하지만,

실은 인간이 개에게 영향을 준 만큼 개도 인간에게 작용한 것이다. 따지고 보면 모든 주체는 바로 객체이고 모든 객체는 또한 주체가 아닌가.

식물의 경우도 마찬가지다. 우리는 숱한 식물 가운데서 인간에게 유익한 종들을 선택하고 교배시켜 벼나 밀, 감자, 옥수수, 콩 등 곡식과 사과, 감, 대추, 귤 같은 과일을 재배하여 식량원으로 삼았다. 그리고 장미와 모란, 튤립, 난초 같은 식물들을 야생으로부터 선택하여 화초로 가꾸고 그 아름다움을 찬탄해왔다. 여기서도 인간이 절대적인 결정권을 가진 주체로 식물들에게 일방적인 영향력을 행사한 것처럼 보인다.

그러나 식물의 관점에서 보자면 인간에게 필요한 영양소와 인간이 좋아하는 맛과 빛깔, 형태를 점차 진화시켜 결국은 야생 상태로 있을 때와는 비교가 되지 않을 정도로 많은 종족을 퍼뜨린 것이다. 벼의 생존전략은 인간의 필요와 기호를 알아내어 인간으로 하여금 벼를 재배하도록 만드는 것이었고 이 전략은 대성공을 거두었다. 꽃들이 꿀로 벌과 나비를 유혹하여 종족을 퍼뜨리듯이 벼는 쌀을 통해 인간을 유혹하여 종족을 퍼뜨린 것이다. 인간은 숱한 숲을 베어내고, 황무지를 개간하여, 물길을 대고 비료를 주면서 이런 식물들이 잘 자라 열매를 맺도록 정성을 다해 가꾸어왔다. 이것이 바로 농업의 역사이고 숱한 영토 분쟁과 전쟁의 원인인 것이다.

『Y-style』 2002년 2월호

"미국식 생활방식은 협상의 대상이 아니다"

미국이 아프가니스탄과 이라크에서 전쟁을 일으킨 것은 이른바 9·11 테러에 대한 보복이자 테러 방지를 위한 선제공격이라는 미국 정부의 주장을 곧이곧대로 믿는 사람은 거의 없는 것 같다. 노벨평화상 수상자인 넬슨 만델라 전 남아공 대통령은 미군의 이라크 공격 직전에 이번 전쟁은 명분 없는 석유쟁탈전 이상도 이하도 아니라고 지적한 바 있다. 미국의 반전주의자들이 내건 "석유를 위한 전쟁 반대!"No War 4 Oil라는 구호도 이번 중동전쟁의 본질이 석유라는 사실을 분명히 밝히고 있다.

그런데 미국이 이처럼 자국민조차 믿지 않는 궁색한 명분을 내세우며 유엔을 비롯한 국제사회의 비판 여론을 무릅쓰고 중동전쟁에 뛰어든 것은 그만큼 미국의 석유사정이 급박하기 때문이다. 앞으로 이삼십 년 후면 경제성 있는 석유자원은 바닥날 것이라는 사실은 이른바 메이저 석유회사들도 인정하고 있다. 북해유전으로 재미를 본 브리티쉬 피트롤리엄 (BP)은 "석유를 넘어서"Beyond Petroleum라는 구호를 회사 이미지 광고에 사용하고 있으며, 다른 메이저 석유회사들도 『월 스트리트 저널』 같은 신문에 대체에너지 개발에 힘쓰고 있다는 전면 광고를 내보내고 있다. 미국의 자동차시장을 일제 하이브리드형 소형차들이 석권한 것도 석유자원의 고갈이 이미 돌이킬 수 없는 현실임을 증명한다.

더구나 미국은 석유와 가스 등 화석연료 없이는 하루도 지탱할 수 없는 나라이다. 전 세계 에너지의 4분의 1을 소비하고 있는 미국은 널찍널찍 떨어져 사는 교외형 전원생활이 보편화되어 있고 사무실과 학교, 병원, 쇼핑몰 등을 오갈 때도 몇십 킬로미터씩 자동차를 몰고 다니는 것이 일상화되어 있다. 게다가 국내 석유생산량은 매년 6~10%씩 급격히 줄어들고 있으니, 전 세계 석유매장량의 60%를 가지고 있는 중동을 확보하는 것은 그야말로 사활을 건 국가안보의 중대사인 것이다.

부시 행정부의 이른바 신보수파(네오콘)를 대표하는 딕 체니 부통령이 "미국식 생활방식은 협상의 대상이 아니다"라고 선언한 것은 이 같은 미국 정부의 입장을 솔직히 드러낸 것이다. 가령 미국 정부가 승용차 홀짝수 운행제나 요일별 운행제를 실시한다면 폭동이 일어나거나 경제공황이 닥칠지도 모른다. 미국은 걷거나 자전거를 타고 다니는 것이 원천적으로 불가능한 생활구조에 갇혀 있고, 지하철이나 철도, 버스 등 도시의 대중교통망도 자동차를 대신할 만한 능력을 갖추지 못하고 있다. 한마디로 미국이 누리는 온갖 편리함과 안락함은 모두 값싸고 무한정한 석유에너지를 바탕으로 삼고 있으므로 석유의 고갈은 바로 미국식 생활방식의 종말을 뜻하는 것이다.

이처럼 구조적으로 석유에 의존적이고 석유에 중독된 미국에서도 최근에는 석유시대 이후를 대비한 여러 담론과 대책들이 쏟아져 나오면서 뜨거운 논의가 벌어지고 있다. 대체에너지 개발로 에너지 문제가 잘 해결될 것이라는 막연한 낙관론이 주류를 이루지만, 유한한 자원을 가진 지구에서 무한한 성장이란 불가능하다는 비관론과 미국 문명은 21세기 중반에 종말을 고할 것이라는 종말론도 지식인층을 중심으로 점차 공감을 얻고 있다.

그렇다면 우리는 어떤가? 이라크 파병으로 중동 석유는 확보됐으니 무한성장론을 굳게 믿고 경기회복이나 부동산시장의 프리미엄 등 코앞의 자잘한 일에만 신경쓰고 있는 것은 아닌가. 미국을 흉내내 "조기유학과 아파트 투기, 개발중독 등 한국식 생활방식은 협상 대상이 아니다"라고 믿고 있는 것은 아닌가. 무한성장론을 철석같이 믿는 사람은 미친 놈이거나 경제학자일 것이라는 어느 미국인의 경고가 떠오른다.

『대구경북시민신문』 2005. 7. 24.

청보리와 보리누름

1970년대 이후 점점 줄어들어 찾아보기 힘들었던 보리밭이 요즘 들어 관광상품으로 다시 각광을 받고 있다는 소식이다. 전북 고창과 경북 영일에는 대규모의 보리밭이 조성되어 청보리 축제가 열린다고 한다.

또한 영화 〈서편제〉의 배경인 전남 고흥의 청산도에는 텔레비전 드라마 〈봄의 왈츠〉의 촬영장 세트가 동화 속의 그림 같은 모습으로 꾸며지고 있다고 한다. 드라마 〈겨울 연가〉의 배경인 남이섬과 춘천이 관광명소가 되었듯이, 청산도도 인기 드라마에 힘입어 또 다른 관광지로 떠오를 것 같다.

보리밭이 관광상품으로 부각된 것은 무엇보다 시각적으로 '그림이 되기' 때문일 것이다. 노란 유채꽃이나 연분홍 진달래, 하얀 벚꽃이 모두 멋진 사진의 배경으로 인기를 끄는 것처럼 파란 보리밭도 도시에서 나서

도시에서 자란 젊은 영상세대를 사로잡을 만한 시각적 매력을 지니고 있
는 것이다.

보리가 곡식과 식량으로서의 가치보다 사진 배경으로서의 매력 때문
에 상품성을 인정받는 것은 농경문화에서 도시영상문화로의 변화를 보여
주는 일종의 문화적 현상이다. 한때 건강식으로 보리밥집이 인기를 끌면
서 주곡이 아닌 잡곡으로 명맥을 이어오던 보리는 도시 여성들에게는 곡
식이 아니라 봄철의 꽃꽂이용으로 친숙한 화훼식물이 돼버린 지 오래다.

그래도 보리밭을 찾는 사람들 중에는 보릿고개의 어질어질한 아지랑
이와 현기증, '앉은뱅이도 일어서고 곱사등이도 펴진다'는 보리누름의 풍
요로운 기억이 가슴 한편에 내장돼 있는 농경문화의 후예들도 섞여 있을
것이다. 이들에게는 보리밭이 어린 시절의 아름다운 풍경의 배경일 뿐만
아니라 결핍과 고통과 연민이 뒤섞인 애틋한 향수의 진원지이기도 하다.

가령 한하운의 「보리 피리」에 나오는 남도의 붉은 황토길과 푸른 보
리밭에는 문둥이 시인의 처절한 고통과 소외의 피울음이 배어 있고, 윤용
하의 가곡 〈보리밭〉(박화목 시)에는 옛사랑의 애틋한 추억이 저녁 노을처럼
곱게 깔려 있다.

그런가 하면, 6, 70년대 중학교 국어교과서에 실려 있던 「보리」라는
수필의 한 구절은 요즘에 와서 더욱 생생하게 다가온다. "보리, 너는 항상
순박하고 참을성 많은 농부들과 함께 이 땅에서 영원히 사라지지 않을 것
이다."

이 수필을 쓴 한흑구 선생을 기리는 시비가 포항의 보경사에 세워져
있고, 그를 기리는 '보리누름문학제'가 매년 6월 포항에서 열린다. 그리

고 이 시비를 세우고 '보리누름문학제'를 만든 아동문학가 손춘익 선생의
추모비가 영일만을 바라보는 환호 해맞이공원 바닷가 언덕에 서 있다.

『다산포럼』 2006. 3. 9.

농경문화와 아파트문화

　　전체 인구의 반 이상이 서울을 비롯한 수도권에 몰려 있다. 국민의 반 이상이 대도시의 주민들이고 주민의 반 이상이 아파트에 살고 있다. 그러니 대한민국은 서울 중심으로, 도시 중심으로, 아파트 중심으로 움직일 수밖에 없다. 정치·경제·교육·언론·문화 등 모든 것이 서울과 도시와 아파트를 축으로 하여 굴러가는 것이다.

　　대략 1960년대 중반 이후 20~30년 동안에 한반도의 남쪽은 급속하게 농경사회에서 산업사회로 전환하였으며, 이와 더불어 수천 년 동안 우리의 의식과 생활을 지배해온 농경문화는 순식간에 산업문화로 바뀌었다. 그래서 요즘엔 농촌을 무대로 한 텔레비전 드라마나 영화를 볼 수 없고 농민의 삶을 다룬 소설이나 시도 더 이상 씌어지지 않는다. 농민문학이라는 장르 자체가 소멸되고 대도시를 무대로 삼는 이른바 아스팔트문학이

주류를 이루고 있는 것은 이러한 문화 변동의 결과이다.

농경문화의 특징은 상부상조를 바탕으로 하는 공동체의식이라 할 수 있다. 모내기나 김매기, 가을걷이 등 농사일을 품앗이하는 것은 물론이고 흉년이나 홍수, 경조사에는 서로 나누고 돕는 것을 당연한 것으로 여겼다. 가난하지만 부족한 것을 인정으로 채우고 메워가는 삶의 방식이 농경문화의 전통이고 이것이 바로 한국인의 정체성을 이루어왔다.

그러나 대다수의 사람들이 도시의 아파트에 살게 되면서 이러한 농경문화의 공동체정신은 자취를 감추고 이웃집에 누가 사는지조차 모르는 자폐적이고 이기적인 아파트문화가 일상화되었다. 이웃 간에 나누고 돕던 미덕은 사라지고, 아파트의 평수와 가격에 따라 분단의 장벽을 높게 쌓아 심지어는 평수 넓은 고급아파트에 사는 사람들이 이웃의 서민 임대아파트에 사는 사람들의 왕래를 막기 위해 철조망을 치는 일까지 벌어지고 있다.

가난한 이웃을 도와주면 '퍼준다'고 짜증을 내고, 돈 많이 버는 사람들에게 세금을 더 내라고 하면 '세금폭탄' 때문에 못살겠다고 아우성이다. 농민들이 쌀 수입과 농산물 개방 때문에 살길이 막막하여 시위를 하다 맞아 죽어도, 대다수의 도시 사람들은 아파트값이 얼마나 오를 것인지에만 관심이 쏠려 눈 하나 깜짝하지 않는다. 농민은 이제 어거지로 떼를 쓰는 소수의 폭력집단으로, 농업은 경쟁력 없는 사양산업으로 천덕꾸러기 취급을 받는다.

그러나 아파트 열풍에 휩쓸려 우리가 잊고 있는 것은 도시의 번영과 아파트의 풍요가 농촌의 붕괴와 농민의 희생을 대가로 한 산업화와 세계화를 통해 가능해졌다는 사실이다. 풍요와 번영이란 무에서 유를 창조하는 것이 아니라 가난한 이웃이든 말 없는 자연이든, 다른 누군가의 몫을 채뜨려 쌓아올린 성과에 불과한 것이다.

아파트 분양가가 평당 천만 원을 넘은 것이 엊그제 같은데, 앞으로는 평당 1억 원까지 치솟을지도 모른다는 얘기까지 나돌고 있다. 그렇지만 문전옥답 수십, 수백 마지기를 팔아야 아파트 한 평을 살 수 있는 세상이 과연 제대로 된 세상일까? 그런 것이 근대화고 세계화라면, 우리의 이웃인 농민의 피눈물을 나 몰라라 하면서 무조건 추구해야 할 가치가 있는 것일까? 상부상조의 농경문화는 이제 청산해야 할 구시대의 유산일 뿐인가?

『흙살림』 2006년 4월호

세계화시대의 우리 동네

대략 서른 집에 40여 명이 모여 사는 경상도의 한 마을에서 이태째 마을 '청년'들이 죽어나갔다. 청년이라고 해봤자 쉰을 넘겨 환갑을 바라보는 나이지만, 대부분이 일흔 이상의 노인이 사는 이 마을에서는 그래도 젊은 축에 드는 박 씨와 정 씨가 사라지면서 마을 고샅은 더욱 쓸쓸해졌다.

박 씨는 7, 80년대에 해외 건설현장에서 열심히 일하면서 꼬박꼬박 부쳐준 돈을 춤바람이 난 아내가 탕진하고 집을 나가는 바람에 혼자 사는 처지가 되었고, 정 씨는 걸핏하면 마누라를 패는 술버릇 때문에 가족의 버림을 받아 혈혈단신이 되었다. 외로움과 불면증을 술로 달래다 보니 걸핏하면 아무한테나 시비를 걸고 술주정을 부리는 것이 예사였고, 그러다가도 몇 날 며칠이고 바깥 출입을 하지 않은 채 방구석에 처박혀 있기도 하였다.

지겨운 술주정과 버릇없는 욕지거리에 고개를 내저으면서도 이웃집 할머니는 그래도 자기 딸과 동갑내기인 박 씨가 불쌍하다고 끼니를 챙기셨고, 몇 년 전 빈집을 얻어 든 정 씨는 돌아가신 영감님과 먼 일가뻘이라고 이것저것 보살펴주기를 잊지 않으셨다. 술만 안 먹으면 부지런하고 착한 사람들이었다고 할머니는 허전해 하신다.

사실 두 사람은 논농사와 밭농사, 과수재배에 능통한 것은 물론이고, 감나무 접붙이기, 야산에서 더덕이나 약초를 캐다가 텃밭에 옮겨 키우기, 해진 슬레이트 지붕 수리하기, 고장난 경운기나 농기계 수리하기 등 손재주도 뛰어난 농사꾼이었다. 그러나 죽기 몇 년 전부터는 "차라리 아무 농사도 안 짓는 편이 낫다"는 말을 입버릇처럼 되뇌면서 아예 농사 지을 생각을 접고 지냈다.

작년 겨울에 죽은 박 씨는 한겨울에 불을 넣지 않은 냉골에서 발견되었으므로 과음에 뒤이은 동사로 기록되었고 올봄에 죽은 정 씨는 과음에 의한 돌연사로 보고되었다. 그러나 이웃집 할머니는 박 씨가 토해놓은 흔적이 있는 것으로 보아 무언가 먹고 죽은 것 같다고 뒤늦게 귀띔을 했다. 그러면서 정 씨도 그냥 술 먹고 죽은 것 같지는 않으나 자세히 따질 사람도 없고 그러다가는 일이 복잡해지니까 화장해서 치워버린 것이라고 토를 달았다.

두 사람의 장례는 상여도 없이 간단히 화장으로 치러졌고 유골은 야산에 뿌려졌다. 가족이라고 해봤자 박 씨의 경우에는 가끔씩 찾아오던 대학생인 아들과 딸이 상주 노릇을 했으나 집 나간 마누라는 나타나지 않았다. 정 씨는 근처에 산다는 개가한 노모가 화장장까지 따라갔다고 한다.

이제 우리 동네에는 한미FTA나 골프장 반대 플래카드를 내걸고 과격한 폭력시위를 하거나 보상금을 내놓으라고 터무니없이 떼를 쓰는 농민은 모두 사라졌다. 남은 것은 혼자 사는 할머니들과 죽을 날을 기다리는 극노인들뿐이다.

　　1970년대의 유신시대에 씌어진 이문구의 『우리 동네』에는 술김에라도 국가 시책에 어깃장을 놓는 팔팔한 농민들이 등장하지만, 30년이 지난 세계화시대의 우리 동네는 마을회관의 확성기나 경운기 소리, 술주정 소리조차 좀처럼 들리지 않는 평화로운 적막강산이 되어버렸다.

『다산포럼』 2007. 5. 22.

우리들의 하느님

며칠 전 휴일에 혼자서 근교의 산을 찾았다. 평소 같이 어울려 다니던 친구들이 모두 다른 일로 바빠서 하는 수 없이 혼자서 등산을 하게 된 것이다. 한적한 코스라 다른 등산객을 만나기도 쉽지 않은데 정상 가까이에 가니 어디서 이상한 소리가 들려왔다.

가까이 가보니 웬 남자 한 명과 여자 셋이 울부짖고 있었다. '하나님 아버지' 소리가 간간이 들리는 것으로 보아 기도를 하는 것 같은데, 그 나머지는 전혀 알아들을 수 없는 괴상한 소리가 규칙적인 리듬으로 반복되는 것이었다. 어떤 사람은 탁하고 쉰 목소리로, 어떤 사람은 새된 고음으로, 어떤 사람은 아예 통곡하듯 울부짖으니 고요한 산중이 시끄러운 건 고사하고 섬뜩한 느낌마저 들었다.

뒤늦게 이것이 바로 방언 기도구나, 하는 생각이 들면서 등산로 입구에서 본 기도원이라는 표지판이 떠올랐다. 아마 기도원에 왔던 열성 신도들이 산상 기도를 하러 온 것이려니 짐작이 가면서 놀란 가슴은 좀 진정되었으나 왠지 불쾌하고 씁쓸한 뒷맛은 가시지 않는다. 그러면서 몇 해 전 해인사 앞 매화산에서 등산을 하던 중, 확성기를 등에 메고 다니며 온 산이 떠나가게 '하나님 아버지'를 외쳐대던 열성 신자의 모습도 되살아난다.

대문에 붙어 있는 '○○성당'이라는 팻말을 무시하고 초인종을 눌러 하나님을 믿으라고 막무가내로 강요하는 전도 부인들. 아이들은 내팽개치고 교회 모임에만 쫓아다니던 아파트 윗층 아주머니. 온통 외제품으로 가득찬 어떤 목사의 집. 대체로 이런 것들이 천주교 신자인 아내의 끈질긴 호소에도 불구하고 나를 교회나 성당으로부터 점점 멀어지게 만든다.

사실 상대방을 존중하지 않는 공격적인 전도나 기도는 진정한 기독교의 정신에도 어긋나는 것이다. 예수님은, 기도는 골방에 숨어서 하고, 더욱이 금식할 때는 남에게 티를 내지 말라고 가르쳤다. 내가 존경하고 아내가 '성자'라고 부르는 독실한 기독교 신자이자 『몽실 언니』의 저자인 권정생 선생은 생전에 한국 교회의 폐단을 날카롭게 비판하면서 일부 교회의 해외 전도를 못마땅해 하셨다.

"요즘 한국의 교회에서는 아시아와 아프리카 등지로 선교사를 파송하고 있다. 그것이 나쁜 것은 아니다. 다만 나의 나라, 나의 민족이 이 지경인데 먼 나라까지 선교사업을 한다는 건 아무래도 허영에 불과하다"고 그는 나무란다. 권 선생의 관점에서 보면 고통 받는 농민과 비정규직 노동자, 굶주리는 북한 동포들은 외면하고, 위험지역이라고 가지 말라는 아프가니스탄까지 가서 선교·봉사활동을 하는 것은 분명 "제 코가 석자나 빠졌는데 남의 코를 거둬주려는 주제넘은 짓"이다.

그는 교회도 쉰 명에서 백 명 정도가 모여 앉아 세상 얘기를 나누며 예배를 드리는 동네 사랑방으로 바꾸자고 제안한다. 그리고 "가끔씩은 가까운 절간의 스님을 모셔다가 부처님 말씀도 듣고, 점쟁이 할머니도 모셔와서 궁금한 것도 물어보고, 마을 서당 훈장님 같은 분께 공자님 맹자님 말씀도 듣"는 그런 교회를 갖고 싶다고 말한다. 정말 그런 토착화된 교회, 한국적인 기독교, 우리들 모두의 하느님은 없는가.

『다산포럼』 2007. 7. 23.

회갑에는 등산을!

평균수명이 늘어나면서 이제 회갑은 드문 일이 아니라 흔하디 흔한 일상 다반사가 되어버렸다. 근자에는 회갑잔치도 없어지고 회갑기념논문집도 사라졌다. 잘된 일이다. 둘 다 당사자에겐 쑥스럽고 주변 사람들에겐 귀찮은 일이니까.

그런데 평균수명은 늘어난 반면 정년은 짧아져 요즘엔 회갑 넘어서까지 직장생활을 하는 사람이 드물다. 대부분의 직업인들이 회갑을 맞이하기 전에 정년이나 명예퇴직으로 직장을 그만두는 것이 보통이니 나같이 회갑 넘겨 직장생활을 하는 것도 행운이라면 행운이겠다.

직장 없이 회갑을 맞은 친구와 함께 얼마 전 네팔 여행을 다녀왔다. 인터넷으로 신청한 40대 젊은이까지 셋이서 보름 동안 안나푸르나지역을 트레킹했다. 현지 안내인 한 명과 짐꾼 두 명이 합류했지만 대개는 짐꾼들이 한참 앞서고 우리 넷이서 쉬엄쉬엄 뒤를 따라가는 단촐하고 호젓한 산행이었다.

해발 1천 미터에서 4천2백 미터까지 천천히 올라갔다 내려오는 일정이라 고소증도 겪지 않았다. 주변의 경관이야 말로 다할 수 없을 만큼 웅장하고 신비스러웠는데, 그보다 좋은 것은 오가는 내내 마음이 편하고 즐거웠다는 점이다. 일행 모두가 친구처럼 허물없이 친하게 된 것은 고산이 주는 축복일 것이다.

해발 1천 미터가 넘는 고산에서는 누구나 말을 놓는 친구가 된다는 독일 속담을 인용하면서 이 말을 해준 선배 얘기도 들려주었다. 그는 독일에서 민주화운동을 하다가 고국 땅을 밟아보지 못한 채 알프스에 묻혔다. 하산길에 후배들을 먼저 보내고 뒤처져 내려오다가 사고를 당했다고 한다.

부모를 모시고 선배를 대접하는 것은 동양적인 미덕인 줄 알았는데, 나이 많은 부모나 선배를 모시고 트레킹하는 서양 사람들이 드물지 않은 것을 보고 내심 놀랐다. 우리는 기껏 나이든 부모님을 여행사에 맡겨 해외 관광지에 보내는 것을 효도관광으로 여기는데, 서양인들은 부자나 모녀가 1천 미터 넘는 고산지대를 며칠 동안 함께 걸으며 친구처럼 대화를 나누는 진짜 효도여행을 하는구나, 하는 생각이 들었다.

전화, 컴퓨터, 텔리비전, 신문 따위가 없으므로 저녁을 먹고 나면 할 일이 없기 때문에 일찍 잠자리에 들게 되고 그러면 한밤중에 오줌이 마려워 잠을 깬다. 화장실에 가려고 마당에 나서면 하얀 설산의 봉우리들 사이로 수많은 별들이 쏟아질듯 반짝인다. 잠이 안 오면 편지를 쓰든가 등산지도를 보며 일정을 정리해본다. 산속이라 편지는 물론 부칠 수 없다.

산을 내려와 도회지에 오니 영자 신문이 보인다. 한국의 총선 얘기는 없고 교도소에 처음 들어가는 사람을 발가벗겨 조사하던 관행을 폐지한 다는 뉴스만 서울발로 짤막하게 실려 있다. 멀고 높은 데라 무거운 소식 은 여기까지 도달하지 못하는 모양이다.

회갑에는 친구나 가족끼리 적어도 해발 1천 미터가 넘는 산길을 며칠 동안 함께 걷는 것도 좋을 것 같다. 국내에도 영남알프스를 비롯하여 지 리산, 거창 일대, 제주도, 설악산 등에서 고산 트레킹을 즐길 수 있다. 체 력은 걱정할 것 없다. 일행 중 제일 못 걷는 사람에 맞춰 천천히 걸으면 된다. 천천히 걸으면 심심하니까 이런저런 얘기를 하게 되고 그것이 바로 트레킹의 좋은 점이다.

2008. 4. 22.

오늘도 걷는다마는

트레킹은 히말라야 일대의 산기슭을 전문 산악인들이 아닌 일반인들이 걸어서 여행하는 방식인데 산이 없는 네덜란드 사람들이 처음 시작했다고 한다. 하이킹과 등반의 중간 단계이고 대체로 하루 12~20km씩, 해발 5천 미터 이하를 걷는 것을 가리킨다. 무거운 장비를 짊어지고 강행군을 하는 것이 아니라 가벼운 차림으로 적당한 거리를 걷고 숙소에서 편히 쉬는 것이 트레킹의 좋은 점이다.

두 발과 두 눈의 자유의지에 따라 '침묵을 횡단하는 것'이 트레킹의 기본 개념이다. 천천히 걷다 보면 부질없는 생각에서 벗어나 새로운 눈으로 세상을 보게 되고, 때로는 침묵 속에서 소중한 성찰에 도달하기도 한다. 히말라야 트레킹은 단순한 여행이 아니라 일종의 종교적 순례 같은 것이다.

그래서 트레킹을 도보순례라고 번역하기도 한다. 산티아고 트레킹은 스페인 북서부의 기독교 성지 산티아고를 찾아가는 도보순례인데 최근에는 종교에 관계없이 수많은 일반 도보여행자들이 참가하고 있다. 우리나라에서도 상세한 여행정보와 여행기를 담은 책과 인터넷 카페가 인기를 얻고 있다.

국내의 트레킹 코스로는 지리산길이 실상사와 벽송사 근처의 일부 구간만 개통되었는데도 많은 이들이 찾고 있다. 내 경험으로는 네팔의 안나푸르나 코스보다 지리산길이 더 편안했다. 8백 리 지리산길이 열리면 순례여행자들의 행렬이 사시사철 끊이지 않을 것이다.

올겨울에는 제주도의 올레길을 걷고 싶다. '올레'란 제주말로 고샅을 뜻하는데, 성산 일출봉 근처에서부터 11개 구간이 개통되어 제주의 바다와 마을, 돌담, 오름을 천천히 걷는 길이다. 젊은 시절 고은 시인이 제주도의 풍광과 술에 취해 걷던 길이려니 짐작할 뿐이다. 제주도에 사는 친구는 군데군데 시멘트로 포장된 올레길 말고 해안을 따라 걷자고 제안한다.

지난 여름에는 해군기지가 들어서는 것을 반대하는 서귀포의 강정마을 사람들이 제주 해안길을 따라 도보순례를 했다고 한다. '평화의 섬' 제주를 위해서는 해군기지가 필요하다느니, 지역 발전을 위해서 해군기지가 필요하다느니 하는 개발론자들과 안보지상주의자들의 주장은 '평화를 정착시키기 위해 전쟁이 필요하다'는 주장처럼 어불성설이다. 억지 논리를 펴는 그들부터 제주 올레길을 걸으며 욕심을 비웠으면 좋겠다.

이런 억지가 어디 서귀포 해군기지뿐인가. 경인운하나 4대강 대운하를 밀어붙이는 사람들은 걷기를 싫어하는 모양이다. 지하 벙커에서 속도

전을 외치는 사람들이니 30년 전의 눈으로 세상을 보는 것이다.

　대구지방에서 회자되는 우스갯소리에 '심조불산 호보연자'라는 법문이 있다. 30년 면벽 수행을 마친 스님이 먼 산을 바라보더니 구름같이 모인 신도들에게 입을 열어 '심조불산 호보연자'라고 일갈했다. 신도들이 이게 무슨 말인가 고개를 갸우뚱하며 머리를 조아리는데, 한 꼬마가 스님이 바라본 먼 산을 가리키며 '산불조심 자연보호'하고 외치더란다. 30년 전에는 오른쪽에서 왼쪽으로 구호를 써붙였던 것이다.

　팔공산 오도암 터에서는 이곳에서 수행했다는 원효 스님의 법문이 도보순례자들을 타이른다. "지혜로운 이가 하는 일은 쌀로 밥을 짓는 것과 같고, 어리석은 자가 하는 일은 모래로 밥을 짓는 것과 같다."

『다산포럼』 2009. 1. 13.

고향의 상실

이상화 시인의 유명한 시 「빼앗긴 들에도 봄은 오는가」에 '나비 제비야 깝치지 마라'라는 구절이 나온다. 여기서 '깝치다'는 대구 사투리로서 '서두르다, 재촉하다'는 뜻이다. 그런데 대부분의 참고서나 국어교사용 지침서에는 '깝치다'를 '까불다'로 설명해놓고 있다. 서울에 있는 '전문가들'이 책상머리에서 그렇게 멋대로 왜곡해서 해석하고 이를 기준으로 전국의 국어교사들이 엉터리로 가르치고 있는 것이다. 더욱 한심한 것은 대구지역의 국어교사인 어느 시인이 잘못을 지적하고 참고서나 지침서의 내용을 고쳐달라고 부탁했는데도 참고서의 저자나 출판사는 요지부동이라는 사실이다.

강의시간에 물어보았더니 '깝치다'의 뜻을 제대로 아는 학생은 35명 가운데 한 명에 불과했다. 같은 경상도 사투리인 '데름'을 제대로 아는 학생도 거의 없었다. '도련님'이라고 해야 '아, 그렇군요' 하고 알아듣는다. 이제 대구의 젊은이들은 대구 사투리를 모른다. 텔레비전이나 인터넷에서 사용하는 연예인식 구어체와 경상도 억양이 뒤섞인 기묘한 언어가 토박이말이 사라진 자리를 차지하고 있다.

학생들에게 자기 소개를 하라고 하면 대부분 '좋은 모습 보여드리겠습니다'라고 끝을 맺는다. 알고 보니 이 대사는 유명 연예인이나 운동선수들이 마이크 앞에서 상투적으로 하는 말이었다. 이런 식의 상투어는 시도 때도 없이 아무 데나 사용된다. 가령 '예쁜 사랑 하세요' '부자 되세요' 따위 인사말에서부터 '통통 튀는 아이디어', '발칙한 도전' 같은 수식어까지 매스컴에서 공급하는 언어가 토착어, 즉 고향의 언어를 대신하고 있다.

이러한 토착어의 실종은 고향의 상실이라는 문화적 지형의 변화를 반영한다. 이상화 시인이 '빼앗긴 들'이라고 지칭한 들은 아마도 수성교에서 수성못에 이르는 너른 들이었을 것이라고 설명해주어도 학생들에게는 별다른 감흥이 오지 않는 모양이다. 이 일대가 이미 번잡한 도심지로 변하여 들판의 흔적을 찾을 수 없는 데다가, "온몸에 햇살을 받고/푸른 하늘 푸른 들이 맞붙은 곳으로/가르마 같은 논길을 따라 꿈속을 가듯 걸어" 본 적이 없는 탓이리라. 한마디로 요즘 젊은이들은 고향으로서의 농촌을 경험하지 못한 아파트 세대들이고, 이들의 정서와 문화는 너무도 도시화되고 서구화되어버린 것이다.

사실 언어와 정서, 문화는 고정불변의 구조물이 아니라 계속해서 변화하는 생명체이다. 그러므로 고향과 농촌에 기반을 둔 농경문화도 시대의 변화에 따라 바뀌는 것은 당연한 일이다. 그런데 문제는 그러한 변화가 현기증을 느낄 정도로 너무도 짧은 시간에 너무도 갑작스럽게 이루어졌다는 데 있다. 신석기시대 이후 수천 년 동안 지속돼온 유구한 농경문화의 전통이 1970년대 이후 불과 30년 만에 도시·산업문화로 바뀌었으니, 1970년대 이전에 태어난 세대가 어지럼증을 느끼는 것은 당연한 일인지도 모른다. 심한 경우에는 갑자기 기압이 변하거나 공기 중의 산소 농도가 바뀔 때 나타나는 구토와 호흡곤란, 지각장애 등 문화적 적응장애증후군이 나타나기도 한다.

따지고 보면 산업화로 인한 도시화와 농촌의 해체는 단순히 고향의 상실에 그치지 않고, 우리의 몸속에 내장되어 유전돼온 농경문화의 DNA와 우리의 도시·산업적 환경 사이의 괴리와 갈등을 일으킨다. 가령 영어의 범람과 서구 대중문화의 홍수 속에서 학연·지연에 대한 과도한 집착으로 지역감정이 갈수록 강화되고, 서구식 자유민주주의를 당연한 원리로 받아들이면서도 서구적 공공성을 바탕으로 하는 기업과 언론, 학원의 세습을 당연시하는 것은 아직도 우리의 체질 속에는 농경문화의 유전인자가 우성으로 작용하고 있다는 증거일 것이다.

그러나 정작 그보다 심각한 부작용 내지 후유증은 심성이 메마르고 황폐해지는 사막화 현상, 즉 고향상실증이다. 실존주의 철학자 하이데거가 이름 붙인 고향상실증Heimatlosigkeit이란 단순한 실향失鄕과 이산離散, 즉 디아스포라만을 뜻하는 것이 아니라 우리가 존재의 근원인 고향과 존재의 집인 언어로부터 소외되었다는 것을 의미한다. 인간이 본연의 자리인 고향으로 돌아가려는 근원적 향수가 바로 철학이라고 독일의 시인 노발리스는 말했거니와 철학뿐만 아니라 언어를 존재의 집으로 삼고 있는 문학도 존재의 근원을 향한 간절한 향수의 표현에 다름아닙니다.

트로이전쟁에 참가한 오디세우스가 고향 이타카로 돌아가기 위해 겪어야 했던 파란만장한 여정이 서구문학의 근원 가운데 하나인 호머의 『오디세이』인 것은 의미심장하다. 유태인들이 고향을 잃고 유랑하다가 귀환하는 여정이 구약성서의 핵심 내용인 것은 결국 종교의 기본정서도 탈향脫鄕과 귀향歸鄕의 모티브에 뿌리를 내리고 있음을 보여준다.

지금 우리는 돌이킬 수 없을 정도로 도시화되고 산업화된 세상에서 심성의 사막화라는 필연적 행로를 맹목적으로 질주하고 있다. 이것은 경제살리기나 강살리기 같은 구호나 돈벌이사업에 의해 해결될 수 있는 문제가 아니다. 거대 규모의 문화회관이나 미술관을 지으면 문화의 내용이 저절로 채워지고 풍요해지는 것이 아닌 것처럼, 공원 녹지를 꾸미고 인공폭포 같은 조경시설을 만든다고 황폐해진 심성이 저절로 순화되는 것도 아니다. 정말 살려야 하는 것은 바로 우리의 고향인 농촌이고, 모든 산업의 근원인 농업이다. 그런 다음 "살찐 젖가슴과 같은 부드러운 흙을/발목이 시도록 밟아도 보고,/좋은 땀조차 흘"려야 비로소 메마른 논바닥 같은 우리의 심성을 적셔줄 생명의 문화가 회생하지 않겠는가.

돌아갈 고향이 없는 시대는 얼마나 가난한가. 궁핍한 시대에 인류의 근원적인 고향을 향한 향수는 더욱 애틋하게 되살아난다.

『대구문화』 2009년 7월

77번 국도에 관한 단상

얼마 전에야 나는 동서로 연결되는 국도는 짝수로, 남북을 연결하는 국도는 홀수로 번호가 매겨져 있다는 것을 알게 되었다. 가령 1번 국도는 목포에서 신의주를 잇는 남북노선이고, 2번 국도는 부산에서 목포(정확하게는 신안)를 잇는 동서노선이다.

일제는 조선의 물자수탈과 군사적 목적을 위해 1904년부터 폭 8~10미터의 '신작로'를 닦기 시작했다. 1번 국도는 주로 값싼 중국인 노동자들을 고용하여 건설했고, 2번 국도는 동학농민항쟁을 토벌하다 붙잡은 조선인 '폭도들'을 시켜 만들었다고 한다. 일제가 만든 도로는 근대화의 상징이자 수탈과 침략의 도구였다.

알다시피 개화기는 조선의 근대화와 일제의 식민지배가 동시에 진행된 시기였다. 여기서 얼핏 생각나는 이른바 식민지근대화론과 식민지수

탈론은 상호모순의 개념이 아니라 상호보완의 개념이 아닐까? "아주까리 동백아 열지 마라/천년의 기름머리 눈꼴 난다/낙동강 칠백리 공굴 놓고/하이카라 잡놈이 왕래한다." 당시 경남 함안지방에서 불리던 민요에는 일제의 강요에 의한 근대화의 물결에 휩쓸려가는 민초들의 착잡한 심사가 드러나 있다.

그런데 요즘 내가 관심을 가지고 있는 것은 국도 77호선이다. 홀수니까 남북을 잇는 도로인 줄 알겠지만, 실은 부산에서 목포를 거쳐 개성까지 이어지는 약 9백 킬로미터의 서남해안도로를 가리킨다. 국토연구원의 계획에 따르면 앞으로 2020년까지 남해안의 섬들을 연결하는 77번 국도를 중심으로 관광과 산업벨트를 조성하여 수도권에 버금가는 대한민국의 중심축으로 발전시킨다는 것이다.

솔직히 말해 나는 그런 꿈같은 청사진에는 흥미도 없고, 그런 꿈이 실현될 가능성도 별로 높지 않다고 본다. 지금 정부는 근본적으로 국토의 균형발전보다는 수도권중심 정책을 고수하고 있기 때문이다. 무리하게 세종시 수정안을 밀어붙이는 것도 다 수도권중심 정책 때문이 아닌가. 게다가 4대강사업에 수십조 원의 거금을 쏟아붓느라 나라 살림이 휘청거리는데, 어떻게 별도의 재원을 마련하여 서남해안발전계획을 추진할 수 있겠는가.

그래도 77번 국도는 언젠가 개통될 것이라고 나는 믿는다. 지금까지의 경험에 비추어 길 닦는 일은 정권과 관계없이 관성처럼 계속되리라는 것을 알기 때문이다. 남해안 일대를 2시간대에 접근할 수 있도록 하겠다는 계획안을 보니 77번 국도는 운명처럼 필연적으로 다가오고 있다.

그러나 어쩔 것인가. 자동차로 단숨에 달려가 당일치기로 구경을 끝내야 직성이 풀리는 도시 사람들의 조급증은 이제 치유가 불가능하다. 막상 77번 국도가 뚫리면 나도 차를 몰고 서남해안길을 달려보고 싶은 유혹에 넘어갈 것 같다. 아름다운 섬들은 배를 타고 가서 며칠 묵으면서 천천히 구경하면 될 텐데 왜 꼭 차를 몰고 후딱후딱 보고 치우려는지 알 수 없다고 한탄하면서도, 나부터 과감하게 차를 없애지 못하고 차의 노예가 되어 살고 있으니 말이다.

　　개화기의 유생들처럼 근대화의 대세를 무조건 막거나 되돌려놓을 수는 없는 노릇이다. 새로 만든 길을 따라 '하이카라 잡놈'이 왕래하며 설치는 것은 눈꼴이 시지만, 어느새 나 자신이 그 '하이카라 잡놈'이 되어버린 것을 어쩌랴. 그렇다고 두 손 놓고 하늘만 쳐다볼 수는 없지 않은가. 소 잃고 외양간 고치는 것처럼 좀 쑥스러운 느낌은 들지만, 진정한 관광은 두 다리로 천천히 걸으면서 두 눈으로 차근차근 살펴보는 것이라고 내 안의 '하이카라 잡놈'을 끈질기게 설득할 수밖에 없는 일이다. 세상에는 경쟁과 효율, 돈과 권력보다 더 소중한 것들이 널려 있는데, 그것은 천천히 걸을 때만 손에 잡히는 것이라고 자신을 타이르는 수밖에 없는 일이다.

　　문득, 부산의 민주공원에서 출발하여 봉하마을과 마산의 3·15기념탑을 거쳐 한려수도를 따라 걷다가 섬진강을 거슬러 지리산 자락을 감돌아 광주의 5·18묘지에 이르는 트레킹 코스를 그려본다. 이것은 77번 국도나 제주 올레길, 또는 산티아고 순례길과는 차원이 다른, 민주화의 성지 순례길이 되지 않을까? 그리고 이 천릿길을 발목이 시도록 느릿느릿 걷다 보면 지역감정의 울타리에 갇혀 옹색해진 민주주의의 상상력도 삼차원으로 확장되어 노고지리처럼 힘차게 창공으로 비상하지 않을까?

『국제신문』 2010. 3. 10.

엄마야 누나야 강변 살자

　"엄마야 누나야 강변 살자/뜰에는 반짝이는 금모래 빛/뒷문 밖에는 갈잎의 노래/엄마야 누나야 강변 살자." 내가 김소월의 이 시를 좋아하는 이유는 어렸을 적에 강변에서 자랐기 때문이다. 초등학교 교가처럼 "차령산맥 비단장막 둘러친" 사이로 금강 상류인 보청천의 맑은 물줄기가 구불구불 휘돌아 나가는 곳, 흔히 '어부동'으로 불리는 곳이 나의 고향이다.

　강변에 살다 보니 어려서부터 개헤엄과 자맥질을 익혔고, 강변의 모래밭과 나루터가 놀이터였다. 행인을 건네주는 작은 나룻배 대신 평평하고 널찍한 차량용 나룻배에 버스를 싣고 서너 명의 사공이 노를 젓고 줄을 당겨 강을 건너는 광경은 언제나 볼만한 구경거리였다. 강변의 '진사래밭'(긴 사래밭)에서 일을 끝내고 돌아가는 어른들이 큰 소리로 부를 때까지 아이들은 하루 종일 소를 뜯기거나 다슬기를 잡거나 물수제비를 뜨며 놀았다.

6·25전쟁 중에는 입대하는 장정들이나 휴가 나왔다 귀대하는 병사들이 눈물로 가족들과 작별하는 곳이 강변 나루터였다. 휴전 후에는 강변에서 무모한 청년들이 누가 더 오래 버티다 '깡'(뇌관)을 던져 물고기를 잡는지 '깡'(담력)을 겨루다가 손목을 날리기도 했다.

동네 아이들은 수심 깊은 나루터에 미군이 상자째 버리고 간 기관총탄을 주우러 자맥질을 하곤 했는데 한번은 수영이 서툰 내가 물살에 휩쓸려 떠내려가는 것을 동네 청년이 구해준 적도 있다. 그는 내 생명의 은인이었을 뿐만 아니라 피라미 낚시와 새집 뒤지기, 두꺼운 얼음장을 떡메로 쳐서 고기 잡는 법 등을 가르쳐준 인생의 스승이었다. 그는 지금 어디서 무엇을 하고 있을까?

그 후 나이가 들어 고향을 떠나 살면서도 나는 어부가 한 명도 없는데 어째서 동네 이름이 어부동일까 의아해 했는데, 대청댐 공사로 마을이 물에 잠기면서 그 의문은 저절로 풀렸다. 평생 농사만 짓던 동네 사람들은 대부분 고향을 떠나 뿔뿔이 흩어졌으나(친척 한 분은 멀리 남미로 이민을 갔다), 몇 사람은 고향 마을에 남아 농사 대신 고기잡이로 생계를 꾸려가게 된 것이다. 상전벽해라더니 궁벽한 강변의 농촌 마을이 어느 날 갑자기 바다처럼 드넓은 호숫가의 어촌 마을이 된 것이다.

평생 바다 구경을 하지 못한 시골 노인들이 충주댐으로 생긴 거대한 호수를 보고는 "아마 바다도 이렇게 크지는 않을겨!"라고 감탄을 하더라는, 천진난만한 어린애처럼 깔깔대기를 잘하는 원로시인 신경림 선생의 우스갯소리를 나는 곧이곧대로 믿는다. 내가 바로 대청호를 보고 그런 생각을 한 촌놈이니까.

그러나 거대한 댐에 막혀 고여있는 물은 이미 살아있는 물이 아니다. 강변의 반짝이는 금모래는 사라지고 여울물을 헤엄치던 피라미는 보이지 않는다. 덩치 큰 잉어나 가물치, 외래종 베스와 부르길 같은 포식성 어종들만이 활개를 치고 여름철이면 녹조가 끼어 물이 썩는다. 굉음을 울리며 호수를 달리는 모터보트나 유람선을 나는 지금까지 한 번도 타본 적이 없다. 그건 내 기억 속의 맑은 강물에 대한 모독처럼 여겨지기 때문이다.

낙동강 하구댐이 생긴 다음에는, 자주 찾던 을숙도에 발길을 끊은 것도 같은 이유에서다. 흐르지 않는 강은 더 이상 살아있는 강이 아니다. 강줄기를 막고, 모래를 퍼내고, 둑을 쌓고, 시멘트벽을 치고, 구불구불한 강줄기를 일직선으로 만드는 것은 강을 토막내고 우리에 가두어 죽이는 일이다. 독일이나 스위스, 미국 같은 나라에서 이런 식의 직강화사업을 했다가 홍수와 지하수 고갈 등 각종 생태계 파괴의 부작용 때문에 뒤늦게 엄청난 돈과 시간을 들여 구불구불하고 모래가 쌓이는 강으로 원상복구를 하고 있는 터에 몇십조의 국민세금을 퍼부어 '4대강살리기사업'이라는 이름으로 강을 죽이고 있으니 기가 막힐 노릇이다.

나는 얼마 전부터 "4대강사업 즉각 중단"이라는 펼침막을 내 차에 붙이고 다닌다. 그것은 4대강사업의 현장을 보고 "그 일을 추진하는 측은 말할 것도 없고, 방관하고 있는 사람들도 천벌을 받을 것이라고 확신한다"는 신경림 시인의 추상같은 꾸지람 때문만은 아니다. 4대강사업에 항의하여 선방의 스님이 소신공양을 하고, 일흔 넘은 골재채취업자가 자살을 하고, 신부님들이 삭발을 하고, 국민의 80%가 반대를 하는데도, 군대까지 동원하여 금년 말까지 공정의 60%를 끝내겠다는 오만방자한 정부에게 나라의 주인인 국민의 뜻을 보여주어야겠다는 생각에서다.

생명의 강을 거대한 시멘트 우리 속에 가두어 죽이는 현재의 4대강사업과 먼 훗날의 4대강복원사업으로 계속 돈벌이를 하게 될 건설업자들의 이익이 국민 다수의 이익에 우선한다는 말인가. 사진발 잘 받는 강변 자전거도로와 유람선을 임기 중의 업적으로 내세우려는 정치인들의 얄팍한 속셈이, 제발 강을 흐르게 내버려두라는 국민 대다수의 소망보다 그렇게도 중요하단 말인가. 민심은 천심이니, 하늘의 뜻을 따르는 자는 흥하고 하늘의 뜻을 거스르는 자는 반드시 망한다고 하지 않았던가.

『다산포럼』 2010. 6. 15.

풀뿌리의 힘으로
우리의 어머니 낙동강을 지키자

　며칠 전에 경상북도 상주시 인근의 낙동강을 다녀왔다. 전국의 문화 예술인 약 2백 명이 모여 지율 스님의 안내로 한나절에 걸쳐 상주의 경승지인 경천대 일대의 낙동강변을 답사하고, 강변에서 시 낭송과 노래, 춤, 마당극 등으로 낙동강을 지키기 위한 결의를 다지는 자리였다.

　경천대에 올라서니 굽이굽이 흘러내리는 강줄기와 백사장이 한눈에 들어온다. 이곳이 낙동강 7백 리 가운데 가장 경관이 빼어난 곳이라는 안내문이 빈말이 아님을 실감할 수 있다. 그런데 아름다운 백사장에는 군데군데 붉은 말뚝이 박혀 있고, 그 선을 따라 모래와 강바닥을 파헤쳐 구부러진 강을 일직선으로 만든다고 한다. 상상만 해도 끔찍한 일이다.

　우리가 낙동강사업의 실상을 확인한 곳은 이른바 낙동강 33공구인 상주보 공사현장이었다. 한눈에도 수중보가 아니라 댐으로 보이는 높이

10미터가 넘는 거창한 시멘트 구조물을 배경으로 포클레인과 덤프트럭들이 쉬지 않고 모래를 퍼나르고 있는 공사장에서 낙동강의 옛 모습은 짐작할 수조차 없이 망가져 있었다. 강줄기가 휘돌아 나가면서 저절로 모래가 쌓여 생긴 '오리섬'은 철새와 야생동물들의 천국이었으나 이제는 산더미처럼 준설토를 퍼붓고 제방을 쌓아 인공 생태공원으로 개조하고 있었다.

백 번 듣는 것보다 한 번 보는 게 낫다고, 낙동강사업이란 한마디로 자연의 강을 인공의 강으로 만드는 사업이었다. 자연생태의 천국인 모래섬을 인공의 생태공원으로 만드는 사업이 바로 4대강사업의 본질임을 우리는 눈으로 확인할 수 있었다.

답답한 것은 지율 스님이나 우리 같은 민초들의 4대강사업 반대 목소리를 "현장을 제대로 알지 못하는 사람들의 정치적 반대"로 낙인찍고 공무원을 동원해 대대적인 홍보 캠페인을 벌이는 정부의 일방적인 밀어붙이기다. 그들은 수심 7미터의 치렁치렁한 물에 유람선이 떠 있고 강변 자전거도로를 따라 선남선녀들이 자전거를 타는 그림을 보여주면서 이것이 바로 4대강사업의 미래상이라고 홍보한다. 그러나 독일은 뮌헨 근교를 흐르는 이자르강을 이런 식의 직선화된 인공하천으로 만들었다가 홍수와 지하수 고갈 등 생태적인 문제가 발생하자 다시 엄청난 돈을 들여 구부러진 강줄기와 흰 모래밭을 가진 원래의 강으로 복원시킨 바 있다.

우리가 오는 날에 때맞춘 듯, 경천교 다리 밑에서는 플래카드를 몇 개 걸어놓고 20여 명의 현지 주민들이 동원되어 '낙동강살리기사업 찬성 궐기대회'를 하고 있었다. (동원됐다는 것은 주민들 입에서 나온 말이다.) '낙동강환경순찰대'라는 깃발을 내걸고 "쓰레기나 오물을 버리지 맙시다"라는 구호를 외치며 강변길을 달리는 홍보 차량이나 곳곳에 서 있는 경찰 순찰차들도 뙤약볕에 모래밭을 걷는 순례자들을 더욱 피곤하게 만들었다.

낙동강 물을 먹는 대구와 부산 시민들을 위해서라도 낙동강의 수질은 획기적으로 개선해야 한다. 수질을 개선하려면 본류가 아니라 지천을 살리는 데 힘을 쏟아야 한다고 전문가들은 입을 모아 말한다. 그런데 부산시는 엄청난 돈을 퍼붓는 '낙동강살리기사업'에도 불구하고 남강 물을 끌어다 쓸 계획을 하고 있으니, 이것은 아마도 '낙동강살리기사업'으로 낙동강 수질이 개선될 가능성이 전혀 없다는 것을 부산시 당국도 알고 있기 때문일 것이다.

이제 맹목적인 개발주의자들의 포클레인 삽날에 찍혀 죽어가는 낙동강을 지켜내려면 관료나 정치인들에게 기대지 말고 낙동강 유역의 시민들이 직접 나서는 수밖에 없다. 우리는 모두 낙동강의 젖을 먹고 사는 낙동강의 자식들이고, 고통으로 죽어가는 어머니 낙동강의 비명소리가 더는 외면할 수 없게 우리의 귓전을 때리고 있기 때문이다. 우리는 '모친 위독'이라는 전보를 받고 뒤늦게 달려온 불효자식처럼, 우리의 어머니 낙동강이 어떻게 파헤쳐지고 갈가리 찢기고 토막나 죽어가고 있는지 두 눈을 부릅뜨고 지켜보아야 한다. 그리고 외쳐야 한다. 낙동강사업을 즉각 중단하라고.

법정 스님의 유언과도 같은 호소가 가슴을 때린다. "지금 방식대로 4대강사업이 진행된다면 크나큰 재앙이 될 것입니다. (…) 명심하십시오. 이 땅에서 이런 무모한 일이 우리 곁에서 진행되는 것을 지켜만 보고 있다면, 우리는 정권과 함께 이 국토에 대해 씻을 수 없는 범죄자가 될 것입니다."

『국제신문』 2010. 7. 7.

인공미와 자연미

    광고의 마력을 얘기할 때 내가 빠뜨리지 않고 드는 두 가지 사례가 있다. 하나는 국내의 유수한 화장품회사에서 내보낸 텔레비전 광고다. 이 광고는 이른 새벽 맑은 물이 흐르는 계곡의 풀잎에 반짝이는 이슬방울과 함께 아름다운 여배우의 해맑게 웃는 얼굴을 보여주면서 '천연의 아름다움을 선사하는 ○○○화장품'이라는 광고문을 들려준다. 이 광고를 보고 듣는 여성들은 마치 이 화장품을 바르면 맑고 깨끗한 아침이슬 같은 천연의 아름다움을 가지게 될 것 같은 착각에 빠진다.

    그러나 인공미가 아닌 자연미를 천연의 아름다움이라 부른다면, 천연의 아름다움이란 화장품을 아예 바르지 않은 자연상태의 맨얼굴을 가리키는 것이 아닌가? 따라서 얼핏 보면 그럴듯한 화장품 광고의 문안은 논리적으로 전혀 말이 되지 않는 억지소리인 것이다. 그런데도 이 광고가 많은 여성들에게 먹혀드는 것은 아름다운 영상과 '또로록' 구르는 이슬방울 소리(실제 또로록 소리를 내며 구르는 이슬이 어디 있는가!), 해맑은 여배우의 얼굴 등이 만들어내는 영상효과가 너무 멋지기 때문에 순간적으로 광고문의 달콤한 속삭임을 진실이라고 믿기 때문이다.

이것 말고 또 하나 예로 드는 것은 한 다국적식품회사가 아프리카에서 분유를 팔아먹을 때 쓴 광고기법이다. 이 회사는 흰색 가운을 입은 방문 판매원들을 마을에 보내 분유를 판매했는데, 모유를 먹이던 아프리카의 엄마들은 간호사나 의사 비슷한 인상을 주는 판매원들에 속아 비싼 돈을 들여 분유를 사 먹였고, 그 결과 많은 아기들이 감염으로 죽고 말았다. 냉장고나 위생시설이 변변치 않은 데다 열대지방의 무더운 날씨로 세균의 번식이 빠른데도 우윳병을 끓는 물에 철저히 소독하라고 가르치지 않은 탓이다. 결국 한 시민단체는 이 회사를 살인혐의로 국제사법재판소에 제소하기에 이른다.

그 후 이 회사가 어떤 처벌이나 제재를 당했는지 나는 모른다. 다만, 우리나라에서도 한때 분유회사가 우량아선발대회를 열고, 산부인과에서도 신생아에게 무조건 분유를 먹인 적이 있다는 것만을 기억할 뿐이다. 요즘은 젊은 엄마들도 웬만하면 다 모유를 먹이고 있다. 모유를 먹여야 아토피 같은 난치병이 생기지 않는다는 것을 경험을 통해 배웠기 때문이다. 화장품도 요즘은 자연산 재료를 쓴 화장품이 인기라고 한다.

그런데 이런 광고의 속임수를 교묘하게 이용하는 것은 화장품회사나 분유회사만은 아니다. 이른바 '4대강사업'이라는 이름으로 강행되는 국토파괴 행위도 치렁치렁한 물에 떠 있는 유람선과 자연 생태적인 모래섬을 까뭉개고 인공으로 조성한 잔디공원, 강변 모래밭을 걷어내고 만든 자전거도로를 멋지게 사진과 영상에 담아 '4대강살리기'라고 포장하여 선전한다. 실제로 이런 그림과 영상을 본 도시 사람들, 특히 굽이굽이 흐르는 강물과 백사장의 아름다움을 체험하지 못한 젊은 사람들은, 그것 참 멋진데, 하고 곧잘 속아 넘어간다.

4대강사업은 마치 해맑은 산골 처녀의 얼굴을 성형수술하고 화장품을 처발라 '인공미인'으로 만든 다음 미스코리아로 뽑아 상품화하는 것과 흡사하다. 대다수의 국민이 반대하는 4대강사업을 밀어붙이는 사람들은 요즘 사람들이 천연의 아름다움보다 인공의 아름다움을 좋아한다고 철석같이 믿는 것은 아닐까?

그러나 세상이 온통 성형미인들로 넘쳐나면 머지않아 가공하지 않은 천연의 아름다움을 간직한 소박한 얼굴을 선호하는 시대가 올 것이다. 미의식은 시대에 따라 바뀌고, 판촉광고의 속임수도 언젠가는 드러나기 마련이니까. 분유보다 모유가 아기 건강에 좋다는 것을 깨닫는 데는 그리 오랜 시간이 걸리지 않았다.

『다산포럼』 2010. 9. 7.

새해에는 헛된 희망에 속지 않기를!

언제부턴가 새해 첫날 해맞이를 하러 산꼭대기나 바닷가를 찾는 일이 부질없게 여겨져 요즘에는 아예 집을 나설 생각을 하지도 않는다. 늙었다는 징표일 것이다. 그러고 보니 요즘엔 자장면도 맛이 없고, 가끔 새벽 서너 시에 잠이 깨는 수도 있으니, 이 정도면 확실한 노인증후군이 아닐까?

나는 체질적으로 어떤 목표를 정해 놓고 일로매진하는 사람을 싫어한다. 새해 첫날 책상머리에 올해의 목표를 써붙여놓고, 긍정적 사고와 낙관적 전망을 가지려고 자기최면을 거는 인간을 나는 좋아할 수 없다. 그저 피식 웃음이 나올 따름이다. 경험상 그런 인간은 위선자일 뿐만 아니라 조급한 성취욕으로 남을 몰아세우기 일쑤니까.

곰곰이 생각해보면, 이런 나의 습성은 타고난 체질이라기보다는 속고 살아온 세월의 탓이 크다. '선진조국'이니 '정의사회 구현'이니 '747'이니 하는 화사하고 삐까번쩍하게 치장된 헛된 희망에 휘둘리다가 낙관적 전망이 쓰디쓴 환멸로 바뀌는 일을 수없이 겪다 보니, 일종의 자기보호본능에 의해 그런 습성이 몸에 밴 것 같다. 순박한 농민들도 관에서 시키는 대로 했다가 번번이 손해만 보니까, 고추 심으랄 때 배추 심고 배추 심으랄 때 고추 심는 청개구리 심보가 되는 것처럼 말이다.

그건 그렇다 치고, 아무리 냉담하고 신경이 무딘 사람도, 죄 없는 가축들이 집단으로 생매장되는 모습을 보면서 어떻게 희망찬 새해 설계를 꿈꿀 수 있단 말인가. 대규모의 공장식 축사에서 사료와 항생제만을 먹여 키우는 가축들을, 병에 걸려 상품성이 떨어진다는 이유로 그렇게 대량학살해도 되는 것인가. '살처분'이라는 억지스런 용어에서 풍기는 인간의 오만함과 잔혹성에 소름이 끼친다.

불교의 윤회설을 믿지 않더라도 우리 시대의 잔혹한 인간들은 나중에 대부분 축생이나 아수라, 아귀, 지옥 같은 데로 떨어질 것 같다. 자연의 순리를 어기고 소에게 동물 사료를 먹이고, 돼지 한 마리를 0.4평의 공간에, 암탉 한 마리를 A4용지보다 작은 공간에 옴짝달싹 못하게 가둬놓고 대량사육하면서 어떻게 벌을 받지 않을 수 있을까. 사람이 죽으면 49재를 지내는데 가축을 위해 천도재를 지내는 것은 이상한 일이 아니다. 봉은사를 비롯한 여러 절에서 대량학살된 동물들을 위해 올린 천도재는 나처럼 마음이 불편한 사람들이 지금까지의 가축 사육방식과 육식 문화를 되돌아보고 바꾸는 문제를 진지하게 성찰하는 자리였을 것이다.

생각해보니, 나는 해맞이는 하지 않았지만 연초에 문경의 봉암사를 다녀온 적은 있다. 22년 전인 1989년 1월 6일, 봉암사 입구에서 타고 가던 승용차가 개굴창으로 구르는 교통사고로 죽을 뻔했으나 부처님의 가피로 무사히 살아난 이른바 '1·6구사일생동지회'의 회원들이 다시 작당을 해서 눈길을 헤치고 봉암사를 찾아간 것이었다. 그때처럼 동안거 중인 명진 스님을 만나 잠시 희양산 계곡에 있는 마애불을 참배하며 옛날 기억들을 되살렸다. 그런데 마애불의 우아한 자태는 서툰 솜씨로 시멘트를 발라 성형을 한 얼굴 때문에 보기가 민망했다. 명진 스님 등 선방 스님들이 그렇게 말렸는데도 당시의 주지 스님이 자기 나름의 소신에 따라 손을 대서 이 모양이 됐다고 한다. 4대강사업처럼 아무리 좋은 뜻을 가지고 하는 일도 억지로 밀어붙이면 안 하느니만 못한 결과를 낳을 수 있다는 것을 우리는 절감했다.

이런저런 얘기 끝에 리영희 선생이 쓰시던 만년필을 명진 스님이 물려받았다는 말을 들었다. 생전에 서울의 봉은사를 자주 찾으셨던 리 선생이 하루는 『전환시대의 논리』 등 그의 중요한 원고를 썼던 만년필이라며 스님에게 몽블랑 만년필을 주셨는데 얼떨결에 받고 생각하니 의발衣鉢을 전수받은 것 같아 영 어깨가 무겁다는 것이었다.

"아니, 스님은 글쟁이가 아니라 말로 썰을 푸는 라디오 체질인데, 왜 만년필을 주셨을까요?" "그러게 말입니다. 부처님도 그렇고 예수님도 그렇고 성인들은 모두 글이 아니라 말로 진리를 설파했잖습니까?" "듣고 보니 그렇군요. 예수와 모하메드는 문맹이란 설도 있더군요." 이렇게 웃음으로 얼버무리면서 우리는 오는 22일 봉은사에서 봉행되는 리 선생의 49재 때 다시 만날 것을 기약했다.

『다산포럼』 2011. 1. 18.

4대강사업의 진실

강만수 청와대 경제특보 겸 국가경쟁력강화위원장이 드디어 4대강사업이 강을 살리는 치수사업이 아니라 강 주변의 관광개발사업이라고 진실을 털어놓았다. 4대강사업과 부자감세 등 이명박 정부의 경제정책을 주도하고 있는 강 특보가 지금까지 끈질기게 주장해온 수량확보를 통한 수실개선이라는 4대강사업의 명분이 공허한 말장난에 불과했다는 것을 만천하에 폭로한 것이다.

그는 지난 16일 한국경영자총협회(경총) 주최로 서울 롯데호텔에서 열린 제34회 전국 최고경영자 연찬회의 특별강연에서 "4대강사업을 치수사업이라고 생각하기보다는 호텔·레저 등 엄청난 파생산업을 발생시키는 거대한 사업이라고 봐야 한다"면서 "'100만 청년실업자' 시대에 4대강사업 이외에 (실업자를 구제할) 어떤 대안이 있을 수 있나"라고 반문했다고 한다.

이것은 그야말로 하늘이 놀라고 땅이 흔들릴 만한 큰 뉴스인데도 대부분의 언론매체들은 짤막한 단신으로 처리하였다. 처음부터 4대강사업이 치수사업이 아니라 관광·레저산업임을 알고 있었기 때문에 새삼스런 뉴스거리가 되지 않는다고 판단했기 때문일까? 아니면 이미 지난 연말 날치기 통과된 친수구역특별법으로 4대강 주변의 개발을 추진할 법적 장치까지 마련되었으므로 이제 와서 시비를 따지는 것은 무의미하다고 본 것일까?

그러나 야당은 "강 특보가 자폭했다"면서 "그간 이명박 정부가 4대강사업의 명분으로 국민에게 떠벌린 치수사업, 물 자원 확보, 홍수예방은 역시 거짓말이고 사기였다"고 규탄했다. 민주당은 "4대강 죽이기가 결국 투기꾼, 대형건설사들을 위한 밥그릇 잔치"인 셈이었다며 대국민 사과와 공사중단을 촉구했다.

환경단체들도 4대강사업이 '강과 생명 살리기'가 아니라 난개발을 통한 '토건족 살리기'임이 드러났다면서 4대강 개발이 청년실업 대안이라는 강 특보의 주장은 지금까지의 4대강사업에 투입된 인력과 장비가 당초 계약 내용의 30~40%에 불과하다는 사실에 비추어 근거가 없다고 반박했다. 22조를 들여 32만 개의 일자리를 만들어내겠다더니 2천 개의 일자리도 만들어내지 못했다는 것이다.

지금까지의 4대강사업이 건설업자들에 대한 특혜였다면 이제부터는 4대강 연안의 난개발로 전국의 부동산 부자들과 투기꾼들이 한몫을 챙기려 이리 뛰고 저리 뛰는 '강변의 돈잔치'가 벌어질 것이 예상된다. '개발에서 소외된 내륙지방의 개발'이란 명분도 실상은 이런 식의 난개발과 땅 투기를 의미하는 것이었단 말인가.

진실은 어차피 드러나기 마련이다. 구제역 파문으로 애꿎게 생매장된 돼지들이 날이 풀리면서 가스의 압력으로 땅을 뚫고 솟구쳐 나오듯이, 4대강의 진실도 그럴듯하게 포장된 미사여구의 겉껍질을 뚫고 비어져 나오기 마련이다. 우리는 앞서 단군 이래 최대의 자연개조사업이라는 새만금사업에서도 그러한 경험을 한 적이 있다.

새만금사업은 1991년부터 근 20년에 걸쳐 군산과 부안을 연결하는 33.9km의 방조제를 건설하여 401km²의 간척지를 만드는 사업이었다. 처음에는 농경지 확보라는 명분을 내걸었다가 농산품 수입개방 이후 휴경을 장려하는 정책과 상충되자 뒤늦게 서해안시대에 대비한 대중국 교역중심지와 관광·레저 산업 등으로 사업 목적을 바꾸었다. 인터넷에서 새만금사업을 검색하면 명품 복합도시, 산업·관광·레저, 환경·녹색성장 등의 사업 내용이 나오고 그럴듯한 미사여구와 조감도로 미래의 환상을 보여준다. 그리고 그 앞뒤에는 숱한 부동산과 공인중개사 사이트들이 보인다.

4대강사업도 새만금사업의 선례에 따라 그 목적이 편의에 따라 이리저리 바뀌면서 결국 관광·레저 산업과 도시 개발, 부동산 투기의 궁극적 목표를 향해 진행될 것이다. 그런데 문제는 이러한 국책사업이 '단군 이래 최대 규모의 자연개조사업'으로 선전되면서 돌이킬 수 없는 자연파괴와 환경오염을 불러온다는 사실이다.

그러면 왜 이런 거짓 명분에 의한 대규모 건설사업이 계속되는 것일까? 그 이유는 간단하다. 대형 건설회사들의 선거자금과 로비에 의해 정책이 결정되고 광고주인 건설·투기자본의 장단에 따라 언론매체들이 춤을 추기 때문이다. 그리고 힘없는 국민은 먹고살기 바빠 엊그제 일도 금방 잊어버리고, 그림의 떡에 불과한 화려한 관광·레저산업의 홍보영상에 쉽게 속아 넘어가기 때문이다.

『국제신문』 2011. 2. 22.

영웅을 필요로 하는 불행한 시대여

천안함 사건 1주년을 맞아 46명의 전사자들과 한준호 준위를 '영웅'으로 칭송하고 추모하는 추모식과 위령탑 제막식이 보는 이들을 숙연하게 만든다. 그러나 어찌된 일인지 천안함 실종 장병들을 구출하다가 익사하거나 실종된 어선 금양호의 선원 9명은 의사자로 인정받지 못해 '잊혀진 영웅'이 되고 말았다.

그런가 하면, 소말리아 해적에게 납치됐다가 우리 해군의 구출작전으로 생환한 삼호주얼리호의 석해균 선장과 손재호 기관사는 '아덴만의 영웅'으로 언론의 집중 조명을 받았다. 입원치료 중인 석 선장이 아직 제주도 구경을 못 해봤다고 말하자 제주도 지사는 그와 가족들을 제주도 관광에 초대했고, 손 씨의 고향인 포항에서는 그를 '자랑스런 포항인'으로 추대하고 상패를 전달했다. 그러나 나머지 선원들은 어떻게 지내고 있는지 우리는 알 길이 없다.

한편, 일본의 후쿠시마 원전 사고의 책임자인 도쿄전력의 시미즈 마사타카(淸水正孝, 66) 사장은 하루아침에 '사상 최고의 스타 사장'에서 '무책임하고 돈만 밝히는 파렴치한 사장'으로 전락했다. 평소 경비절감을 강조하여 '미스터 커터'라는 별명을 가진 그는 니가타 현의 대지진으로 인한 원전 가동 중단으로 적자에 허덕이는 도쿄전력을 살리기 위해 2008년 11월 사장으로 취임한 지 1년 만에 회사를 흑자로 돌려놓아 '영웅'으로 칭송되었다. 그러나 후쿠시마 원전 사고 이후 53시간 동안 잠적하는가 하면, 과로를 이유로 사고대책본부를 떠나면서, 사고 초기에 원전을 버리기 아까워 바닷물로 냉각시키지 않았다는 비난을 자초했다.

이와는 대조적으로 원전 사고현장에서 목숨을 걸고 복구작업에 매달리고 있는 도쿄전력과 협력사 직원 450명은 '원전 영웅들'로 불리며 언론과 시민들의 동정을 사고 있다. 이들 원전 결사대는 옷도 갈아입지 못하고 목욕도 못하면서 하루에 두 끼의 비상식량으로 끼니를 때운다. 이들 가운데 3명은 작업중 방사능에 오염된 물웅덩이에서 발이 빠져 심각한 피폭을 당해 입원 치료를 받고 있다. 시민의 안전을 위해 가미카제 특공대처럼 목숨을 걸고 사투를 벌이는 이들이야말로 이 시대의 진정한 영웅이 아닐까?

이제 환경문제에 대한 관심은 헐리우드 영화계까지 확산되고 있다. 〈아바타〉의 제임스 카메론 감독은 최근 브라질 북서부 아마조나스 주의 마나우스 시에서 열린 제2회 세계지속가능성장포럼에 참석한 자리에서 브라질은 세계 최대의 열대우림을 가진 대국으로서 환경보호를 위해 대형 수력발전소 대신 태양열을 이용하는 친환경에너지 개발에 더 많은 관심을 쏟을 것을 촉구했다. 그는 아울러 국제사회에 지속가능 성장의 중요성을 알리기 위해 대규모 댐 공사로 내쫓기는 브라질 원주민 '영웅'을 내세운 새로운 삼차원 입체(3D) 영화를 만들겠다고 밝혔다.

영웅을 내세워 현실의 난제를 시원하게 해결하는 것은 헐리우드 영화에서 낯익은 기법이다. 가령 〈람보〉나 〈수퍼맨〉, 〈스파이더맨〉 등등의 영웅 이야기는 현실적인 문제를 비현실적인 방식으로 해결하여 대리만족을 제공하는 헐리우드 B급 영화의 전형이 아닌가. 헐리우드 상업주의 영화의 대표적인 감독이 환경문제에 관심을 가지는 것은 좋으나 환경문제도 '영웅'을 통해 해결할 수 있다는 착각을 심어주는 것이 과연 바람직한 일일까?

여기서 생각나는 것은 독일의 극작가 브레히트의 드라마 「갈릴레이의 생애」에 나오는 한 장면이다. 갈릴레이가 로마 교황청의 종교재판소에 불려가 고문 위협을 받고 겁에 질려 지동설을 철회하자 그의 제자 안드레아가 탄식한다. "영웅이 없는 불행한 시대여!" 그러자 갈릴레이는 이렇게 응수한다. "영웅을 필요로 하는 불행한 시대여!"

따지고 보면, 과학자가 지동설 같은 진실을 밝히기 위해 종교재판소의 고문과 화형까지 각오해야 하는 시대가 잘못된 것이지, 영웅적 희생정신과 용기가 없어 고문 위협에 굴복한 갈릴레이를 비난할 일은 아니다. 고문으로 허위자백을 해서 간첩으로 몰린 시민을 어떻게 비겁하다고 비난할 수 있겠는가. 꽃다운 청년들을 가미카제 특공대로 훈련시켜 사지로 내몰면서 군신軍神이나 호국영웅으로 미화하는 나라, 선택의 여지가 없는 하급 직원들을 방사능 오염현장에 투입하고 이들을 원전 영웅으로 만드는 사회는 정상이 아니다.

상식과 합리성이 존중되는 제대로 된 나라에서는 영웅이 필요하지 않다. 영웅이 필요 없고 영웅을 만들어내지 않는 시대, 적당히 게으르고 머리 회전이 빠르지 않은 소심한 서민들도 즐겁고 행복하게 살 수 있는 나라, 이것은 이루어지기 힘든 꿈은 아닐 것이다.

『국제신문』 2011. 3. 29.

지리산의 봄

비 온 다음날이라 콸콸대고 흐르는 계곡물은 맑고 차다. 이따금씩 연분홍 진달래도 바위 틈서리에서 고개를 내민다. 산비탈 곳곳에 토종벌 벌통들이 늘어서 있건만 웬일인지 벌들의 잉잉대는 소리는 들리지 않는다. 칠선계곡 벽송사 옆구리에 붙은 광점마을에서 출발한 지 한 시간도 안 되어 우리는 얼음터에 도착했다. 그리고 집주인 임대봉 씨 일가족과 만났다.

겨우내 비워 둔 산중의 외딴집으로 다시 올라온 임 씨는 아들이 지게에 지고 온 발전기를 설치하고, 부인은 집안 곳곳을 청소하며 봄맞이 준비에 부산하다. 그러나 임 씨는 낯선 사람들의 내방이 별로 달갑지 않은지 뭔가 심기가 불편한 표정이다. 지리산 허공달골에서 20여 년간 토종벌을 키워온 그는 지난해 낭충봉아부패병으로 2백여 통의 벌을 몽땅 잃었다. 올봄에 어렵사리 여덟 통의 토종벌을 구해왔으나 이번에도 속수무책으로 벌들이 죽어나가는 통에 아예 체념한 상태다.

낭충봉아부패병은 꿀벌의 유충에서 발생하는 질병으로 이 바이러스에 감염되면 유충이 번데기가 되지 못하고 말라 죽게 된다. 이 바이러스는 서양벌과 달리 토종벌에 특히 치명적이다. 정부는 작년 말에 낭충봉아부패병을 법정가축전염병 2종으로 지정했으나 아직까지 치료법과 백신은커녕 발병 원인도 밝혀내지 못했다.

임 씨는 젊은 시절 공장에서 일하다가 프레스에 오른 손목이 잘린 후 허공달골에 들어와 이웃 마을의 벙어리 처녀와 결혼하여 토담집을 짓고 토종벌을 키우며 살아왔다. 그동안 토종꿀을 팔아 자식 공부도 시키고 남부럽지 않게 살 만하게 되었는데, 난데없는 바이러스 돌림병 때문에 토종벌들이 모조리 죽음을 당하면서 하늘이 무너지는 듯한 충격을 받았다.

그는 하는 수 없이 참나무를 베어 버섯 종균을 심는 일에 매달리고 있었다. 아내와 올해 농업대학을 졸업한 아들이 도와주고 있지만 토종꿀만큼 수익을 기대할 수는 없고 그저 심심파적으로 하는 일이다.

작년과 올봄에 전국의 토종벌 농가의 90%가 꿀벌 집단폐사의 피해를 당했지만 구제역 파동에 묻혀 그 심각성이 널리 알려지지는 않았다. 국내 양봉시장의 30%를 차지하는 토종벌이 집단폐사하면서 임 씨처럼 피해를 입은 양봉 농민들이 집단항의하는 일도 벌어졌다. 전남 구례군 한봉협회 회원 50여 명은 작년 10월 구례읍 문척교 아래 섬진강 둔치에서 감염된 벌통을 불태우며 토종벌 농가에 대한 가축재해 인정과 함께 백신개발을 요구했다.

하기야 우리나라의 토종벌뿐만 아니라 전 세계 꿀벌들의 개체수가 급속도로 줄어들고 있다고 하지 않던가. 1990년대 말부터 미국과 유럽의 꿀벌들이 줄어들더니 아시아와 아프리카, 중동지역에서도 개체 수가 급격히 감소하고 있다고 한다. 인구가 많고 인건비가 싼 중국에서는 사람 손으로 직접 꽃가루받이를 한다지만 다른 곳에서는 엄두를 낼 수 없는 일이다.

국제적인 환경기구인 유엔환경기획UNEP은 최근 전 세계적인 꿀벌 감소 현상의 심각성을 지적하면서 꿀벌의 멸종 현상이 가속화할 경우 생태계의 균형이 깨져 과일과 곡물의 열매 맺기가 힘들어져 결국은 식량위기가 닥칠 것이라고 경고했다. 살충제와 농약, 공기오염, 서식지 파괴가 이런 환경재앙의 원인으로 거론되는데, 최근에는 급속히 늘어난 휴대전화의 전파 때문에 벌들의 감각기관이 혼란을 일으켰기 때문이라는 설도 있다. 지리산 산등성이 곳곳에도 이동통신 중계탑이 솟아 있고, 우리 같은 등산객들도 모두 휴대전화를 가지고 다니니 이를 어쩔 것인가.

강영환 시인의 말대로 산에 가는 사람들은 흔히 마음을 비우러 간다고 말하지만, 실은 "조금씩 써버려 닳아 못 쓰게 된/야성을 채우러 가"는지도 모른다. 뭉쳐진 오염 덩어리인 인간은 "마음 속 찌꺼기를 내어 산을 오염시키"고 "더 채울 것이 없어질 때까지/욕심 덩어리를 눌러 다지고 다져서" 눈과 발과 손으로 풀과 나무와 돌과 맑은 물을 마구 퍼 담는 환경파괴의 원흉이 아닌가. (이상 강영환, 「산에 드는 이유—광점동」에서 인용)

정말 지리산을 사랑하고 보호하려면 지리산을 찾지 않고 내버려두어야 한다는 시인의 자의식은 아름답고도 애틋하다. 그렇다고 지리산을 사랑하는 사람이 어찌 지리산을 찾지 않을 수 있겠는가. 그저 조심조심 아껴가며 즐기고 누릴 수밖에.

우리는 5월 중순까지 산불방지를 위해 입산이 통제된 임 씨 집 옆의 등산로 입구에서 발길을 돌려 하산길에 올랐다. 오는 길은 오도재를 넘어 함양으로 가는 노선을 택했다. 고개 중턱 휴게소에서 바라보는 지리산 주 능선의 장쾌한 전망도 좋고, 함양 상림을 한 시간 남짓 걷는 맛도 일품이다. 미식가가 아니더라도 인월 양조장의 막걸리와 함양시장 안에 있는 병곡식당 피순대는 놓치기 아까운 지리산의 별미다.

혹시 혼자서 호젓하게 지리산을 찾는다면, 시집 몇 권을 배낭에 담아 가는 것도 좋을 것이다. 산청 출신인 강영환 시인의 지리산 삼부작 『불무장등』, 『벽소령』, 『그리운 치밭목』은 지리산에 매혹된 산꾼의 산행일기다. 쉬엄쉬엄 걷다가 쉴 참에 시집을 읽으며 등산지도를 보는 즐거움은 아는 사람만 알 것이다.

『다산포럼』 2011. 4. 22.

IV

나의 공부길

잃어버린 고향

　　내가 대구로 이사를 한다니까 대구가 고향인 한 친구가 몹시 반가워 하면서 "대구가 여름엔 좀 덥고 겨울엔 추워서 그렇지 참 살기 좋은 곳" 이라고 고향 자랑을 하는 통에 한바탕 웃은 적이 있다. 고향을 떠나 산 지가 오래되는 그 친구는 불현듯 솟아오르는 고향에 대한 그리움을 그런 식으로 표현한 것이리라.

　　사실 고향에 대한 애착과 자랑이 없는 사람은 없다. 자기 고향을 사람 살 데가 못 된다고 말하는 사람은 없고, 고향 자랑은 흉이 되지 않는다. 아무리 고향에서 힘들고 고달픈 생활을 했더라도 "옛날 고향에서 살던 때가 제일 좋았다"고들 한다.

　　나는 대청댐이 생기면서 고향을 잃어버린 실향민이다. 그래도 고향마을이 물에 잠기기 직전에 친구들의 도움을 받아 옛날 마을 모습을 사진으로 찍어놓을 생각을 한 것은 지금 생각해도 기특한 일이다. 매사에 게으르기만 한 내가 택시를 세내어 친구들을 태우고 한나절이나 꾸불꾸불한 비포장도로를 달려갔었다. 카메라도 환등기도 없는 처지였지만, 그런 사진은 슬라이드 필름으로 찍어야 한다면서 사진을 찍어서 뽑아준 친구들도 내 고향이 없어진다는 데 대한 동정심 때문에 귀찮은 부탁을 마다하지 않았던 모양이다.

최근에야 벼르던 슬라이드 투영기를 사서 벌써 10년 가까이 된 낡은 필름을 꺼내 그향의 모습을 다시 비추어 보았다. 약간 색이 바래긴 했지만 옛날 초가집이며 고샅의 모습이 생생하게 되살아나는 걸 보며 아이들한테 한동안 고향 자랑을 한 것은 물론이다.

그래도 나는 행복한 실향민인 셈이다. 고향에 영 갈 수 없는 이북 피난민들도 있고, 안동댐 공사로 고향을 떠났다가 임하댐 공사로 또다시 고향을 잃어버린 실향민들도 있으니까 말이다.

고향 마을이 물에 잠긴 후 농사만 짓던 우리 고향 사람들은 보상금을 받아 근처의 도회지로 나가든가, 다른 고장으로 농사를 지으러 떠나든가, 아니면 멀리 남미로 이민을 가기도 해서 뿔뿔이 흩어졌다. 그러나 정말 가슴 아픈 것은 보상금을 받아 은행에 예금해놓고 이잣돈을 타서 살게 되니, 힘들게 농사짓는 것보다 편하고 수입도 낫더라는 한 고향 어른의 한탄이다. 이 농부야말로 정말 고향을 잃어버린 것이다. 그분은 "그래도 고향에서 농사짓던 때가 좋았다"는 말까지도 잃어버렸기 때문이다.

『매일신문』 1987. 4. 13.

코리안 타임

30여 년간 철도공무원 생활을 하다가 정년퇴직한 아저씨뻘 되는 먼 친척이 있다. 젊은 시절엔 열차를 타다가 나이가 들면서는 주로 역에서 근무를 했는데 학력이 신통치 않아 크게 진급도 못하고 무슨 주임인가 계장인가로 정년을 맞았다.

그가 철도국(철도청이 아니다) 다닐 때는 자전거 위에다 도시락을 달고 감색 제복을 입은 채로 집안 대소가의 제사참례는 하나도 거르지 않으셨다. 그래서 제사 드는 집에서는 '철도국 아저씨'가 오셔야 정말 제사 지내는 격식이 갖춰지는 걸로 알 정도가 되었다.

음복 전이라도 약주 몇 잔을 대접하는 것이 예의로 되었고 항렬 높은 집안 어른들도 철도국 아저씨에게 약주 대접하는 것은 다 묵인을 하는 터였다. 그것은 이 아저씨가 평소엔 말이 없고 멋대가리가 없는 분이지만 술 몇 잔만 들어가면 아연 생기가 돌아 신명 좋게 너스레도 떨고 좌중을 즐겁게 하기 때문이었다.

이 양반이 얼마 전에 막내딸을 시집보낸 후엔 일 년에 서너 차례 딸을 보러 서울나들이를 하신다. 물론 이때는 '철도가족'으로서 기차를 이용하는데 역에서 후배들의 인사를 받으며 차에 오르는 그의 모습은 부럽기만 하다. 그러나 문제는 서울서 내려올 때다. 딸과 사위의 전송을 받으며 엊저녁에 마신 양주가 덜 깬 채로(사위는 재벌회사의 사원이다) 차를 타면 틀림없이 아는 후배 승무원들을 만나기 때문이다. 그러니 반가운 김에 한두 잔 안 할 수 없고 이런저런 얘기를 나누다 보면 아무리 술이 센 그도 거나해지기 마련이다.

그런데 그의 집은 시내 초입의 건널목 근처인지라 시간도 절약할 겸 그는 왕년의 솜씨를 발휘해서 날렵하게 집 앞에서 하차를 하곤 한다. 그러나 환갑을 넘긴 다음부터 나이 탓인지 몸놀림이 옛날 같지 않은 데다 승무원과 건널목 간수가 후배들 살리는 셈 치고 제발 그만두시라고 사정사정하는 통에 이 선배님은 약간 체면은 깎이지만 미리 기관사에게 귀띔을 해서 기차를 천천히 달리게 한 다음 슬쩍 뛰어내리신다.

요즘 기차는 좀처럼 연착을 하지 않는다. 복잡한 대목 때라도 10분 이상 늦는 법은 없다. 그러나 아무리 정시 도착이 지상목표라 해도 이 철도국 아저씨의 서울나들이 때문에 몇 분(아니 몇십 초인지도 모른다) 늦는 '코리안 타임'의 기차가 나에겐 더 친근하고 정답기만 하다.

『매일신문』 1987. 4. 18.

나의 가요 반세기

　　해방 직후에 태어난 나는 6·25의 총성을 배경으로 동네 청년들이 부르는 "전우의 시체를 넘고 넘어"를 들으며 유년시절을 보냈다. "님께서 가신 길은 영광의 길이었기에"나 "연분홍 치마가 봄바람에"로 시작되는 〈봄날은 간다〉도 귀에 친숙한데, 이 노래는 40대가 넘어 새삼스럽게 좋아지기 시작해서 어느덧 나의 18번이 되었다. 이 노래는 내가 나서 자란 고향 마을의 정서를 환기시키는 묘한 매력이 있다.

　　가끔은 도회지에서 공부하는 누나가 집에 돌아오면 하모니카 반주로 "해는 져서 어두운데"나 "넓고 넓은 바닷가에 오막살이 집 한 채, 고기 잡는 아버지와 철모르는 딸 있다"를 배우기도 했다. 그런데 "이 일 저 일을 생각하니 눈물만 흐른다"에서 '이 일 저 일'이 무엇인지는 아무도 몰랐고, 클레멘타인이 사실은 어부의 딸이 아니라 광부의 딸이란 것도 뒤늦게

서야 알게 되었다.

국민학교(지금의 초등학교)에 입학하면서 '우리의 맹세'를 외우고 "무찌르자 오랑캐 몇백만이냐 대한남아 가는 데 초개로구나"의 곡조에 맞춰 고무줄놀이를 했다. 오랑캐란 그저 나쁜 놈을 가리키는 말로만 알았지, 중국 사람이 주변 민족을 깔보는 뜻으로 쓰는 용어라는 사실을 나는 알지 못했다. 더구나 동쪽 오랑캐東夷인 우리가 중국 사람을 오랑캐라고 부르는 것이 말이 되는 것인지 따질 형편도 아니었다.

라디오에서 흘러나오는 〈물레방아 도는 내력〉에는 "낮에는 밭에 나가 길쌈을 매고 밤에는 사랑방에 새끼 꼬면서"라는 가사가 있는데, 길쌈은 김매기가 아니라 모시나 삼베, 무명 같은 옷감 짜기를 가리키므로, 이것은 농촌을 모르는 사람이 지은 농촌사랑 노래였다. 서부영화가 인기를 끌면서 유행한 〈카보이 아리조나 카보이〉의 '카보이'는 자동차의 조수가 아니라 당연히 소 모는 목동(카우보이)을 뜻하는 것이었다.

중학교 시절 "고마우신 리 대통령 우리 대통령 그 이름 길이길이 빛나오리다"를 배우고 〈독립협회와 청년 이승만〉을 단체 관람했다. 노래에서는 왜 '리승만'이라 부르고 영화에서는 왜 '이승만'이라고 썼는지 지금도 알 수 없다. 그러다가 4·19와 5·16을 겪으며 '혁명공약'을 외우고 음악시간에 흑인 노예의 노래인 〈켄터키 옛집〉을 배웠다. "마루를 구르며 노는 어린 것, 세상을 모르고 노나. 어려운 시절이 찾아오리니 잘 쉬어라 켄터키 옛집." 과연 그 후 몇십 년을 나는 노예처럼 어려운 시절을 빡빡기며 살아야 했다. 여학생들은 "봄의 교향악이 울려퍼지는 청라 언덕 위에 백합 필 적에"와 "꽃잎은 하염없이 바람에 지고 만날 날은 아득타 기약이 없네"를 즐겨 불렀는데, 제목인 〈사우〉思友가 '동무 생각'이고 〈동심초〉同心草는 당나라 기생 설도薛濤의 싯귀 "부결동심인不結同心人 공결동심초空結同心草 그대와는 한마음 맺지 못하고 부질없이 풀잎만 맺고 있는고"에서 유래한 것임을 나는 알 턱이 없었다.

고등학교에 들어가서는 대통령 작사·작곡인 새마을 노래 "새벽종이 울렸네 새 아침이 밝았네"와 함께 "머나먼 섬의 나라 월남의 달밤" 같은 반反지리학적 엉터리 노래가 월남파병 덕분에 크게 유행했다. 김추자의 "월남에서 돌아온 새까만 김 상사"는 그보다 뒤인 1970년대의 노래다.

대학에 들어가니 서울 사는 동급생들이 이른바 음악감상실이란 데를 처음으로 데려갔는데, 여기서 팝송이란 걸 처음으로 귀에 익히게 되었다. 물론 나에게는 최희준의 〈하숙생〉 같은 노래가 더 친숙했지만 말이다. 대학생들도 술자리에서는 "인생은 나그네길 어디서 왔다가 어디로 가는가"와 함께 "자가용 타고 가는 놈 너만 잘났냐 전차 타고 가는 놈 나도 잘났다" 같은 구전가요도 부르고, 농활에 열심인 친구들은 〈진주 난봉가〉나 〈한 오백년〉 같은 민요를 부르기도 했으나, 일반 학생들 사이에서는 '펄 시스터즈'의 〈커피 한 잔〉이나 정훈희의 〈안개〉가 더 인기였다.

그러고 보니 릴케에 심취해 술이 거나하면 〈안개〉를 즐겨 부르던 선배는 벌써 세상을 뜨고 없다. 슈베르트의 가곡 〈아름다운 물방앗간 아가씨〉와 〈홍수〉를 독일어로 가르쳐주신, 오드리 헵번 같은 선생님도 멀리 있어 만날 수 없다. 내가 좋아하는 노래를 대략 떠올려보니, 내가 모르는 것, 내가 잃어버린 것, 내가 잘못한 일들이 연결되어 떠오른다.

『다산포럼』 2009. 9. 15.

나의 공부길

돌이켜보면 평생을 나처럼 이리 기웃, 저리 기웃, 한눈을 팔면서 제길을 잃고 헤매다닌 사람도 드물 것이다. 전공인 독문학만 해도 브레히트로 시작해서 뷔히너, 호르바트로 관심을 옮겨왔으며, 그 사이 엉뚱하게도 막스 폰 데어 그륀, 귄터 발라프 등 노동문학 작가들에 빠지기도 하는 등 우왕좌왕 갈지자걸음을 걸어왔다.

따지고 보면 나는 애당초 꼭 독문학을 하겠다는 결의를 굳히고 학과를 택한 것은 아니었다. 법대나 상대로 진학하고자 했지만 곤궁한 집안사정 때문에 학비가 싼 사범대학을 가야 할 형편이었고, 평소 취향대로라면 국문과나 사학과를 택하는 것이 제격임에도 서양 문물에 대한 막연한 호기심과 함께 흔한 영어가 아닌 다른 서구어를 해봐야겠다는 오기가 발동해 독문학을 선택하게 됐다.

대학시절에는 고교시절부터 해오던 문학회 활동을 통해 서투른 시를 써보기도 했고, 기독학생회와 대학생 선교회 산하의 '경제복지회'라는 조직에 참여하기도 했다. 이런 활동을 통해 나는 그때까지 알고 있었던 것과는 다른 사고와 열정을 체험할 수 있었고 문학 또는 독문학만이 세상을 구원할 수 있는 유일한 길이 아니라는 것을 깨달았다. 그러던 중 문학에 대한 애착을 버리지 못한 데다, 아르바이트로 학비를 마련해야 하는 자취생의 찌들린 생활과 거대담론 사이의 괴리감 때문에 모임을 그만두기로 결정했다. 그때 나의 고민과 결정을 그대로 받아들이고 따뜻한 격려를 아끼지 않았던 선배와 동료들의 아량에 지금도 깊은 고마움을 느낀다.

군복무를 마치고 대학원에 진학한 다음 학비와 생활비를 벌기 위해 합동통신 외신부 기자 생활을 시작했다. 경제적인 문제도 해결하고 근무시간이 상대적으로 자유롭기 때문에 공부할 시간을 할애할 수 있다는 점에서 택한 직장이었지만, 당시 합동통신 외신부장을 맡고 있던 이영희 선생의 글이 준 감동 또한 큰 계기가 됐다.

그러나 막상 수습기자 생활을 시작하고 보니 이 선생은 조사부장으로 좌천된 후였고 그나마 얼마 후에는 대학으로 아예 자리를 옮겨버렸다. 그런데도 외신부장 이영희 선생의 행적은 외신부의 '신화'로 남아 있어 철모르는 문학도인 나는 대학원 공부보다는 선배들과의 토론이나 술자리에 더욱 매력을 느끼게 되었다. 그러니 자연 공부에도 소홀해져, 바쁘다는 핑계로 학교를 다니는 둥 마는 둥 시큰둥해 있을 때, 눈을 번쩍 뜨게 만든 것이 송동준 선생의 브레히트 강의였다. 당시는 유신시대가 시작된 직후라 브레히트의 전집이나 참고문헌은 모두 금서목록에 올라 있었으므로 힘겹게 원서와 복사판 참고서 몇 권을 구해 75년 2월에야 가까스로 석사논문을 제출할 수 있었다.

한편 표현의 자유가 극도로 제한된 유신시대에는 새로운 민중 표현매체들이 저항운동의 무기로 등장했는데, 내가 특별히 주목한 것은 마당극이었다. 마당극은 전통적인 서구의 무대극과는 다른, 우리 시대의 독특한 민중극으로서 제도언론이 묵살하는 시대의 진실을 전파하던 소규모 대항언론매체이자 일종의 게릴라 선동극이었다.

아마 나는 당시 기자로서 진실을 제대로 보도할 수 없었던 시대적 제약에 분노하고 좌절하던 차에 마당극을 통해 일종의 해방감과 공동체적 연대의식을 느꼈던 것 같다. 이 시절 시인이자 미술평론가, 번역가로 활약하던 최민 형은 스승이자 동료로서 문학과 예술을 보는 새로운 시야를 틔워주었다.

마당극에 대한 관심은 후일 브레히트의 서사극과는 다른 의미에서 연극에 대한 나의 인식 지평을 열어주는 계기가 됐고, 이것을 몇 편의 논문으로 발표할 수 있는 용기를 주었다. 또한 이 시절에 사귄 친구들이 미술 동인 '현실과 발언'을 결성해 80년대 이후 활발한 창작활동과 비평활동을 전개하고 훗날 민족예술인총연합의 창립에도 참여하게 되면서 나도 그들과 섞여 민예총 활동에 가담하게 됐다. 이런 인연으로 나는 이른바 민중예술의 질풍노도 시대를 가까이에서 체험하는 행운을 누렸는데 이것은 지금도 소중한 문화체험으로 나를 규정하고 있다.

그러던 중에 1980년, 대학 정원이 크게 늘어나고 여러 대학에 독문과가 창설되면서 나에게도 대학 전임의 자리가 주어졌다. 7년간에 걸친 기자 생활을 정리하고 그해 3월 부산의 동의대에서 처음 교단에 섰는데, 낯선 대학 강단에 익숙해지기도 전에 5·18 광주사태로 기나긴 방학을 맞게 되었다.

그런데 기자시절 가까웠던 선배가 기자협회 회장으로서 광주항쟁 당시 제작거부에 앞장선 까닭에 지명수배됐고 그가 몇 달 후 붙잡힌 다음 나도 9월 초 관련자로 연행돼 이른바 남영동 대공분실에서 조사를 받았다. 약 보름 만에 풀려나긴 했으나 이때의 경험 또한 개인의 나약함과 학문의 공허함을 뼈저리게 인식하는 계기가 됐다. 이후 지금까지 나는 교수로서 연구하고 가르치는 일이 농사나 장사보다 그렇게 가치 있거나 신성한 일은 결코 아니라는 생각을 버리지 못하고 있다.

84년 영남대학으로 옮겨온 이후 나는 대학에서 연구하고 가르치는 일과 학교 밖의 일에 대략 반반씩 시간과 노력을 나누어 쓰고 있다. 학교 밖의 일 가운데 '예술마당 솔'은 창립 당시부터 참여한 터라 각별한 애정을 쏟고 있다. '솔'은 지역의 젊은 문화예술인들이 중심이 돼 시민의 모금으로 설립한 시민문화운동단체인데, 현재 시내 봉산동 '문화의거리'에 지하 1백여 평의 전시장과 사무실, 강의실을 두고 회원 약 1천 명, 전임자 10여 명이 참여해 전시·공연·답사·강좌 등의 문화 프로그램을 연중 진행하고 있다.

학교 안에서는 전공 강의 외에 '민중문화론'이라는 교양과목에 힘을 쏟고 있다. 팀티칭 방식으로 운영하고 있는데, 학생들의 호응은 높으나 강의를 꾸려가는 데는 어려움이 많다. 그러나 차비도 안 되는 강사료를 받고 멀리 서울이나 부산에서 달려오는 강사들의 열정과, 대학시절 가장

인상적인 강의였다며 찾아오는 졸업생들, 성적과는 관계없이 창의적이고 정성을 기울인 레포트와 창작물을 제출하는 학생들 때문에라도 당분간 이 강의는 계속할 생각이다.

덧붙여 소장 문학전공자들이 이끌고 있는 '문예미학회'를 더욱 활성화하는 한편, 마당극에 대한 연극론적·문화사적 의미를 천착하여 해외 연극계에 소개하는 작업도 다른 연구자들과 힘을 모아 시도해보고 싶은 욕심을 가지고 있다.

지금까지 갈팡질팡 헤매며 숱한 시행착오를 거듭해오면서 그래도 일관된 하나의 원칙을 지켜왔다면, 그것은 아무리 그럴듯한 논리나 수사로 치장돼 있더라도 현실에서 구체적으로 검증되지 않은 학문이나 예술은 진실이 아니라고 보고 과감하게 포기했다는 것이다. 진정한 학문이나 예술은 폭력적인 도그마나 맹목적인 성장과 능률의 이데올로기보다는 상식과 합리가 지배하는 사회, 인간다운 삶이 존중되는 세상을 위해 기여하는 것이 마땅하리라는 생각에서 나는 벗어난 적이 없다. 민중(민족)예술이건 민중극이건 마당극이건 결국 문제는 역사의 진보적인 양심을 대변해온 리얼리즘의 문제라고 나는 생각한다.

물론 에른스트 블로흐의 말처럼 "위난이 커지면 구원이 가까울 뿐만 아니라 구원이 다가오면 위난도 커지는 법"이다. 리얼리즘에 대한 도전과 문제는 끝없이 나타난다. 새로운 세기를 맞으면서 이제 리얼리즘의 시효가 만료되고 그 에너지도 소진된 것이 아니냐는 회의에서부터, 자본주의적 일상성이 지배하는 현실에서 민족예술이나 민중극에 대한 신뢰 자체가 시대착오적이라는 따가운 비판이 뒷덜미를 잡는다.

당연히 현실의 시험을 거치지 않은 신뢰는 맹목적인 신앙에 불과할 뿐이다. 굳이 변명하자면, 나로서는 서구의 민중극과 우리 마당극 연구, 그리고 '문예미학회'를 통한 문학 공부는 이론적인 모색이요, 민예총과 '예술마당 솔'을 통한 사회활동은 그런 이론적 탐색을 현실에서 검증해보는 실천인 셈이다. 요즘 들어 점점 정이 가는 블로흐의 말을 다시 빌자면, 허망과 좌절이 무無의 바다로서 현실이라는 섬을 에워싸고 있지만, 그래도 보다 나은 세상을 추구하는 실험은 멈출 수 없는 것이 아니겠는가.

『교수신문』 제111호

나의 20세기 생활문화사 서설

20세기 후반부는 적어도 한반도의 남쪽에서 일찍이 듣도 보도 못한 엄청난 문화적 변동이 일어난 시기였다고 나는 생각한다. 문화사를 전공한 역사학자도 아니고 문화인류학자도 아니지만, 지금까지 내가 태어나 살아온 삶의 자취들을 되짚어보면 부분 부분은 미세하지만 전체적으로는 혁명적인 생활방식의 변화를 겪어온 것 같다.

우선 거주지만 하더라도 나는 산골 강변 마을에서 태어나 초등학교 4학년까지 촌놈으로 자라다가 아버지의 이농離農에 따라 대전으로 이사했고, 대학에 들어간 이후 약 15년을 서울 시민으로 살았으나 직장이 바뀜에 따라 부산을 거쳐 대구에서 생애의 후반부를 보내고 있다. 자식 보러 가끔 미국에도 가고 때때로 외국 관광 여행도 다니고 있는데, 농경사회였던 조선시대의 보통 사람이 평생 이동하는 거리가 사방 백 리 안팎이었다니, 우리 앞의 세대는 꿈도 꾸지 못한 유목민遊牧民적 생활방식이라고 할 만하다.

그동안에 고향 마을은 댐으로 수몰되고 선산의 산소들은 납골묘로 바뀌었다. 그러니 우리 집안은 종교에 관계없이 무조건 화장이다. 시제는 없어지고 대신 추석날 납골묘에서 차례를 지낸다. 종손인 장조카는 외국에 살고 있으니 기제사도 형님이 돌아가시면 더 이상 모시기가 힘들 것 같다. 도무지 변할 것 같지 않던 유교적 장례·제사 풍속이 불과 한 세대만에 이렇게 바뀔 줄 누가 알았겠는가.

주거 공간, 즉 집도 많이 바꾸었다. 생애 초기의 10여 년은 초가집에 살다가 청소년 시절의 10년은 기와집이나 함석집 같은 '단독주택'(이 말을 쓰려니 갑자기 낯선 느낌이 든다. 그냥 '집'이었던 것이 언제부터 관청용어나 군대용어 비슷한 '단독주택'으로 바뀌었을까?)에서 살았고, 그 후 40년 이상은 건설회사 이름이 붙은 아파트에서 살고 있으니 전체적으로 보면 나도 아파트 세대임이 분명하다.

경제적으로 따져보면, 서울에서 하숙집, 자취방을 전전하다가 결혼 후 숱한 전세방을 거쳐 드디어 내 소유의 조그만 아파트를 마련하고, 그 후 조금씩 넓은 아파트로 옮겨온 셈인데, 중간에 서울서 살던 아파트를 처분하는 바람에 다시 서울로 진입하기란 거의 불가능한 형편이다. 부분적으로는 중산층의 착실한 삶을 살았으나, 크게 보면 재테크에 무능하여 중산층에서 탈락한 소시민으로 분류됨직하다. 아마 전국민의 90% 이상이 생활환경조사서에는 '중'으로 적겠지만, 그 내용상의 편차는 그야말로 천양지차라고 나는 생각한다.

한국인은 골프를 치는 사람과 치지 않는(또는 치지 못하는) 사람으로 나눌 수 있다는데, 나는 골프를 치지 않는 쪽에 속한다. 군대는 갔다 오고 외국 유학은 못한 탓인지 크게 출세는 못했고, 서울서 대학을 다녔지만 결국 고향 여자와 결혼했으니, 드라마틱한 반전이나 비약이 없는 평범하고 밋밋한 삶이다. 남 앞에 내세울 장기도 없다. 노래나 춤, 바둑, 고스톱, 스포츠, 어느 것 하나 신통한 것이 없고, 그저 천천히 오래 걷는 것은 웬만큼 자신이 있다. 이걸 요즘은 트레킹이라고 부르는 모양이다.

　음식은 가리지 않고 아무거나 잘 먹는 잡식성이다. 김치와 된장국을 비롯한 가정식 백반을 선호하지만, 자장면·라면·보신탕 같은 별식도 마다하지 않는다. 음식과 마찬가지로 노래나 음악도 이것저것 가리지 않는다. 여자가수는 송민도, 백설희, 양희은을 좋아하지만, 국악 쪽에선 김용우나 김명자 같은 젊은 소리꾼들이 좋다. 밥 딜런, 비틀즈도 존경하지만 신중현, 김민기도 대단하다고 생각한다. 혼자서 피셔 디스카우의 독일가곡을 카세트 테이프로 듣는 맛도 기가 막히고, 관현악으로 편곡한 〈님을 위한 행진곡〉은 소름을 돋게 만든다. 이른바 '강남좌파' 비슷한 '크라잉 넛'이나 반지하 자취방의 대학생 같은 장기하도 들을 만하다.

　사람과 세상은 얼마나 복잡 다양한가. 가만히 생각하면 내가 살아온 삶의 과정을 어떤 잣대와 기준으로 재단하고 분류하는 순간, 그것은 추상화되고 단순화된 몇 개의 개념으로(가령 진보, 보수 등으로) 고착되지만, 정작 삶의 내용을 구성하고 있는 중요한 부분은 무시되거나 왜곡될 수밖에 없다. 그렇다 하더라도 20세기 후반부를 살아온 나 같은 세대는 자기도 모르게 문화사적 전환기의 거대한 조류에 휩쓸려 농경문화에서 도시

산업문화, 또는 아파트문화로 이주한 첫 세대로 기록될 것 같다.

『다산포럼』 2010. 7. 20.

행복한 책읽기의 기억

　　요즘에는 대학 신입생이나 신입사원이 독서를 취미라고 적는 일이 드물다. 데이트를 할 때도 독서를 화제로 삼을 경우 좀처럼 얘기가 풀리지 않고 어색한 침묵이 끼어들기 십상이라고 한다. 같은 책을 읽고 감동했다는 사실 하나만으로 연애감정이 발동하여 마침내 결혼으로까지 골인하는 일이란 텔레비전 드라마 속에서도 찾아보기 어렵다. 하기야 대학수학능력시험에 대비한 독서 과외까지 성행한다니 책읽기는 즐거운 취미가 아니라 괴로운 의무가 되어버린 느낌마저 든다.

　　그러나 어떤 책과의 행복한 만남은 첫사랑처럼 영원히 지워지지 않는 기억을 남기기도 한다. 나의 경우 국민학교 5학년에서 중학교 2학년까지의 4~5년간 그 또래의 남학생이 좋아하는 여학생의 모습을 그리며 애태우던 사춘기를 책과의 연애로 바친 적이 있다. 물론 남녀 간의 연애처럼 책과의 연애에도 갖가지 사연과 우여곡절이 있고, 가슴 졸이는 기대와 안타까운 이별이 따르기 마련이다. 그래서 나는 그 시절의 책읽기와 관련된 기억을 더듬을 때면 대책 없이 콧잔등이 시큰해지곤 한다.

내가 처음으로 교과서 이외의 책을 만난 것은 국민학교 5학년 때였다. 농사를 지으며 고향을 지키던 아버님이 솔가하여 도회지로 이사하신 후 소일거리로 책방을 시작했기 때문이다. 전에 옹기전을 벌였다가 본전까지 떨어먹고 그만둔 적이 있을 정도로 도무지 장사 수완이라고는 없는 양반이 신간 판매와 대본貸本을 겸한 책방을 차린 데는 자식들을 책과 가까워지게 하려는 배려도 작용했던 것 같다. 아무튼 어느 날 리어커에 실려온 누런 헌책들과 알록달록한 새 책들을 펼치는 순간 나는 갑자기 타임머신을 타고 새로운 세계로 뛰어든 것이었다.

전쟁이 끝난 지 얼마 되지 않아 읽을거리가 흔하지 않던 시절이라 모두들 헌책이건 새 책이건 가리지 않고 걸신들린 듯이 책을 읽었다. 특히 소설책들은 신간으로 사서 읽기보다는 대본점에서 빌려 보는 것이 예사였다. 그러니 『청춘극장』이나 『순애보』, 『테스』 같은 인기 있는 소설은 차례를 기다려야 간신히 얻어 볼 정도였다. 요즘 비디오가게에서 인기 있는 외화外畵를 빌려 보려고 예약을 하는 식이었다. 당시 아이들에게 인기 있던 김종래나 박기당의 만화를 나는 누구보다 먼저 볼 수 있었고, 『학원』이나 『새벗』 같은 잡지에 실리는 김내성과 조흔파의 연재소설도 매달 거르지 않고 읽을 수 있었다. 전학 온 시골뜨기가 금방 친구들을 사귀고 기를 펴고 지내게 된 것은 오로지 이런 특권 때문이었을 것이다.

한번 책읽기에 맛을 들이니 다른 일은 시들하고 밋밋하게만 여겨졌다. 그래서 밤낮으로 쭈그리고 앉아 닥치는 대로 책을 읽었다. 그러다가 나는 『삼국지』에 빠지게 되었는데 이렇게 된 데는 같은 반 친구이자 이웃 당구장집 아들인 아무개 군의 도움(?)이 컸다. 『삼국지』에 관한 한 나는 지금까지 이 친구만큼 열정적인 독자를 만나보지 못했다. 정음사판 열 권 짜리 『삼국지』를 아마 수십 번은 통독했을 것이다. 그러니 세세한 인물과 얘기 줄거리는 말할 것도 없고 중간중간에 나오는 한시漢詩도 하나 빠짐 없이 외울 정도였다. 나도 오기가 나서 시험공부 하듯 한시―물론 번역 시였지만―를 외우느라 낑낑댔고 나중엔 둘이 번갈아가며 시를 읊조리 며 우쭐해 했다. 책만 들면 누추한 바깥 세상은 잊어버리고 가슴속에 별 을 품은 듯, 마냥 행복한 시절이었다.

그러다가 나는 금독령禁讀令과 함께 한동안 책방 출입이 금지되는 수 난을 겪었다. 학교 성적이 뚝 떨어진 데다 운동 부족으로 몸이 약해져 부 스럼, 종기는 물론이고 학질에서 이질까지 온갖 병치레로 주접을 떨었기 때문이다. 이질로 하도 고생을 하는 바람에 완고한 아버님도 나중엔 어머 니가 무당을 불러들여 푸닥거리 하는 것을 묵인해줄 정도였다. 아버님이 책을 읽지 못하게 엄명을 내린 것은 성적도 성적이지만 당신이 두 차례의 큰 수술을 받으신 후로 위장병과 늑막염으로 약을 입에서 떼지 못하고 고 생하던 터라서 막내아들의 건강이 걱정되었기 때문이었을 것이다. 그러 나 이건 훗날 철들었을 때의 생각이고 당시에는 그저 살맛이 안 나고 아 버님이 원망스러울 뿐이었다.

이런 나를 구원해준 것은 앞서의 친구였다. 녀석은 "승패는 병가지상 사兵家之常事지요, 뭘" 하며 당돌하게 나의 사면복권을 탄원했고, 아버님도

"이 녀석이 『삼국지』를 읽더니 문자 속이 놀랍구먼" 하시며 빙긋 웃고 말았던 것이다.

나와 내 친구들이 오백 권쯤 되는 우리집의 책들——고백하건대 그중에는 방인근의 『벌레 먹은 장미』를 비롯한 '금서'들도 포함돼 있었다——을 대충 다 읽었을 무렵, 책방은 쌓이는 적자와 빚 때문에 문을 닫지 않으면 안될 지경에 이르렀다. 목도 좋지 않고 장사 수완도 시원찮으니 '덕흥서림'德興書林이라는 이름에 걸맞지 않게 책방은 점점 쪼그라들어 나중엔 신간은 잡지나 취급할 뿐, 사실상 대본점으로 명맥을 유지하는 정도였다. 빚쟁이들의 등쌀과 식구들의 불평에 시달리는 아버님이 딱하기만 했다. 그래서 어느 날 아버님이 이제 책방을 그만두게 되었으니 필요한 책이 있으면 빼놓으라고 했을 때도 퉁명스럽게 아무것도 필요없다고 대답했던 것이다.

그러나 막상 책을 인수하기로 한 청년이 리어카에 우리 책을 실어내갈 때, 나는 가슴이 찢어지는 것처럼 아프다는 말이 무엇인지를 알 것 같았다. 그리고 평소에 그렇게 엄하시고 표정이 없던 아버님이 처음으로 눈물을 글썽이는 것을 보았다. 그 책들은 아버님이 손수 누런 포대종이를 잘라 겉표지를 꼬매 붙이고 붓글씨로 제목을 써넣은 것들이었다. 그런데 책을 다 실어보내고 난 다음에 아버님은 나를 방으로 불러들이더니 "이건 너 보라고 남겨 놨다" 하시며 방 구석을 눈으로 가리켰다. 거기에 차곡차곡 쌓여 있는 것은 『삼국지』 한 질이었다.

얼마 후 아버님이 돌아가시고 나도 공부다, 군대다, 직장이다, 객지를 떠돌며 풍진세상에 휩쓸리다 보니 아버님의 유품인 『삼국지』도 어디로 갔는지 보이지 않는다. 언젠가 생각이 나서 아이들에게 사주려고 책방을 뒤져봐도 고풍스럽고 장중한 문체의 정음사판은 찾을 수 없었다. 최근에 야 나는 이 책의 역자가 책 뒤에 적힌 최영해(정음사 사장)가 아니라 월북작 가인 박태원이라는 사실을 알았다. 어쨌든 지금은 알쏭달쏭하고 골치 아 픈 서양 책들을 읽는 일이 일상적인 의무가 되어버렸지만, 나는 지금도 가끔 "흘러간 시냇물"로 "마음의 물레방아를 돌리"*며 '덕흥서림'의 흐릿 한 백열등 밑에서 밤새워 『삼국지』를 읽는다.

* 심호택의 시 「흘러간 시냇물은」에서 따옴.